真
故
TRUMANSTORY
悬疑

从悬疑深入现实

测谎师

刘一 著

图书在版编目（CIP）数据

测谎师 / 刘一著. — 北京：东方出版社，2024.2
ISBN 978-7-5207-3769-2

Ⅰ.①测… Ⅱ.①刘… Ⅲ.①长篇小说－中国－当代
Ⅳ.①I247.5

中国国家版本馆CIP数据核字(2023)第217892号

测谎师

（CEHUANGSHI）

作　　者：刘　一
特约策划：北京真故传媒有限公司
策划编辑：鲁艳芳
责任编辑：杭　超　郑英祖
装帧设计：介末设计
出　　版：东方出版社
发　　行：人民东方出版传媒有限公司
地　　址：北京市东城区朝阳门内大街166号
邮　　编：100010
印　　刷：北京中科印刷有限公司
版　　次：2024年2月第1版
印　　次：2024年2月北京第1次印刷
开　　本：710毫米×1000毫米　1/16
印　　张：21.25
字　　数：265千字
书　　号：ISBN 978-7-5207-3769-2
定　　价：52.00元
发行电话：（010）85924663　85924644　85924641

自序

大家好，我是测谎师刘一，写这本书的初衷是想通过行为分析学将形形色色的案件呈现在大家面前，以引起大家的警惕，远离犯罪。同时，将罪犯特征具体化，希望大家能够通过通俗易懂的"读心术"和"识人术"，及早预知危险，远离伤害。

但在写作过程中，我渐渐又给文章赋予了其他的意义。善良就应该被歌颂，邪恶就应该受到惩罚。生命至上不只是原则，更应该是信仰。

我在书中的队友都有真实原型。

刘队是我师哥，我们毕业于同一所大学。他做过十年缉毒警察，当过十六年刑警，后被任命为刑侦一组组长，我们都叫他"刘队"。据内部可靠消息，刘队获得过"八一勋章"。公安部为了保护相关人员的人身安全，所有表彰均不对外公布。他经常被我们调侃为"隐秘而伟大"的存在。对于缉毒的经历，他总是三缄其口。我只知道刘队身上有四处枪伤，一处距离心脏不足两厘米。我曾经试探着问过他一次，遇到"麻烦"时第一时间在想什么。我把"死亡"弱化成了"麻烦"，希望将"过往"的心理伤害降到最低。

刘队点了一支烟，左手大拇指戳在太阳穴上。这个动作代表纠结，他应该是担心我不相信他要说的答案。沉默了片刻，他说："什么也没想，当时我听到了国歌，真的，从脑袋深处传出来的。"

郑爷大名郑鹤天，做了一辈子痕迹勘验工作。他兴趣广泛、博学多才，从本职工作到斗虫遛鸟，再到火星遗迹无所不知。又因为他是满族人，我们就给他起了个外号叫"郑爷"。他累积的"微观痕迹"经验，可以从足迹判断出对应的嫌疑人，以及嫌疑人在近十年内的身体状况和体重变化。

李时是刑事技术科主检法医，刑侦一组成员之一。他在医学院做助教的时候，曾经用自制的炭火炉在上面煮头骨标本，下面烤地瓜。这绝对不是传言，而是真实发生过的。他没有"洁癖"之类的职业病，冷不丁会蹲在街边的一滴血迹旁，一本正经地告诉我："有人在流鼻血。"

我曾经问过他："你到底怕不怕鬼？"李时腼腆地一笑，说："怕。可是你怕的鬼也许正是别人朝思暮想也见不到的人。"

其实作为一名警察，我也有职业困惑。一直困扰我的问题是：一个人为什么会成为罪犯？

在完成这本书之后，我似乎有了一点儿释然。

比如一个酒鬼，在酒精的麻醉下，可能会大哭大笑、胡言乱语、胡作非为。可是，这种"酒劲"只能让他暂时忘记困境，脱离烦恼。清醒之后，他想要摆脱的东西还在，需要承担的责任和义务也没有丝毫改变，需要付出的代价反而更大。

刚当上警察的时候，我认为让人作出错误决定的是情绪。做警察的年头多了，经手的案件多了，我才终于意识到：让人作出错误决定的，不是情绪，而是认知。

所以，当你遇到了不公正的事，试着用合理合法的方式去抗争；当抗争无效，你可以换个环境，换个活法，进行自我升级。当你真正站起来，再回望当初的自己，发现不知不觉间已经走过万水千山，你早已不是当初那个鲁莽的自己，这就叫"拉开犯罪距离"。认知提升了，距离拉开了，犯罪的可能性也就变小了。

最后要声明一下，为了保护文中当事人和有关单位的隐私，本书中的相关人物名、地名和单位名均为化名，如有雷同，纯属巧合。

目录

01 陈一博案：
越是高智商的人，说谎越容易暴露

作为测谎师，确实要有超过普通人的地方：敏感性和预知力。

因为测谎师要测的不是"谎言"本身，而是案件背后的真相和动机。

将测谎仪数据和被测试者的微表情、语言动作、现场反应结合起来，

观察偏离基线的身体指征和行为特征，才是我工作的实质。

一

你好，我是刘一。

当你读到这段话，意味着，你即将进入我的测谎室，完成一场真实的谎言测试。

正式测谎之前，请你熟读并默记以下内容：

你有一个女朋友，你很爱她，但是察觉出她对你不忠。

你借着旅行的名义，开车带她去爬山。趁她在车上睡觉时，你解锁了她的手机。

手机里的暧昧信息让你怒火中烧。

她果然出轨了！

于是，你在带她爬山的时候，找机会把她推了下去，并用火在沙石地里焚烧了她的尸体。

不久后，你因为"女友失踪"接到了警方的传唤。

记住你的身份了吧？

好的，现在，让我们开始。

二

你好，我是测谎师。

你的女友失踪了，你是本案的第一嫌疑人，我们将进入测谎实验室，对你进行测谎。

现在已确定，你的心理、身体状况良好，无心脏病、癫痫等特殊病史，当日无感冒、发烧等症状，无吸毒、酗酒史。

请你在测谎协议书上签字确认。

我会在你的食指、无名指、腹部连接一些传感器，同时启用表情抓拍仪。

放心，这些仪器对你的身体不会造成任何影响。

仪器就绪，现在，我会问你几个问题，请你如实回答。

"你的姓名？"

"你的年龄？"

"你的爱好？"

"性格特征？"

"这里面有四组动态模拟图，分明标注了 A、B、C、D 四个选项，请你在心中默选一个。"

A. 海水

B. 沙漠

C. 火焰

D. 水果刀

现在，我要猜你选中了哪个。

你选择的是"C. 火焰"，对吗？

在我说到"C. 火焰"时，用仪器读取到你的脉搏和血压起伏明显，

"皮电"也有类似反应。

我想……你失踪的女友，已经被你放火焚尸了。

不承认？

别急，别急。

你看仪器上的这条绿色线条，它代表皮电反应。皮电反应可以反馈人体汗腺分泌的情况。

你说谎时，这个峰值很高，图谱很明显。同时，"心电"也有伴随性变化，说谎时人的生理反应是控制不了的。

根据综合测评系统的结论和微表情定位，我认定你对本案知情。

你在说谎。

三

人为什么会说谎？

有些人是为了融入周围环境，有些人是顾及他人感受，有些人是为了避免伤害，有些人是为了化解冲突。

而有些人是为了逃脱法律制裁。

我是刘一，某地刑警队女刑警，也是一名测谎师。

测谎经常被大家神化成"读心术"，其实这个工作并没有你们想象中那么神秘。

作为测谎师，确实要有超过普通人的地方：敏感性和预知力。

因为测谎师要测的不是"谎言"本身，而是案件背后的真相和动机。将测谎仪数据与被测试者的微表情、语言动作等现场反应结合起来，观察偏离基线的身体指征和行为特征，才是我工作的实质。

作为一名有十二年从业经验的测谎刑警，我深知只有将专业技能、心理素质与应急机制相结合，才能确保测谎过程中的公正性和准确性，这也是理性分析和敏锐洞察的基础。

我工作的测谎室是特别定制的。

测谎室采用封闭设计，没有窗子，北面有一块巨大的"单反"玻璃。从测谎室内部看，这就是一块玻璃隔断；而对于隔壁的刑警组来说，测谎室里发生的一切都一览无余。

这种设计可以保证测谎过程的无干扰和私密性，同时也能保证测谎室内人员的安全，提高联合办公的效率。

测谎室面积在十五平方米左右，墙体为乳白色。为了防止被测试者突发自残自伤行为，墙面采用了"软包"。

这个房间给人的第一感觉比较像家里的客厅。舒适的环境可以营造一个轻松的谈话氛围，让被测试者舒缓情绪，进入状态。

房间北面有一把可以调节体位高度的测试椅，侧面有两张办公桌，用来摆放测谎仪、电脑、传感器、打印机等工作设备。

房间南面是以绿植为主的背景墙，可以稳定被测试者的情绪。

四

我做测谎这一行，纯属"逼上梁山"。

十六年前，距离高考还有一百零五天。

公式、试卷、垃圾桶里残留的方便面汤汁、厚得像瓶底一样的眼镜片，这些并没有给我带来很美好的青春回忆。我基本放弃了学习，完全"躺平"，甚至擅自把课桌搬到了教室后门。

班主任在两个星期之后发现了我的这种行为，她得出一个结论：叛逆期来得不是时候。

在一个炎热的夏日，我从被掰弯的铁围栏的缝隙钻出了学校。

学校后面是一座废弃的公园，里面长满了杂草。公园外面有一排平房，是批发市场用来储存货物的仓库。

我坐在公园的凉亭里放空。

不知过了多久，身后传来脚步声。

我回头一看，是个五十多岁的男人，粉刺脸加秃顶。

"小妹妹，我带你去玩呀！"

软糯的口音让我起了一身鸡皮疙瘩。

他笑嘻嘻地向我靠近。

透过凉亭周围高高的杂草，我注意到他的下身：军绿色的裤子已经褪到了脚踝，堆着的裤子里露出一双红色高跟鞋的鞋尖！

红，是那种特别炫目刺眼的血红；尖，是那种非常锐利戳人的尖。

我吓得大叫了一声。他看起来更加兴奋了，继续向我靠近，嘴里说着："小妹妹，一起玩呀！"

"救命呀！"

我下意识呼救。喊声高昂、尖锐，好像能传得很远，连我自己都觉得很陌生。

他被吓了一跳，赶紧提上裤子。逃跑的时候，他左右手各拎着一双鞋，左手是红色高跟鞋，右手是黑色帆布鞋。

五

纠结了很久，我开始后怕，万一那变态再来纠缠怎么办？最终我选择了报警。

结局很出乎我的意料。

警察通知我去指认嫌疑人。红鞋男人已经变身为穿着工作服的批发部老板，一副敦厚老实的模样，站在他老婆身后，那双红鞋就穿在他老婆脚上。

他没吱声。他老婆指着我的鼻子破口大骂："现在的女孩子不学好，年纪不大倒学会勾引男人了，还恶人先告状。"她的嘴里蹦出各种生殖器官，中心思想是我冤枉了她老公。

警察叔叔用怀疑的眼神看着我，问："是不是认错人了？"

我觉得很憋屈，嗓子哽得说不出话来。

警察又说："李老板在这条街已经做了十几年生意，为人老实，诚信经商，按时纳税，邻里关系很好。你确定是他吗？"

虽然我不清楚警察所说的这些优良品质和他的变态有什么直接关系，还是倔强地点点头："是他。"

学校组织部部长陪我一起过来认人，听了警察叔叔的话，马上站到敌方阵营，赔着笑说："可能是个误会。"他还转身批评我，"你要是不逃课，在教室好好学习、天天向上，怎么会惹出这么多麻烦？"

我一时哑口无言。

变态老板的胖媳妇看警察和学校老师都站在她这边，更加肆无忌惮，甚至冲过来推搡我，嘴里还骂着："你看她那副德性，肯定是学校里的小太妹，不是好东西。"

变态老板也开始落井下石，说我埋汰他，要求我赔礼道歉。

有一种恶叫颠倒黑白。我在各方压力下，血液涌上脑袋，愤怒到颤抖，却说不出一句有力的证词。我努力控制自己，不让眼泪掉下来。当时我觉得如果哭了，就是输了。

组织部部长看我宁死不屈的样子，替我妥协："她平时脑子就不太清楚，看在她还是学生的分上原谅她吧！"

就这样，在所有人都看似正确的对话里，我成了那个说谎的人。

六

那一刻，我忽然觉得这个世界很荒谬，好人想证明自己是好人远比坏人让人抓住作恶的证据要难得多。

就在那个夏天，我作了决定，我要当警察。

后来，原本是学渣的我经过最后一百天的拼命努力，终于考上了警官学校。虽然是全校最低分，但我还是成功了。愤怒果然更有力量。

那一年，是警校开设测谎专业的第一年，我义无反顾地选择了这个大家都不熟悉的专业。

测谎技术兴起于20世纪初，它以生理学等各类学科为基础，逐渐被应用到刑事司法领域，统称"刑事心理技术"。目前的测谎技术仪器有测谎仪、声析测谎器和表情抓拍仪三种。

当时测谎在欧美国家比较盛行，主要用来辅助侦查、运用于军事等方面。这门技术在国内刚刚起步，最早只作为反贪的辅助工具。但近年来，我们在刑事诉讼中已经开始广泛应用测谎技术，旨在通过捕捉、分析被测试者在测试过程中产生的一系列生理反应，确定对方是否说谎。

我当时的心态很单纯：如果我拥有一种特异功能，能识破谎言，对犯罪嫌疑人一剑封喉，那有多牛。

可是当我真正进入这个行业，才发现想要掌握这门技术并没那么容易，因为很多专业知识完全是挑战常识的。比如高智商的人更容易暴露，反而是那些看起来平平常常、遵纪守法的普通人更难识别。谎言如同生长在他们身体上的一个隐形器官，甚至成为一种本能的保护色。

高智商的人会有计划地说谎，考虑的细节比较多，反而会出现"破绽群组动作"，在动作、语言、声调、微表情上都会有一定表现。这些密集的暴露点或许能骗过普通人，却会成为测谎师眼中的突破点。

而普通人来不及计划，会应激性地说谎，出现的"破绽群组动作"较少，通常是一两个动作，比如颤抖或者吞口水，紧张也会造成这种情况，因此是不足以证明这个人在说谎的。谎言对于这类人来说是本能，本能比计划更难识破。

测谎师实际上就是另一种"心理医生"：我们要看到器官背后的病变，了解病因，最好能亲手切除它们。

这些年，我看到了形形色色的案件：为了一个亿，豪门赘婿被人残忍杀害；整了八次容的杀人犯在逃亡期间，上大学、创业、经营企业、谈恋爱，甚至生孩子；凶手凭空消失，在死者背后刻上"情书"……

这样惊悚、怪异，却又发生在真实世界里的故事，我见识了太多太多。

于是，我选择写下它们。

我会把自己经历的案件以一种特殊的方式向你展开，以测谎仪为放大镜，让你看到谎言背后的世界。

那里的天空黑暗且诡谲，地面是晃动的，充斥着各种生物，有的天真无邪，有的残暴血腥。

那是一个你从来没有见过的世界，是另一种暗网般的存在。

七

2011 年 4 月 26 日，受我处刑警中队委托授权，经嫌疑人陈一博自愿同意，我准备对陈一博进行测谎。

陈一博涉嫌在母亲刘瑜珍服用过量巴比妥（安眠镇静类药物）后，没有实施救援，导致其呼吸衰竭、循环衰竭，造成不可逆的损害，继而死亡。

陈一博在警方讯问过程中称对母亲的死亡不知情，更没有见死不救。他坚称是母亲自主服药不慎造成的。

经警方核实，刘瑜珍的确长期失眠，经常购买那种药物。

本案最大的疑点是陈一博在母亲去世后第三天才选择报警，其间刘瑜珍的尸体一直仰卧在自己房中。

警方怀疑陈一博是为了让药物挥发，因此拖延报警时间。但巴比妥属于缓慢散发药物，在尸检中还是被检测了出来。

开始测谎之前需要进行许多相应的准备工作，大致可以分为三个阶段。

首先，要听取刑侦队员及邻居、亲友等周边人员对案情的详细介绍，之后调阅、分析案卷材料，最后还要到案发现场实地勘查。

我在调阅案卷时发现陈一博家是单亲家庭。他十岁时，父亲有了外遇，和刘瑜珍离婚。家庭关系破裂使母子二人的感情更为紧密。

刘瑜珍是小学教师，据同事和邻居反映，她对儿子照顾得特别周到。

陈一博从小体弱多病，刘瑜珍不让他做任何家务，甚至连陈一博的内衣、内裤都由刘瑜珍来洗。陈一博初中时，刘瑜珍还在给他喂饭。

同时，刘瑜珍对儿子要求非常严格，如果学习成绩不好，就会惩罚——让陈一博高举考卷在家门口罚站是常态。好在陈一博很争气，成绩一直名列前茅。

刘瑜珍的死亡时间在 4 月 20 日晚上 10 点左右，身体没有任何外伤和暴力侵害的痕迹。我和办案刑警小李决定先回到案发现场进行实地勘查。

距刘瑜珍死亡已经过去四天了，警戒线还没有撤。房内物品摆放整齐，可以说整齐到严苛的程度，堪比纪律部队。洗手间里，母子二人的毛巾都折叠成正三角形，牙刷头朝一个方向放。

刘瑜珍的房间没有异常。翻看相册时，我发现刘瑜珍保留着陈一博从小到大的所有照片。

在一家三口的老照片中，陈一博父亲的部分已被剪去，照片中只留下一只手。

来到陈一博的房间，我看到他的房门后挂着一个很旧的背包。打开背包，里面空无一物，却散发出一种类似于过期糕点的奇怪味道。

我把背包倒过来，轻轻抖动，一些碎屑洒落在提前摆好的取证袋上，像饼干残渣。我和小李准备拿回鉴证科化验。

4月25日，鉴证科出具报告，从陈一博包里抖搂出来的残渣是狗粮。

八

测谎通常分为背景了解、测前谈话、激励测试、正式测试和测后谈话五个环节。其中激励测试是知情测试法的一种，是测谎前的预演。测谎师会在正式测谎前给被测试者讲解测谎题，对于被测试者不理解的地方作出解释。

有些被测试者文化程度不高，不容易理解题目，在这种情况下，测谎师就需要将题目的内容解释清楚；有些被测试者在回答问题时会使用方言，而某些词汇在不同地域表达的含义可能不同。比如"窝心"在北方表示难受，在南方却表示贴心，意思截然相反，很可能让被测试者产生误解，在这种情况下，测谎师就需要将这些词汇做注解。此外，一些语音上的差别也要做标记。

预演讲解的前三组题目被称为"基线问题"，是衡量被测试者是否说谎的标尺。基线问题包括一些常识问题或已知问题，如姓名、年龄、职业等，有确定答案。

测谎师还会准备一份应急预案，也就是另外一套测谎题，在突发情况下使用，以应对被测试者撕毁测试题，或者看到部分题目受到刺激突发精神障碍等情况。

在激励测试中，测谎师还需要复核被测试者的生理反应（这里的生理反应指健康状态）是否正常，合理调整仪器参数，为后审工作做好铺垫，这也是为了提高测谎的准确率。

测谎师要经过系统的学习和严格的训练才具有出题资格。测谎师会通过采集被测试者在回答问题时的现场反应和生理反应来判断被测试者的心理活动。测谎本身是为了协助刑侦，为精准讯问做铺垫，全方位核实嫌疑人的涉案系数，所以也叫"多参量心理测试"。

测谎题通常是有针对性的，针对被测试者的成长背景、经历以及涉案细节，可分为两大部分，包括准绳问题测试和涉案问题测试。题目会以小组的形式出现，最多为六组，每组十题。前两组被称为依据题，即准绳问题测试，是对被测试者已知问题的了解，比如姓名、年龄等；后面是与案件相关问题的测试，即涉案问题测试。根据被测试者对两类问题的反应，可以清晰判断其是否有说谎行为。

我根据掌握的资料，针对陈一博编辑出了六组问题。

测谎开始前，我和陈一博做了一次沟通，告诉他公安部门使用测谎仪时非常慎重，不会以其结果定案，更不会以测谎仪替代刑侦工作，请他不要紧张。

另外，我需要了解他对案件的知情程度，还要确定几个案件细节，最重要的是向他解释清楚测谎的整个过程，包括全部测谎题目的内容，以防因理解不同造成误解。

在整个谈话过程中，陈一博一直低着头，表情漠然，最后自愿在测谎协议书上签了字，主动接受了测谎。

4月26日上午9点整，在确定心理、身体状况良好，无心脏病、癫痫等特殊病史，当日无感冒、发烧等症状，无吸毒、酗酒史之后，陈一博进入测谎实验室。

整个测谎过程由我主持，我分别给陈一博的手指和腹部连接呼吸传感器、脉搏传感器、皮电传感器，以及血压传感器。这些传感器并不奇特，和在医院见到的医疗器械差不多。

传感器连接测谎仪（一个路由器大小的黑色小盒子）后，会有图谱显示在我的手提电脑上，蓝线代表呼吸，绿线代表皮电，红线代表血压，黑线代表脉搏，这四条曲线将会诠释身体密码中隐藏的人性密码，将身体反应转换成可识读图谱，让我可以目测"谎言的样子"。

测谎正式开始。

"我不是来审讯你的，只是作为技术部门的测谎师，来帮助你自证清白。

"首先，我们要进行的是激励测试，算是个小游戏吧。这种测试可以提高测谎仪对比分析的准确度，同时也能让你了解一下测谎仪的性能。"

我把一个平板电脑放在陈一博面前，屏幕上有四个头像。

"你可以看到屏幕上面有四个人物，分别标注了A、B、C、D四个选项，你可以根据个人的喜好随意选出一个。"

回到工作台后面，我问："选好了吗？我现在要根据你的反应图谱开始猜你选中了哪个。"

我依次报出头像的名字："A.执业律师，B.甜美萝莉，C.中年女性，D.高中同学，你选择的是'B.甜美萝莉'吗？"

陈一博略显惊讶地点了点头。

"我在读B的时候，你的脉搏和血压起伏明显。仪器的准确率很高吧？"

其实，这四个形象背后代表他生活中接触的四类人群。A代表法律，B代表女朋友，C代表母亲，D代表朋友。

"我们要开始正式测试了，准备好了吗？"

陈一博点点头。

"你的名字叫陈一博，是'博士'的'博'？"

"是。"

"你今年二十五岁吗？"

"是。"

"你在疾丰电脑公司工作？"

"是。"

"你和母亲的感情很好吗？"

陈一博停顿了一下："还行。"

听到这个问题时，陈一博左手食指轻轻内扣，颤抖了一下。这表示他对相关问题有所顾忌。

回答以上问题时，嫌疑人思路清晰，语调平和，仪器没有任何异常反应。

"母亲对你进行教育时，使用过暴力吗？"

呼吸传感器输出的蓝色曲线突然大幅度波动。

陈一博抿了抿嘴唇，沉默不语。

"我……十一岁那年，放学回家，发现日记本的锁被撬开了，我妈偷看了我的日记。她把日记撕成一片片的，扔在垃圾桶里。我在日记里写暗恋同班一个女生，写我妈每天逼我吃有腥味的猪脑，还写了以后要考一所离家很远的大学，远到她再也找不到我，等她老了，也不回来看她。"

"你母亲很生气吗？"

"是的，她当时正在剁饺子馅，手里握着菜刀。我记得她突然举起菜刀朝我挥了挥。她当时的表情我一辈子也忘不了，好像真的要把我砍死。那天晚上，她罚我不准吃晚饭，跪在地上写一千次'我错了'。"

"你和母亲经常发生冲突吗？"

"没有经常……她精神有问题，经常会情绪失控。我曾经建议她去看医生，结果她觉得我有病。"

"她情绪失控和你女朋友有关吗？"

陈一博一脸惊诧，身体缩进椅背："我没有女朋友。"

当事人想隐藏一些想法时，会减少身体的曝光，做出缩身、低头等动作，尽量远离提问者。

我面前的图谱显示：陈一博对相关问题的反应明显大于激励测试时的反应。尤其是在听到与母亲有关的问题时，皮电反应图谱高峰迭起，有冲击极限的趋势，对应率达到了80%以上。皮电反应即皮肤电传导反应，体现的是人体汗腺的分泌情况。人在说谎时，身体能量的改变促使汗液大量分泌，这种变化会通过食指和无名指上的感应器传输到测谎仪上，再通过测谎仪的"翻译"，以图谱的形式呈现，让说谎行为具有可视性。图谱上的峰值越高，说谎的可能性越大。

排除情绪波动因素，我可以判定他在试图隐瞒一些事实。

"你喜欢哪一类书籍？"

"没有什么特别喜欢的。"

"有什么个人爱好吗？"

"我喜欢小动物。"

图谱恢复平稳。

"养过小动物吗？比如，小猫、小狗。"

"上初中的时候养过一只小狗。"

"后来为什么不养了？"

听到这个问题，陈一博出现了迟疑。

"我妈说不卫生，她对狗毛过敏。"

"小狗被你母亲送人了？"

"被我妈……摔死了。"

"为什么会摔死？"

"我妈说我要考进百人榜前十名，才可以养。结果那次我失误了，只考到了三十五名。"

我停顿了一下，注意到陈一博在语气用词上和同龄人有所区别：他的表达更加单纯直白，不会刻意掩饰，对于不想回答的问题通常保持沉默。

我开始进入涉案关键问题组。

"你母亲服药过量那天，你们也发生了争吵吗？"

"没有。"

陈一博在回答这个问题时，低下头，双膝不自主内扣，双手合拢，整个人紧紧贴在椅背上。他的说谎动作是以组的形式出现的，可以分解为三个阶段：低头，是为了尽量减少表情曝光，以防对方找到破绽；双膝内扣，是为了提醒自己保守秘密；双手合拢，后背紧紧贴在椅背上，是为了让身体呈现关闭状态，将自己"缩"起来，尽量拉开我们之间的距离，以防被识破。

"你熟悉母亲吃药的习惯吗？"

"睡不着的时候才吃。"

表情抓拍仪抓拍到他频繁眨眼，表明他有衍生心理活动，在这个问题上他有所隐瞒。眨眼后出现吞咽动作，表明他有情绪波动——屏幕上的皮电反应值有所上升。

"服药过量那天你母亲失眠的原因和你有关？"

"不清楚。"说这句话时，陈一博鼻孔扩大，头部不自主地晃动了两次，看来他在对我说谎的同时也抱有很大的敌意。我的问题唤醒了他脑海中某些不快的回忆，晃动代表他想要抛开或者甩开，他很讨厌那些回忆。

"记得你母亲的生日吗？"

"应该是 7 月，具体日期我记不清了。"

"还记得她为你做过的最感动的事吗？"

沉默。

"还记得她对你说过的最温暖的话吗？"

沉默。

……

陈一博的第一轮测谎工作基本结束。接下来是针对每组问题开始循环提问，这样做是为了比较相同问题上的图谱的变化，以便更准确地进行测谎评估。这次测谎大约会进行两个半小时。

在第二轮开始之前，陈一博突然提出中断测谎。

陈一博的集中反应说明测试已经击中其心理要害，在测谎中他对主题问题，也就是涉及母亲的问题的反应明显大于回答激励测试问题时的反应。仪器显示说谎概率为 78%。

说谎概率是根据被测试者对问题的敏感性反应，由特异性公式在电脑中测算出来的。陈一博在回答与母亲的感情如何、是否有女朋友、母亲的失眠原因这些问题时，出现的躲闪性动作便属于敏感性反应，即他在说谎。在母亲是否服药这一关键问题上，他膝盖内扣，脉搏、血压峰值较高，这些也属于说谎表现。在这些涉案问题上，如果图谱峰值的平均值很高，就会被认定有说谎反应。

陈一博不承认自己说谎，并质疑仪器有问题。

针对他的质疑，我平静地向他解释："你看这条绿色的线是皮电反应的线条，皮电反应就是人体汗腺分泌的情况。你在回答一些问题时这个峰值很高。峰值越高，表明说谎的可能性越大，说谎时人的生理反应是控制不了的。"

根据计算机评分系统的结论，我认定陈一博对本案知情，即在测谎意见书上认定陈一博"有说谎或隐瞒反应"。

得知结论后，他沉默了十分钟，然后突然双手抱头，哽咽着说道："可以说是我害死了她，也可以说不是。"

随即我们把陈一博带到隔壁的口供室。测谎打开了突破口，在他心理防线最脆弱时很容易拿下口供。

九

口供室内，面对我和两名刑警，陈一博开始讲述他的成长经历。

"我讨厌我妈，甚至可以说是憎恨。她用'人肉炸弹'来控制我的一切。我曾经想过，要么她死，要么我死，否则谁都无法解脱。"

"你能解释一下'人肉炸弹'是什么意思吗？"

"就是通过伤害她自己增加我的内疚感，让我听话，达到控制我人生的目的。

"我长得非常像我爸，有时候她会把我当成我爸的替身，只要不听她的话，她就会用各种方法来威胁我、折磨我。上初中时，我爸偷偷来学校看过我两次，还接我出去吃过几次饭。她知道了，一连三天躺在床上，不吃不喝，非让我答应她以后再也不见我爸。

"我知道离婚的错主要在我爸，但他对我还是挺好的。我妈一再威胁我，我才答应。那之后，她还给我转了学，彻底断了我和我爸的联系。"

看到陈一博有些激动，我把一杯水放到他面前。

"上高一的时候，我住校。那时候玩心重，我和寝室同学翻墙出去通宵打电子游戏。老师发现后，打电话告诉我妈。她把我领回家，给我办了走读证，每天亲自接送我上下学。她断了家里的网，拆了我房间的门锁，卖了家里的电视，就是为了切断所有干扰，随时监督我学习。那段时间我特别害怕回家，觉得家对于我来说像一座监狱，让人窒息。

"有一次，我逃课了，在人民公园坐了一整天。晚上回家时，她很平静，还做了一桌子我喜欢吃的菜。奇怪的是，她把家里的存折藏在什么地方、煤气水电怎么缴费之类都很详细地告诉了我。

"半夜我起来上洗手间，差点儿被吓死。客厅的墙壁上到处是红字，吓死人了。我也不知道是用血写的，还是红色的笔写的——是一封很长的遗书。

"她穿着她最喜欢的裙子坐在沙发上，还化妆了，右手握着一把手术用的柳叶刀，并架在左手的动脉上。她说，我让她失去了活下去的动力和勇气，生不如死。从那以后，我再也不敢违背她的意愿。"

刘瑜珍先用自残的行为对陈一博进行感情绑架，进而开始无节制地进行感情勒索。

此时，陈一博激动起来："成绩不好，自杀；上课溜号，自杀；偷看课外书，自杀。自杀，自杀，自杀！自杀成了她威胁我的撒手锏，每次都能翻出新花样，上吊、跳楼、过电、跳桥。我快要被她逼疯了。难道我是她用自杀'定制'出来的儿子？

"我从来不是我自己，我都不知道我是谁，应该做些什么，能做些什么。她就会说'听妈的，妈都是为了你好'……我很想逃离她，又没办法离开她，我真的怕她出事。"

陈一博把手插进头发里，狠狠揪着——嫌疑人的情绪开始不稳定了。

　　我试着转换话题："你女朋友的出现缓和了你们母子之间的紧张关系，还是激化了矛盾？"

　　"你怎么知道我有女朋友？"陈一博显得非常吃惊，身体频繁换了几个姿势。

　　"你母亲服药过量和你女朋友有关吧？你还记得确定测谎基线的四个选项吗？你选了'B.甜美萝莉'，代表你正在恋爱或者被异性吸引。我接着问你有没有女朋友，你回答没有，但你的身体大幅度后靠，说明你想隐瞒事实。当我问你母亲为什么失眠，你回答不知道，但测谎仪的数值波动明显。在案卷调查时，周围的人都说你没有朋友，很少外出。把所有线索串起来，可以推测你现在很可能在谈恋爱，而且女朋友应该是在网络上认识的。被你母亲发现之后，她对你女朋友不满意，非常生气，你们俩发生了争执。之后你母亲情绪失控，要服药自杀。这一次，你没有阻拦，眼睁睁看着她把药全部吞了下去，对吗？"

　　"不是的，不是你说的那样，我没有。"

　　沉默了几分钟之后，陈一博接着说："一个月前，我在网络上认识了一个女主播，叫小雪。她不是特别漂亮的那种女孩子，但是很温柔，说话声音很好听。我需要找个地方发泄一下，才找她聊天，时间一长觉得挺投缘，就开始给她打赏，还加了她的微信。

　　"她小时候的遭遇居然和我很像，这让我们有了更多共同话题。她后来不再要我的钱，只是每天陪我聊天，我们还约好一起去大城市打工。

　　"没想到这件事被我妈发现了。我过生日的时候，我妈送了我一部苹果手机当生日礼物。我还挺高兴，没想到她在我的手机里安了监控软件。

　　"她骂小雪是骗子，想骗我的钱，想毁了我，还骂我和我爸一样，都喜欢狐狸精，身体里流着杂种的血，是匹忘恩负义的狼。我说我和小雪是真心相爱的，一定会过得比她和爸爸好。她又哭又喊，撒泼打滚，说我翅膀硬了就要离开她。我当时很生气，就告诉她，这一次绝对不会让步。我要独立的生活和人生，不希望她再囚禁我，我不是她的私有财产。她拉着我求我一辈子留在她身边，说她会帮我找一个门当户对的女孩子，如果不听她的话一定会后悔的。

"当时我很生气，甩开她的手就走了。没想到三天之后回来，发现她真的自杀了。她躺在床上一动不动，我……"

陈一博开始哭。

"虽然我对她从爱变成恨，但更多的是可怜。她一辈子没走出失去我爸的阴影。我可以原谅她的自私独裁，可她就是不肯放过我。我也不愿意让她死，她毕竟是我妈。"

"你这三天去了哪里？"

"我……我去了南山果园。"

"你去南山果园干什么？"

陈一博踌躇了一下，说："我去南山果园喂狗。"

我一下想起陈一博包里的狗粮。

十

刘瑜珍的死亡时间大致在晚上 10 点。按照陈一博的交代，他坐当天下午 5 点多最后一班车到达梨花洞，上山喂狗再下山，至少要四个小时。

陈一博说，晚上 9 点多，他还在梨花洞小超市买了方便面，当晚住在一户果农家里，然后待了三天，那么他就不具备作案时间。

讯问结束，我们专案组一行三人赶往南山果园梨花洞。梨花洞距离市区有两个多小时的车程。

我们在村里核实了情况，与陈一博说的基本一致，还请了一位当地的村民带我们去梨花洞。

这里原来是个旅游区，因为来的人少，渐渐荒废了，路非常难走。

陈一博之前告诉我们，他买了一对母子狗，将它们关在梨花洞里做饥饿实验。

陈一博说，那两只狗代表母亲和他。他妈是感情饥饿，母狗是肚子饿，二者没有本质区别。

一开始，陈一博每隔几天就会去梨花洞给狗喂食，起初给充足的食物，后来渐渐减少食物的量。直到最后三天，他已经不给狗喂食物了，只喂水。

他说："我相信那只母狗最后一定会把小狗吃掉，而那一天就是我和小雪离开的日子。"

我们直到靠近洞口也没有听到任何动静。从陈一博上次下山到我们上山已经过了三天，同事小李猜小狗很可能已经饿死，或者被自己的母亲吃掉了。

洞口被粗大的梨花木桩封住，当我们三个跟着村民靠近洞口时，都惊呆了。

我们看到奄奄一息的母狗躺在地上，眼睛直愣愣地盯着洞口；小狗趴在母亲身边，嘴里叼着母亲的乳头。乳汁早已被吸干，小狗依然不停地吸吮，因此乳房开始滴血……

我们费了不少力气才把木桩移开，此时母狗已经没有力气进食。村民用水把狗粮泡软，慢慢给母狗灌下去。最终母狗和小狗都活了下来，村民把它们带回自己家养了。

十一

回来之后，我们把拍摄的视频拿给陈一博看，他目瞪口呆，突然跪在地上号啕大哭。

陈一博平静之后终于承认，他预料到母亲可能会出事，但是他在喂狗时，看到母狗的目光始终集中在小狗的脖子上，并且用舌头舔舐小狗的脖颈，所以认定母狗早晚会吃了小狗。他狠下心，没有回家。

也就是说，陈一博在预知母亲可能死亡的情况下不作为。

陈一博可能涉嫌不作为故意杀人，也可能会被判定为对死亡风险认知不足，并被无罪释放，一切都要等待法庭最后的判决。

今后，他不再有母亲的指引和约束，但可能会有对母亲的一份愧疚。

相依为命的母子不是不爱，而是太爱。爱到极致比恨更可怕，母亲的"恩重如山"可能会将孩子挤压变形。他是你百依百顺的儿子，却唯独做不了自己。

用生命去滋养孩子是伟大的，用爱去勒索却是一种残酷。

02 许万金案：
在死者背后刻上"情书"

此时，整个城市人心惶惶。6月本来是美好的盛夏时节，现在一到晚上七八点就家家关门闭户，街上行人寥寥无几，冷冷清清的，城市也仿佛凝滞了一般。更不可思议的是，在全市警方总动员的情况下，凶手竟然公然挑衅，又作了第三起案子。

一

陈一博的案件刚结束不到两周，我就遇到了自己从警以来最大的败笔，让一个杀人犯从我眼皮子底下溜走了。

2011年5月14日，天府新城小区外停着五辆警车，警车周围聚集了不少人。我跳下车，抬头看了看二单元顶层601。

601的窗户上挂着粉红色窗纱，窗上贴着的"囍"字有些褪色。

那里就是案发现场，被害人李爽是一名护士。

报案人是李爽的丈夫杨光。杨光在邻市工作，每个周末会按时回家与妻子团聚。14日上午9点多，杨光回到家，打开房门，发现妻子正端坐在客厅的椅子上。他喊了两声，妻子没有回应，走近一看，发现妻子已经遇害了，于是马上拨打了报警电话。

天府新城小区位于近郊，在老城区东南方向，房龄在二十年以上。居住在这里的打工者和外来人口居多，人员结构复杂。

走进二单元，我发现里面没有加装电梯，没有安装监控，每层楼有两户人家。我爬上六楼，看到601室位于楼梯左侧，门前已经拉起了警戒线。室内地上已搭好了踏板，痕迹科正在现场取证。

我一边穿鞋套，一边观察室内布局。

601是一套两室一厅，房门没有被破坏。一进门是客厅，里面十分整洁，没有被翻动过的痕迹。客厅东面是主卧和次卧，客厅北面的厨房和晒台相连，晒台上挂着不少女士衣物。晒台西侧的一扇飘窗半敞着，窗户上没有加装防护网。

我认真观察着房间结构，试着模拟出凶手可行的入室路线：先从楼道窗口翻到挡雨的水泥板上，再从水泥板踩着五楼阳台顶部攀上死者家的晒台，然后从半敞的飘窗进入房间。

按照这种推论，凶手身手不错，甚至可能会一些功夫。水泥板到阳台的距离将近两米，这么高的楼层普通人很难跨越。

另外，现场没发现任何绳索之类的保护措施留下的痕迹。凶手若是徒手攀楼，胆量非同一般。

进入客厅后，我没有闻到血腥气。相反，我闻到一种类似洗涤剂的香草味道。屋内一尘不染，地板上还有用拖布擦拭过的痕迹。

痕迹勘验科组长郑鹤天正在现场勘验。郑鹤天参与过数起重案要案的侦破，经验极其丰富，我们平时都称他为"郑爷"。

郑爷在拍照固定，李时站在一旁，紧皱着眉头。

见到被害人李爽那一刻，我的第一感觉是死者正处于"进行时"：凶手让她保持着一种奇怪的状态。

李爽坐在椅子上，头部微微向左侧倾斜，头上戴着护士帽，穿一身白色的护士服，看起来仿佛正在工作。

更为离奇的是，她的下身只穿了一双黑色连裤丝袜，袜子是新的，可以闻到服装固定剂特有的味道。

她化着妆，妆容有些浓重，但很精致，假睫毛粘贴得严丝合缝，脸上有斑点的部位还用了遮瑕笔，手法专业。她的眼睛微睁，目视前方，脸上残留着少许血迹，但没有明显伤痕。

最让人匪夷所思的是，她面前的桌子上摆放着两盘剩菜和四个空啤酒瓶。四个啤酒瓶排成一条直线，瓶口上的标签一致向东，桌子正中央是一副已经分出胜负的扑克牌。

从扑克牌的牌面看，很明显，死者一侧输了。

郑爷说："第一现场在主卧，主卧的床上和墙壁上都有大量喷溅血迹，之后尸体被搬到了客厅的椅子上。"

李时开始进行初检，他将李爽从椅子上放下来，让她平躺在地板上，摘下李爽的帽子后，找到了致命伤。

李时一边验伤一边说："从死者的尸僵和尸斑看，死亡时间大约在凌晨 1 点到 3 点。凶手用类似锤子的铁器直击被害人头部，造成其严重的开放性颅骨损伤。被害人当场死亡。现场没有挣扎反抗的迹象，死者应该是在睡眠中被杀害的。杀死被害人后，凶手清理过尸体。"

我问："你的意思是，凶手先在主卧将李爽杀死，但是没有急于离开，没有盗取财物，而是清理尸体，化妆，再将尸体搬到客厅的椅子上，接着摆好饭菜，拿出啤酒，一边吃喝，一边和死者玩起了扑克？"

郑爷说："我觉得有这个可能。从痕迹上看，凶手进行了两次现场清理。首先清理的是尸体，他将李爽杀死后，脱掉染血的睡衣，为死者洗了澡，处理了头部伤口，之后帮死者穿上工作服和丝袜，又化了妆，再将死者放到客厅的椅子上。"

看着桌子上的菜盘，我问："会不会是受害人生前自己摆好的食物？"

郑爷摇头："不可能，餐具酒瓶上没有任何指纹，说明凶手处理了痕迹。如果凶手没碰过那些东西，没必要去处理痕迹吧？"

我判断，从作案凶器和手法上看，凶手应该为男性。离座椅最近的一张扑克牌到桌边的摆放距离是 28cm，而人的小臂和身高的比例是 1∶6，据此估算，凶手的身高可能在 165cm 到 173cm 之间。酒瓶标签方向一致和现场被清理得很干净，表明凶手很可能有强迫症和洁癖。

郑爷接着说："凶手第二次清理现场时，将有血迹的被子、床单、枕头、睡衣塞到洗衣机里，之后用清洁剂打扫了现场，抹去了所有遗留的痕迹，还带走了自己的凶器。因此现场没提取到任何有价值的指纹和脚印。"

李时又补充说："从死者化妆程度、衣物的洗涤、地面的清理来推断，凶手从杀人到离开至少逗留了一个半小时。"

"凶手很有经验，作案的整个过程穿鞋套、戴手套，甚至可能戴着帽子。我怀疑凶手有前科，并且心理素质过硬。"我说。

李时脱掉死者的护士服，在内衣后背处发现浸染状血迹。将死者翻转，剪开内衣，我立刻倒吸了一口凉气。看看李时和郑爷，也是一脸错愕。

在李爽的后背上，刻着一个奇怪的文字，手掌大小，乍一看像是用匕首之类的凶器胡乱划上去的。可是仔细观察，这的确是一个完整的汉字，甚至可以看出运笔的连贯性。

这个字的左面是个"亻"旁，右边的上半部分是"文"字，下面是"女"字。

这个字读什么，代表什么意义？我们三个面面相觑。

再看尸体被小心翼翼地盛装打扮的模样，难道是情杀？这个字难道是一封"情书"？

我一时也是头大。

二

现在唯一可以确定的是，凶手在行凶时带了两样凶器：一把锤子和一把匕首。

李爽被害的时间是5月14日凌晨，局里对案件非常重视，成立了"5·14"专案组，限期破案，特准我们一队负责案件的主办工作。

案情分析会上，能拿到的线索少之又少。

李爽，二十八岁，社会关系简单，做护士六年了。丈夫在邻市工作，每个周末回家。二人没有孩子，李爽只有一个妹妹在本市。通过周边调查，我们很快排除了熟人作案和仇杀的可能。

李爽后背上那个奇怪的文字一直在我脑袋里转，刘队也提议从那个字入手。

《新华字典》《辞海》《辞源》《广韵》《康熙字典》摆满了桌面。由于有些工具书的查阅方式和现在常见的不同，我们熬了通宵，最后终于在《康熙字典》上找到了那个字。

这个字读"mǎo"，但是字典里面居然没有注释。

我们联系了博物馆的考古专家，他解释说这个字有两层含义：一是代表心爱的端庄美人；另外一个含义截然相反，有淫邪和妓女的意思。它在现代使用频率不高，偶尔会出现在字帖里。

文字的意义是否和死者的衣着搭配相呼应？上半身护士服代表圣洁的端庄美人，下半身黑色丝袜代表淫邪？

我联想到凶手刻字时的运笔和专家说的字帖——究竟是凶手喜欢书法，还是单纯地挑衅警方呢？就在我们陷入僵局时，"嫌疑人"被抓到了，伴随而来的是另一起案件。

这起案子发生在5月26日，距离"5·14"案件只有一周多，案发地点在水晶宫。同样是老城区，距离天府新城小区不到两千米。报案的是一位经营服装生意的女老板，叫许芹。

许芹离异多年，孩子住校，人际关系简单，每天的生活三点一线。进入 5 月，本市的天气已经热起来了。晚上为了通风，她把阳台上的推拉窗开了一半。

半夜十二点多，许芹起夜，迷迷糊糊感觉阳台上有动静。她来到阳台，不由吓得半死：厨房门挡住了她的部分视线，她没看到人脸，只看到一只脚正从窗户外面往里伸。

许芹大叫一声，瘫软在地上，窗户上那只脚飞快缩了回去，消失了。

许芹连滚带爬地跑出了自己家，叫醒了隔壁邻居。邻居帮她打了报警电话。因为报警及时，我们的巡逻车在柳丁巷口抓到了一个骑电动摩托车的可疑男人。

在讯问室里，男子交代他是外地人，刚到本市一个多月，爬阳台是想入室行窃，但不承认自己是"5·14"案的凶手。

警察搜查了男子住的出租屋，没有找到和"5·14"案相关联的线索和证据。但由于案发时间、作案地点和方式与"5·14"案高度相似，经局里批准，我们决定对这名男子启用测谎。

坐在测谎室里的男子一脸惊慌，看着满桌的仪器，以为我们要给他上刑，吓得直哆嗦。

我给他接上呼吸传感器、脉搏传感器、皮电传感器，以及血压传感器，然后打开微表情抓拍仪，测谎正式开始。

"姓名？"

"王国。"

"年龄？"

"三十八岁。"

"职业？"

"还没有找到工作。"

"是第一次作案吗？"

"是第……第一次。"对方开始出现应激性口吃，皮电、心电也有波动。

皮电波动表明汗液大量分泌；心电是心动周期性变化，精神压力会造成周期紊乱，这种紊乱会以波浪线的方式显示在图谱上；应激性口吃则是指某些被测试者在紧张或者说谎的状态下会出现的应激性语言障碍，比如口吃、词语排列混乱、逻辑不清，甚至说不出话等。综合以上反应，王国有说谎倾向。

"再想想，是第一次吗？"

"警官，真的是第一次，以后再也不犯了。"

眼角、嘴角下垂，咬肌回缩——表演型动作。

眼角和嘴角下垂表示后悔、放弃；咬肌回缩，则表示警惕和防备。两组动作一放一缩，是相互矛盾的，如果同时出现在脸上，证明他的表情是表演出来的，他在骗人。

王国和我对视的时间超过三秒，眼神没有躲闪，瞳孔轻微放大。说谎者为了让对方相信自己，会出现一种试图掩盖谎言的"逆向"反应，比如直视对方的眼睛、提高声调等。此时他的皮电反应波动值为9962，超过基础值9600（每台机器设置的参数不同），也指向他在说谎。

"你是怎么选择作案地点的？"

"那片是老楼，好爬；路窄，警车开不进去，逃跑的时候不容易被抓住；还有单身女人特别多。"

天府区工厂密集，租金便宜，交通便利，而且老城区一带的单身女性打工者确实多。

"为什么要选择顶楼？"

"顶楼容易得手！"

王国的犯罪经验提醒了我，攀爬顶楼虽然危险，却是最隐蔽、最容易得手的。

"你认识这个字吗？"我把打印出来的被害人李爽身体上的字展示给他，让他辨认。

王国歪着头看了半天："警官，不认识。我小学毕业，没文化的。"

蹙眉、上唇用力、瞳孔放大——思考性动作。测谎仪数值正常，他在关键问题上没有说谎。

我又把李爽的生活照和其他女性的照片混在一起让他逐张辨认。他在看照片时头部前倾，身体对我呈开放状态，精力集中。当他看到李爽照片时，抓拍仪没有捕捉到瞬间痉挛反应。

他回答："都不认识。"

王国的身高只有150cm，心理素质一般，作案时用了绳索，没有携带凶器，也没有戴手套之类的防护措施。再结合测谎反应来看，虽然是入室盗窃的惯犯，但他不是"5·14"案的凶手。

我们把王国交给辖区派出所处理，案件的线索又断了。

三

6月13日，我们接到报案，住在天府区南宛小区的售货员赵敏在熟睡中，感觉有人捂住了她的口鼻。她猛地挣扎着醒来，看到一个蒙面的男人正站在她床前，手里高举一把铁锤，正向她头上打来。

赵敏急忙把头一侧，锤子没有砸中她的头部，砸在了枕头上。她从床上跳起来，拼命反抗，又踢又打，高声呼救，惊醒了住在另外一个房间的儿子。

赵敏的儿子十六岁，正在读高中，平常住校，正赶上这两天感冒请假回了家。母子两个人齐心协力和男子搏斗，赵敏从身后抱住他，儿子去抢夺其手中的铁锤，并在争夺中将凶手的头套扯了下来。

男子吓得赶紧用一只手护住脸，有些惊慌，但很快镇定下来，甚至在逃离之前还和赵敏的儿子握了握手，然后拎着铁锤从房门径直离开了。

母子两人被弄蒙了，反应过来之后马上报警。警方根据母子二人的描述，很快完成了嫌疑人的素描画像。

画像上是一个留着小胡子的男人，前额窄，脸颊消瘦，颧骨突出，左右脸颊不对称，头发微卷，看上去很普通的一个人，却完全符合犯罪长相。

我研究过人对外界刺激的反应，当某种反应或某种思维长期频繁地刺激大脑，会促进人体内激素和羟色胺的生成，最终形成与之对应的相貌特征。比如，强奸犯的手臂通常很短，前额窄，发色和瞳孔颜色淡，鼻子与生殖器畸形的比例很高；抢劫犯大多头发粗，头盖骨不规则，胡子浓密，颧骨突出；杀人犯返祖现象严重，面部不对称，有较大的下颌或者颧骨，鼻孔肿胀。

专案组将嫌疑人画像下发到分局和派出所，将头套送到 DNA 测试中心。

公安局在鉴定中心建设了 DNA 数据库自动化工作站，有嫌疑人比对数据库，只要凶手有犯罪前科，就可以一键核对，直接将其筛选出来。

刘队让我去守结果。我立刻跑到实验室，看到公安部物证鉴定中心高级检验师、我的闺密刘宇正在做头套的第一次 DNA 样本提取。

我在实验室外面等了将近两个小时，没有任何消息。

透过实验室的玻璃，我看到刘宇正在紫光灯下观察头套。看到我，她招招手。于是，我穿上白大褂和鞋套，戴上手套，走了进去。

"我没找到任何有价值的样本，带毛囊的头发、汗液、唾液都没有提取到。"刘宇说。

"难道凶手在最里面还戴了一层类似染发用的塑料头套？"我表示怀疑。

我拿过头套仔细观察：头套是用一种很廉价的黑色弹力布制成的，看手工应该是自己缝制的。我凝视了很久，转身回到操作台，试着拉伸头套，一直拉到最大限度。

刘宇帮忙用固定夹夹住头套两端，然后用透明胶带按从上到下的顺序慢慢粘取，最后把胶带放到显微镜下，分拣出胶带上的单片物质——头皮屑。

我们对望了一眼，第二次取样成功了。

头皮屑是脱落的角质细胞，可以用来做 DNA 鉴定，只是提取过程需要用持续振荡法，准确率才能更高。

凶手的头皮屑数量足够进行鉴定。看来凶手很焦虑，注意到不留毛发，却忽视了头套质量不好会产生静电，有弹力的材料褶皱里可以藏下不少又小又薄的头皮屑。

凶手终于露出了破绽。

刘宇开始用提取出来的样本做 DNA 测试，先用离心器做 DNA 分离、纯化，消除样本杂质，然后用 PCR（聚合酶链式反应）扩增。简单来说，就是通过调节温度来大量复制 DNA，使 DNA 可以通过仪器用肉眼直接观察。DNA 的形状像两条缠绕在一起的螺旋形梯子，我们用 PCR 反应将缠绕在一起的两条"梯子"分开，使其变成单独的两条，之后为每一条"梯子"命名、标注，方便筛选比对。

我感觉我们越来越接近真相了。

只要用专业仪器进行基因对比，就可以拿到凶手的 DNA。

可是屏幕上突然出现了乱码，接着闪烁了一下，仪器彻底没有反应了。

重启，黑屏，再重启，又是黑屏。我和刘宇急得一头汗，谁也没想到，在关键时刻仪器会出现问题。

我赶紧打电话联系维修厂家。厂家回复说派专业人员维修或者把机器寄回去，最快也要一周时间弄好。这样 DNA 就没有办法马上出结果了。

之前专案组在分析"5·14"案和赵敏案之后，一致认为两起案子的共同点很多，比如入室路线、携带的凶器、作案手法、凶手的异常反应等，这说明凶手很可能是同一个人。

因此局里决定并案侦查。在凶手频繁作案的情况下，迟一天出报告，很可能意味着又有一条无辜的生命要流逝。

我急得不行，狠狠踢了两下桌腿，赶紧向上级请示。总局研究之后决定由刑警队指派专车专人，连夜把样本送往省鉴定中心。

与此同时，警方已经在凶手作案高发区张贴了凶手的模拟画像，提醒市民提高警惕，帮助警方提供线索。市局还增派了七百名警力巡逻，保护市民安全。这么大规模的行动，我还是头一次见。

接下来的几天，110 陆陆续续接到不少报警电话，大部分是中年女性。她们反映在晚上外出时曾有人尾随，尾随时间大致在晚上 8 点到 11 点。还有两个报案人说，尾随者戴着口罩，身高在 170cm 左右，从外形看，是个很瘦的男人。

此时，整个城市人心惶惶。6 月本来是美好的盛夏时节，现在一到晚上七八点就家家关门闭户，街上行人寥寥无几，冷冷清清的，城市也仿佛凝滞了一般。

更不可思议的是，在全市警方总动员的情况下，凶手竟然公然挑衅，又作了第三起案子。

四

6月17日凌晨，在新华超市打工的林娟遇害，距上一次案发只隔了四天。

我们火速赶到现场。林娟的家在天府新城小区南面，位于顶层六楼，阳台是用铝合金封闭的。凶手故技重施，从五楼和六楼之间的缓步台爬上遮雨的水泥板，最后从外面的阳台进入林娟的屋里，将熟睡中的林娟用铁锤砸死。

凶手移动了林娟的尸体，同样为死者洗澡，处理伤口，换上黑色长裙，穿好黑丝袜和红色高跟鞋，最后平放到客厅的地面上。

不同的是，他没有在死者身上刻字，而是在死者下身划了二十四刀。经法医检测，没有性侵行为，属于辱尸。

凶手在离开前将地面上的血迹擦拭干净，用床单把尸体盖住，并带走了林娟新买的手机。

我们调查了林娟的私生活——单身，家在外省，作风正派，同事关系和睦，没有情感纠纷。

从凶手的作案地图上看，这应该不是巧合。凶手频繁选择在一个区域作案，很可能意味着他的居住地点距离案发地很近。交通工具也不太可能是汽车。案发地是老城区，街道都比较狭窄，如果作案后驾驶汽车逃逸会很不方便——目标大，容易引起别人的注意。我们推测，凶手逃跑时使用的应该是自行车或者电动车一类的交通工具。

警方将案发区30公里以内有犯罪前科的人都作为主要排查对象，同时在技术科的协助下，开始追踪林娟的手机。

手机追踪显示携带林娟手机的人已经离开本市。从路线看，他似乎在兜圈子，先是在周边几个小城市短暂停留了四天，又开始向省城方向移动。

专案组已经连续七十二个小时没有休息了。在局里的安排下，我带一路队员赶往省城待命，另外一队继续进行技术追踪。

6月23日14点10分，追踪人员调取到新的手机信息，结果让我们兴奋异常。林娟的电话清单上出现九次主叫和被叫，最关键的是，通话时间在上午9点至12点14分较为频繁。

手机很有可能还在凶手手中，而且他还用这部手机打了电话。

警方调查到主叫人有五个，其中一个是林娟的朋友。她回忆说，她打电话的时候对方接通了电话，但是没有讲话。她可以听见对方所处的环境非常嘈杂，有"咣当咣当"的车轮声。

警方最终断定凶手最后的目的地应该是省城，乘坐的交通工具是火车。

刘队下达指令，专案组马上和铁路部门沟通，查询列车时刻表及车次。在铁路部门的协助下，专案组调取了当日开往省城的五列车次的列车时刻表以及乘客信息。根据通话时间排除两列车次，剩余的三列车次有一列将在一小时后到达省城。

追踪时间显示，嫌疑人很可能就在这趟列车上。

我们协调当地警方，赶到火车站，在列车到达之后，进行封车，逐一排查旅客信息。

车上成立了临时指挥部，由我带队的警员分成九组，对十六节车厢的旅客信息逐一清查。每组负责两节车厢，余下的一组对车组人员、餐车服务人员等共三十二人进行清查。

清查工作烦琐又复杂，不仅要看人和身份信息是否一致，还要了解年龄、外貌、身高等情况。

我们在列车上确定了七名可疑人员，其中一个叫许万金的中年男子进入了我们的视线。他的相貌、身高都符合凶手的特征，嫌疑很大。许万金身上确实有一部手机，不过经确认后发现不是林娟的手机。

我们将许万金和警方模拟出来的凶手画像进行比对，发现许万金没有蓄须，而且比凶手要胖一些，其身份证上的地址也距离天府区很远。

我先将他的照片传回局里，让赵敏母子辨认，随后在警用车厢对许万金进行了询问。

"去省城干什么？"

"找工作。"

"听说过天府区的入室杀人案吗？"

"不清楚。"

他在回答这个问题时左侧脸颊抽动了两次，四肢轻微内敛，声调是 BP 蓝音（一种低而嘶哑的声音）。我看得出来，他有所保留，似乎在掩饰一些东西。

脸颊抽动表明他对我提出的问题很敏感，四肢轻微内敛是一种防守动作。人在遇到危险时会出现肌肉收缩，声调下降则是一种回避。

我正要问下去，忽然相连的车厢一阵骚乱。有人跳窗逃跑了，两名同事和一名乘警一起追了出去。

与此同时，市局将赵敏母子的辨认结果传了过来，确认许万金不是凶手。虽然我有点不甘心，但没有实质性证据，只能暂时让他签字离开了。

抓捕的同事们回来了，我本以为抓到了凶手，没想到带回来一个小偷。他在车上行窃，以为我们是来抓捕他的，所以才吓得跳窗逃跑。

凶手没有找到，我将嫌疑人信息资料传回我市专案组指挥部，等待进一步调查。

6 月 24 日下午 4 点 30 分，警方通过手机定位终于掌握了林娟手机的大致方位：在省城的某个二手手机市场。包括我在内的五名刑警又立即奔赴定位地点。

手机市场生意很好，人特别多，我们开始对市场周边商户进行排查。经过三个半小时的排查，终于在一家手机店里找到了被害人林娟的手机。

据店主回忆，下午三点多，有一个男人要卖这部手机，他以六百元的价格收购了。

我再次拿出凶手画像让店主辨认，店主回答说不太像。他说卖手机的男人脸很胖，戴着帽子，留着小胡子，不是本地口音。当我们提出想看监控时，店主说店里没有安装监控设备。

省城这边的线索中断了。

一般情况下，省鉴定中心三天内肯定会出 DNA 结果，可现在已经四天了，还没有任何音信。

刘队给省鉴定中心打电话询问情况。省鉴定中心回复说，DNA 鉴定过程中，省里的两台鉴定仪居然同时出现问题，工作人员一直在抢修，暂时不能使用。修好后还需要重新调试程序，因此不能确定出结果的时间。

这个案子出现这么多突发状况，实在让人意想不到。

6 月 24 日晚上 9 点 30 分，在省城待命的我接到信息，市局里物证中心报修的仪器已经提前修复，调试完成。我和刘队商量是不是可以把样本取回，在市局里做鉴定。

终于在 6 月 25 日早上 8 点 10 分，我们开了一夜车把几经周折的样本又送回刘宇手中。

仪器开始进行不同片段 DNA 长度比对，屏幕上涌动的波浪终于把凶手推到我们面前：在嫌疑人数据库里，许万金再次出现在我们的视线中。

他曾因盗窃被判处有期徒刑九年，两次劳动教养期为三年，入狱时间共计十二年。这个人和警方在列车上发现的嫌疑人是同一个人，我和凶手擦肩而过了。

五

6月25日下午5点，我们根据许万金的最新户籍登记地址直奔其家。在正式逮捕许万金之前，我们进行了周边防控。许万金家住在天府小区东面，距离案发地点只有六千米。

当我们进入许万金家之后，发现只有他的妻子和两岁半的女儿在家。妻子李雅说丈夫去省城办事，过几天才能回来，其他一概不知。许万金家中确实有一辆自行车和一辆电动车。

他的家显得很有文化品位，家里到处都贴着他手书的诸子百家和"上善若水"之类的警句名言。书架上摆满了《道德经》之类的经典读物，还有临摹字帖。

其中一排法律法规类的专业书籍吸引了我的注意力。所有书摆排整齐，统一塑封书皮。书脊上贴的标签位置相同，标签上写着"法律类"，还标注着购买时间。

我问李雅，许万金晚上是不是有外出散步的习惯。李雅显得有些慌张，有舔嘴唇的动作。她说丈夫特别喜欢孩子，晚上一般都在家陪女儿，很少外出。

她还告诉我们，许万金虽然只念过七年书，但他会画山水画和油画，还喜欢雕刻、写毛笔字，而且心灵手巧，什么都会修。

我们向周围邻居核实情况。在邻居眼中，许万金对人特别有礼貌，人缘很好，喜欢帮助别人，谁家的电器、家具出现问题都会找他帮忙。他和李雅的夫妻感情也很好。

对门的一位大爷说，他曾经看到许万金晚间外出过。和他打招呼时，他说是去锻炼身体，大爷还听说许万金年轻时和叔叔学过一些武功。

我们在许万金家没有发现凶器，但基本可以确定"5·14"等案的凶手就是许万金。

6月27日，我们找到了住在老家的许万金父母。许万金的母亲瘫痪在床，她说儿子从小孝顺，特别是对母亲，几乎百依百顺，长大后经常给父母买东西，还打算把父母接到城里家中养老。一提到儿子，老太太就开始抹眼泪。

据调查，许万金对自己的两个孩子（包括与前妻生的现年十六岁的儿子）都非常疼爱，从来不打骂孩子，他们要什么给什么。

许万金的父亲还抱怨说，儿子是个很优秀的孩子，要不是第一段婚姻把他毁了，他现在会更好。

许万金共有过两次婚姻。第一次结婚后，夫妻性格不合，妻子嫌弃他没本事赚钱。许万金为了证明自己，自制了一套盗窃工具，跑去偷盗财物，被抓之后判了九年徒刑。

在许万金服刑期间，妻子和他离了婚。这场变故让许万金大受打击，他生了一场重病。医生甚至下了病危通知书，从那以后他就变得沉默寡言了。

许万金出狱之后一直失业，好在他心灵手巧，经常去零工市场打工，收入还能维持家用。和第二任妻子结婚之后，他特别珍惜家庭。

离开许万金父母家之前，我看到日历上7月14日这一天有一个大大的红圈。我清晰地记得，许万金家的日历在同样的日期上也有一个红圈，询问之后了解到那天是许万金母亲的生日。

当地警方协同我市警方在两地同时布控，准备实施抓捕。

联想到许万金母亲满眼泪水的样子，我分析，以许万金对家人、亲情的看重，他很可能在母亲生日当天，潜回老家为母亲庆生。于是我们在许万金父母家周边增设了很多便衣。

7月14日傍晚，侦查员注意到一个穿蓝色T恤的男子出现在许万金父母家附近的旅店。他多次进出旅店，观察周边情况，形迹可疑。确定是犯罪嫌疑人许万金之后，警方直接将其抓捕归案。

许万金被捕之后，一直不肯承认自己杀人的事实。讯问时，我问他为什么要逃跑，他说自己没有逃跑，只是到省城去找工作。

听说专案组要对他进行测谎，许万金竟然显得有些兴奋。

确认许万金身体各项指标正常之后，我带他进入了测谎室。

我对许万金说："首先，我们要进行的是激励测试，算是个小游戏吧。这种测试可以提高测谎仪对比分析的准确度，另外也能让你了解一下测谎仪的性能。"

我把一个平板电脑放在许万金面前："这里有四张工具的图片，分别标注了A、B、C、D四个选项，你可以根据个人的喜好随意选出一张。"

我回到工作台后面，问："选好了吗？我现在要根据你的反应图谱猜你选了哪个。"

我依次报出工具的名字："A.剪刀，B.铁锤，C.电锯，D.凿子，你选择的是'B.铁锤'吗？"

许万金脸上出现了惊讶的表情。

"我在读'B.铁锤'的时候，你的脉搏和血压起伏明显。仪器的准确率很高吧？我们要开始正式测谎了，准备好了吗？"

许万金点点头。

"你的名字叫许万金？"

"是。"

"今年四十岁？"

"是。"

"有过两次婚史？"

"是。"

"对前妻不满？"

"没有。"当我问到这个问题时，许万金的两脚由外开转为内合，表明他对相关问题有所顾忌。

从开到合是一个防守性的动作，表示要保守秘密。人在说谎或预感到危险时，会出现生理性逃跑反应，血液由四肢回流到心脏，脚的温度会下降，这个"合"也是一种下意识的保温反应。

"会玩扑克牌吗？"

"不会！"此时许万金食指轻微内曲——表明他对此有所隐瞒。

人在听到一种熟悉的事物时，首先脑海里会出现这种事物的影像，如果这种事物和他的工作或者经常参与的某种活动有关，他的肢体会产生一个应和的动作。食指是灵敏度和使用频率最高的手指，也是瞬间反应最快的手指，虽然他嘴里说着不会，身体却在说"我会"。

"喜欢书法吗？"

"喜欢。"

"在特殊的材质上写过字吗？比如人的身体。"

"没有。"此时许万金脚尖内扣，皮电有起伏，微表情抓拍仪上出现了 0.5 秒的眼皮闪跳。

当三组反应同时出现时，说明被测试者很紧张。脚尖内扣表示防守和保住秘密，皮电起伏表示焦虑、慌张，眼皮闪跳是眼部肌肉的一种自卫机制。

"平常朋友多吗？"

"不多，没朋友。"

"喜欢喝啤酒和散步？"

"偶尔。"

"身份证上的住址为什么与实际住址不符？"

"身份证上是老宅的地址。"

我把几个被害人的照片分别放在他面前，测谎仪上的峰值线终于开始轻微波动。

就在我以为找到切入点时，许万金突然开始撕扯被害人的照片，并且拒绝回答我的提问。僵持了五分钟之后，他开始翻白眼、吐口水，还不停用脚踢前面的桌子，趁我不备，他一把夺走了测谎题，一边撕，一边扔得满地都是。

他大声叫嚷："我有精神病！我有精神病！"

公安部明文规定，精神病人是严禁测谎的。更麻烦的是，如果他是在无意识状态下（发病阶段）杀了人，可以不用承担任何刑事责任。

作为一名测谎师，我尊重嫌疑人的沉默权，但并不代表我要尊重他的表演欲。

以我的直觉和经验推断，真正的测谎才刚刚开始。

许万金并没有扯断传感器连线，我从监控器里可以看到隔壁的刑侦人员严阵以待，随时准备冲进来。我用手势阻止了他们的行动，因为显示屏上的声析图谱起伏明显，呈锯齿形上升，域值从 3.0 上升到 3.8。声析测谎器是对被测试者说话时的语调高低、速度快慢和节奏变化进行捕捉的仪器。

所有的测谎题都在我心里，他撕了纸质问卷也没用。我大脑飞速运转，一组围绕主题问答的备选题很快出现在脑海里。

我试探着问他："你的现任妻子知道你的病史吗？"

提到"妻子"，仪器上的图谱出现了明显波动，呼吸频率加快，心跳从每分钟七十五次上升到八十五次。精神病人在发病时是不会出现这种感情波动的，因为在他们的概念里，"妻子"和"陌生人"没有区别。

"你和第一任妻子离异，对你造成了很大的伤害吗？"

许万金的皮电反应出现异常，上升幅度很大，波浪密集度增加。

他紧锁眉头，一边摇头一边念念有词，并不理我。从微表情看，紧锁眉头表示恐惧和抗拒。

"你讨厌女性？"

许万金的瞳孔瞬间放大，并伴有吞咽口水的动作，皮电反应再次出现异常，又达到一个最高上限值。这些表现证明我猜中了。

"你的书架上为什么有那么多关于法律的书？"提前做好周密的准备是连锁犯罪的突出表现。（连锁犯罪指的是为后续大量作案做好准备，出自美国犯罪学家约翰·哈根的《谁是犯罪人》。）

许万金一脚踢翻前面的花盆，面部开始出现两侧不对称的表情。他在装疯卖傻。看来杀人狂也怕死，他想假装成精神病患者，拖延时间，扰乱办案人员的视听，以此脱罪。

我飞快地瞥了一眼墙上的时钟。属于测谎师的时间最长不超过三个小时，因为长时间测谎，测谎师、被测试者的注意力及敏感程度都会受到影响。更重要的是，测谎的时间也被包括在审讯时间之内。

法律明确规定，侦查阶段能够讯问嫌疑人的时间为十二小时，最长不能超过二十四小时。他和我纠缠的时间越长，属于刑警队讯问的时间就越短。

许万金的表演正在升级，他一边撕扯左手上的心电连接器，一边朝我吐口水，还时不时瞥一眼我桌子上的笔记本电脑。

我示意他冷静，并把笔记本电脑转移到最东边的桌子上。

我把死者李爽的后背照拿给他看，并提高声音问他："这个字认识吗？"

图谱出现跳跃式皮电反应，波浪线从两低一高变成锯齿形升高，接着又是两低一高，出现了三次类似循环，这表明他的心理压力很大。

他从扶手椅上站起来，试图抢夺我的电脑。好在他身体上还连着两道心电线，他一时解不开。我抱着电脑退到东南墙角。

"铁锤砸下去的时候会产生生理快感，舒缓心理压力，所以每隔一段时间你都会出去寻找目标，对吗？"

图谱上的变化显示，许万金开始出现生理性逃跑反应——血液进入快速循环状态，先冲到四肢，再回到小腿，这时候被测试者的手脚温度会下降，通常会出现双手互握、抓指尖、跺脚、脚尖回扣等动作。

此时他已经挣脱了所有传感器连接线，搬起监控仪向我砸来。

我无处可躲，努力护住电脑，监控仪正好砸在我的左膝盖上，顿时我感到一阵刺痛。此时，刑警队员们及时冲了进来，把许万金制伏。

我的问题一一应验，测谎结论为"对于主题问题有说谎反应"。

六

"许万金，你没有精神疾病，你忘记了开始测试之前，医生已经对你进行了检查，你也在测谎协议书上签了字，确认自己没有精神疾病。现在再加上我的测谎意见书，你翻不了盘的。"

许万金的伪装被我识破之后，终于放弃了装疯卖傻。案件又进入讯问阶段。他转着眼珠，又开始狡辩："我是双重人格。"

"你根本不是双重人格，双重人格在置换时会用一种人格覆盖另外一种人格，而主人格是不知道的。两种人格都不进入另一方的记忆，几乎意识不到另一方的存在。可是你从始至终都在努力掩饰自己的犯罪事实，这证明你杀人时意识清醒，不存在人格转换。"

许万金听我说完，突然扑哧一声笑了，他说："好吧，你赢了。想知道什么？我告诉你。"

"我们在火车上检查那天，为什么在你身上没有搜查到林娟的手机？"

许万金一笑："看到你们上车，我用刮胡刀刀片在座椅下划了一道口子，把手机关机之后，塞到里面了。下车的时候趁着大家都在拿行李，没人注意，我又偷偷取出来了。"

"作案时只有你一个人？"

"是。"

"为什么持续作案？"

"有些东西，一开始就停不下来了，像……上瘾一样。"

"铁锤和匕首藏在什么地方了？"

"扔进水库里了。"

"为什么要在尸体上刻字？"

他沉默了一阵，突然说："那是创作。"

"为什么要刻那个字？"

许万金叹了口气："女人，我猜不透，好像有两副面孔，就像那个字，也有两个截然相反的意思，端庄和淫邪。我觉得还挺配，就刻在她后背上了。"

"为什么在杀死李爽之后，要把现场布置成打牌的样子？"

"我就是把她当成一个倾诉对象，把不痛快的事儿和她说说。两个人在一起总得做点儿什么吧，我也不会别的，就打打牌，喝喝酒呗。"

"那副牌为什么是你赢了？"

许万金突然笑了："她都死了，还不是我说了算。"

"你和死人相处时，比和活人更自如放松？"

"嗯，是吧！"

"你做的第二起案子，为什么在走之前要和赵敏的儿子握手？"

"最基本的礼貌嘛。"许万金的这个回答有些出乎我的意料。我猜测他有掩饰性人格，表里不一，反差很大。

"为什么要卖掉林娟的手机？"

"当时身上没带多少钱，她的手机是最新款的，估计能值点儿钱，就想卖掉换钱。"

"为什么在死者林娟的尸体上划了二十四刀？"

"当时觉得很烦躁，就随便发泄了一下。"

"划伤尸体的下身也是因为烦躁吗？有其他意图吗？"

"就是烦躁，哪有那么多意图。我承认我改造过尸体，但别的我不会，我又不是变态。"

"为什么给尸体清洁、换衣服、化妆？"

"那是一种观赏，我亲手制作的艺术品，懂吗？女人，无论死了还是活着，都必须端庄。"

"为什么上下装有区别？"

"你猜！"许万金狡黠地一笑。

他对所有案件供认不讳，至于作案动机，他守口如瓶。他在回答杀人细节时情绪平稳，还有炫耀的意味，被问急了的时候会说："你们猜！"

许万金案在社会上影响极大，性质恶劣，最终他以故意杀人罪被判处死刑，剥夺政治权利终身。案件结束之后，我到物证中心去补充了一份鉴定报告，准备呈交法院备案。

见到刘宇后，她问我："对了，为什么目击者和幸存的受害人都没认出许万金呢？"

我苦笑着摇摇头："许万金逃跑之前犯了牙周炎。在火车上做笔录时，他的整个脸颊都肿了，五官变形，所以被害人没认出来。他上车之后把胡子剃了，去卖手机时又粘了个假胡子，所以店主也没认出来。"

"他的犯罪动机你到底找到没有？"

"我不确定。两天前，我去了一次他的老家，他小时候在二叔家长大。他二叔学过功夫，后来因为脸部烧伤，在镇上的太平间做守夜人兼遗容整理师，一辈子没结婚。听太平间的老员工说，他二叔特别喜欢喝酒，经常带他去守夜。他二叔一喝酒话就多，经常会说什么'活人是鬼，死人是魂'，还把尸体称为'尸友'。"

"我想，他杀人之后给尸体化妆、破坏尸体，很可能跟小时候的耳濡目染有关。另外，他对前妻充满失望和怨恨，怨恨前妻的虚荣自私和背叛抛弃，同时，这些怨恨的累积让他对女性产生了报复心理。"我补充道。

……

每个人的身体里都隐藏着善与恶，我们可以去选择做一个好人还是坏人。当"善"再也压制不住"恶"，人就可能走向犯罪的深渊。"日光"之下，"恶"隐藏在人群里，每当"夜幕"降临，它取下面具，化身为恐惧本身，成为杀戮世界的"王"。

我们无法否认，大多数人都有两面性，有些人会忽冷忽热，情绪失控；有些人会对别人的评价很敏感，却又我行我素；有些人明明害怕正面冲突，却又常常去激怒别人。或许，绝对正常的人并不存在，每个人或多或少都带着大大小小的"病态"，关键在于调试平衡的"度"。一旦越界，便无法回头了。

如何跟另一个自己和解，这不仅仅是许万金一个人需要面对的问题。

03 临刑前，
他的唯一要求是
穿上那条裙子

我们刑警队在深夜12点35分到达现场，开始进行第一轮查验。茶庄老板高语堂一家五口全部被害，其中最小的儿子年仅六个月。现场遍布血迹，地上散落着一些小额钞票，还撒着一些大米，部分米粒有被烧焦的痕迹。

一

许万金的案子过去快一年了，由于此案犯罪方式的特殊性，我对《极端犯罪心理学》产生了浓厚的兴趣。特别吸引我的是书中第九章的内容，这一章介绍了灭门案的基本特点："属于极端暴力犯罪，犯罪方式激烈，突发性强……"没想到，我的"乌鸦体质"很快应验了。

2012年4月9日深夜12点，我睡得正香，手机骤然响起。我立刻惊醒，拿起来一看，是刘队打来的。刘队只说了一句："马上出警，灭门案。"

……

接警中心在晚上11点零5分接到高家的报警电话，打电话的人是受害人高语堂十二岁的大儿子高新："我是新康小区66栋，赶紧来救命，有两个歹徒闯进我们家了。"

回放报警电话的录音，可以听到报警环境非常嘈杂，有砸门和打斗的声音。从孩子的用词特点看，应该是在重复父母教的话。

情况极其危急，接警中心接警后，指调距离案发地最近的良安派出所出警。派出所的两名民警开车一路狂奔，只用了不到十分钟便赶到案发地点。当时天色已晚，新康小区属于北山新开发的小区，住户稀少，周围全是农田和建筑垃圾，路灯设施还没有全部安装到位，小区内一片漆黑。两位民警开始对案发别墅展开侦查：楼体正在装修，外墙还搭建着脚手架。

出警速度如此快，歹徒此时很可能还没跑远，甚至仍然藏匿在报警人家中。两位民警分工，一位负责在高家的院墙外进行警戒，另外一位顺着外墙的脚手架翻墙爬到了二楼窗外。

民警敲窗询问是否有人在家，此时房子里一片漆黑，没有任何声音。

负责勘查外围的民警发现，西窗有人为破窗的痕迹，意识到可能有大案发生，于是马上向指挥中心申请支援。

两位民警重新调整了行动方案，一位做后援，继续在外警戒，防止歹徒翻墙逃跑；另外一位掏出手枪，果断破窗，从东窗进入一楼。楼道里一片漆黑。

那位破窗的民警姓王，他后来回忆说自己很快就闻到了淡淡的血腥味。他摸索着上楼，随时准备和歹徒正面相遇。到达二楼后，血腥味越发浓重。随着眼睛慢慢适应了周围的环境，王警官借着窗外月亮的微光看到地面上有大片血迹，此刻他担心的是报案的小孩子是否还安全。

终于到达二楼卧室附近，那里有两扇门，都关着。当他准备打开其中一扇房门时，感觉里面的门被反锁着。难道歹徒此时正在房间里？王警官一脚破门，发现屋里没有动静，打开屋灯后，他发现卫生间窗户敞开着。歹徒很可能是从那里逃走的。

直到王警官打开二楼的另外一扇房门，才看到地面上躺着三具尸体。户主高语堂夫妻和十几岁的孩子全部倒在血泊中。母亲趴在孩子的尸体上，父亲倒在母子俩的脚边，床底下有一部摔碎的手机。

之后，王警官又在另外一个房间里发现已经死亡的高语堂的母亲和高语堂的小儿子。一家五口，无人生还。

二

我们刑警队在深夜 12 点 35 分到达现场，开始进行第一轮查验。

茶庄老板高语堂一家五口全部被害，其中最小的儿子年仅六个月。现场遍布血迹，地上散落着一些小额钞票，还撒着一些大米，部分米粒有被烧焦的痕迹。

李时发现，最小的死者面部有青紫色尸斑，结膜和口腔黏膜存在出血点，应该是被人捂住口鼻引起的窒息死亡。其他受害人均为刀伤致死，其中高语堂身中 28 刀，高语堂的妻子万蓉身中 16 刀。

郑爷在主卧的房门上提取到两枚左脚踹门的脚印，一个长 24cm，另外一个长 27cm，应该是两名凶手暴力闯入时留下的痕迹。

我们从现场痕迹分析，高语堂夫妻在死前曾拼死抵门，给孩子争取到了报警时间。但最终凶手暴力踹开房门，闯入房间，与夫妻二人发生激烈争斗后，将他们连同孩子一起杀害。

经过勘查，在被害者家中的抽屉里放着五万元现金；房间的正中摆放着一把椅子，椅背上搭着一件墨绿色的夹克衫，在夹克衫内袋，有三万元现金；此外，警方还在高语堂夫妻卧室的枕头下面发现了两万元现金。

我们统计之后发现，高家存放的现金总额高达十万元。

家里存放这么多现金，却没有被凶手拿走，凶手似乎不是为了打劫财物而来。再加上下手这么狠辣，我们初步判断，仇杀的可能性很大。

还有一件离奇的事，郑爷在万蓉的包里找到一张印着食指血手印的名片。手印确定是死者万蓉的，检验科也很快证实了这一点，看上去像是万蓉留给警方的线索。

名片上写着"张建立"，是另外一家茶庄的老板。

我们很快找到了名片的主人。张建立声称自己和被害人平常有业务往来，关系非常不错。案发当晚，他的确去过被害人家送业务款，但九点左右就离开了，之后在街边找了一家小酒馆吃饭，还喝了很多酒，回到家很快就上床睡觉了。但没人能佐证案发时他到底在哪里。

张建立被询问时不停搓手，时不时拎一下裤腰，虽然这都属于正常紧张行为，但是目前警方无法排除他的嫌疑。案件陷入胶着状态。

李时根据现场遗留的大量血迹和物品破坏程度，判断当时搏斗过程非常激烈。两名凶手很可能也受了伤，只是凶手的血迹被受害人一家的血迹淹没了。

李时开始一寸一寸地在满墙满地的血液遗留中寻找凶手的痕迹，最终真的找到了。在楼道的墙面上，从两摊被害人的血迹中间，李时提取到一名凶手的血迹，并成功检验出了凶手的DNA。

在万蓉的血衣袖口，李时又提取到另外一名凶手的血迹。

郑爷根据墙面痕迹还原了现场：两名凶手和男主人高语堂激烈打斗，其中一名凶手揪住高语堂的头发向墙上撞去。在高语堂挣扎时，凶手的指骨意外撞击到墙面，因为力度过大受伤出血，血迹留在了墙面上。

万蓉袖口留下的血迹呈条状浸润形，很可能是凶手在行凶过程中割伤了自己的手。将两名凶手的DNA和张建立的进行比对，均不匹配。他不是凶手。

三

至于名片，刑警队所有人观点一致。从现场的大量血迹和刀伤分析，女受害人万蓉应该是当场死亡，不太可能在濒死状态去翻找凶手的名片，将自己的血手印按上去，又再次放回自己包中。留证过程过于复杂，不符合现场态势。

她如果真想留下证据，完全可以直接用血写出凶手的名字。这个离奇出现的手印，大概是凶手为了干扰我们的侦破视线，故意留下的，但这种设计的细节在残暴的犯罪现场又显得过于精致和用心。

我拿着凶案现场的固定照，盯着地板上散落的钞票，又有了新的破案思路。

案发现场遗留的大量现金，很可能是两名凶手没来得及搜索房间造成的。凶手入室后很快被发现，父母为孩子争取到时间报了警。凶手听到孩子打电话报警，狂踹房门。知道警方很快就会赶到，时间紧迫，凶手慌忙逃窜，只找到一些明处的小钱。两个凶手甚至急到连地上的现金都来不及捡起。

刘队认同了我的判断。但地上那些散落的米粒以及被烧焦的米粒却让我百思不得其解。

如果这起案件不是仇杀，那么应该就是劫财杀人。凶手不是随机作案，他们对高家应有一定了解，知道高家存放大量现金，因此有可能是熟人。

我们在案发当天夜里，以高家为圆心，在周围五公里内展开了细致的搜索。

根据案发现场的状况，我认为两名凶手逃跑时全身是血，拿着凶器。从犯罪心理学角度看，他们逃出去之后会做的第一件事应该是藏匿血衣和凶器，这样便于逃脱，不容易被发现。案发现场虽然偏僻，但北面有未开发的北山阻拦，东边三公里内便是一条大河，按常理他们只能向西南方向逃窜。西南方向不到一公里便是街路，进入市区之前，他们一定会换下衣服。

我们果然在距离案发地不到一公里远的西边玉米地找到一口机井。凶手在机井里面遗弃了大红色胶皮手套、纱手套、丝袜、口罩和一件墨绿色的外套。其中一只胶皮手套上还有一道被利器划过的口子，长约8cm。这和我们的初步判断完全一致，凶手在作案过程中受了伤。

这口机井的位置非常隐蔽，被玉米秆遮挡着，只有本地人才会知道。在只有几千人的郊区，人们大都互相认识，本地熟人作案的可能性进一步增加了。

而那件墨绿色的外套上遍布血迹，我们将外套带回局里，准备进行仔细查验。

那是一件墨绿色夹克，质地为粘胶纤维，样式普通，价格便宜。出乎意料的是，在外套的内衬里面缝着一个小小的布条，上面写着"王一件，欠10"的字样。看到"王一件"这个名字，我马上联想到本市很有名的一个惯犯——王铁江。

王铁江是我们的老熟人了，三十五岁，打架、斗殴、盗窃是家常便饭。他大罪不犯，小错不断。王铁江手下有一群小弟，他在小弟面前声称，只要出门便会随身携带一把管制刀具，所以江湖人送外号"王一件"。

我们开始对"王一件"进行暗查，结果发现他最近和一个叫王宇谦的人来往密切。王宇谦从外地到本市刚一个多月，这两个人一高一矮，和高家灭门案凶手的体貌特征非常吻合。

警方很快将二人逮捕。"双王"到案后，我们对他们进行了审问。

王铁江长相普通，留着一撇小胡子，两只耳朵不对称，一开一合，眼神和常人不同，眼睛的聚焦处永远在左上角。在审问王铁江的过程中，当我问到 4 月 9 日晚他在干什么的时候，王铁江笑了。

"谁记得当时在干啥？睡觉、喝酒、打麻将、泡妞呗！"

"你是在持刀抢劫吧！"

王铁江皱了皱鼻子："你们知道还问我。"说完白了我一眼。

"王铁江，你和警方对着干了这么多年，现在已经牛到抢劫杀人，还在衣服上做标记了吗？你这是在挑衅警方。"

王铁江把身子坐正，眨眨眼睛："啥意思？"

我把拍到了"王一件"字样的血衣照片拿给他看。

王铁江身体一缩，赶紧否认："这可不是我的衣服，出去办事的时候我从来不穿墨绿色的衣服。我最讨厌绿色，像绿帽子一样。"

"王铁江，这可是灭门案，你知道不配合的后果。"

"啥灭门案呀？那个老头死了？"他一脸惊讶。

老头？高语堂的年纪和他差不多，不可能被称为老头。我没有急于否认，不动声色地盯着他。

王铁江急了："不可能，那天抢劫的时候，我就拿刀吓唬他，让他把钱和手机交出来。那老头不听话，和我撕巴了几下。我一脚把他踹倒了，之后就跑了。我没砍他。"

王铁江和我说的很明显不是同一个案子。

我和队长对视了一下，继续问他："你详细说说。"

王铁江咽了一下口水："我这段时间手头紧，就约了王宇谦，商量着抢几票，解解燃眉之急。我们 4 月 9 日那天晚上抢了五六个，在宏安小区那边。有一个老头挺倔的，非常不配合，剩下的都是女的。抢的钱加到一起才三千多。"原来市区周边最近发生的几起抢劫案是"双王"干的，灭门案没破，居然先查出了其他案。

王宇谦的口供和王铁江基本吻合。结合"双王"的口供，我们发现市区十几起抢劫案，包括两起入室抢劫都是"双王"作下的，现金和物品加在一起案值已经超过五万元，但是没有人员伤亡。对于高家五口的灭门案，"双王"矢口否认，坚持说与他们无关。王铁江甚至在审讯室里破口大骂，说警察栽赃陷害，还说要请律师。

我们立刻提取了"双王"的DNA，与高家灭门案凶手的进行比对，结果均不匹配。虽然入室抢劫时的手法非常相似，比如携带匕首、爬窗，体貌特征也很像，甚至两人的鞋码和我们提取到的都一致，但他们还是被排除了嫌疑。

四

我曾经怀疑会不会是"双王"手下的人作案，可是王铁江说，他早把小弟解散了。以王铁江的个性，这么一件大案，他肯定会亲自动手，不可能安排小弟下手。

本以为已经接近真相，没想到案件的线索就这么断了。

我们只能再次从物证下手。我泡了杯咖啡，盯着证物袋里的血衣。我发现衣服左右口袋的拉链不一致，看来被更换过，而且在衣袋被撕破的地方有缝补的痕迹。从缝补的方式上判断，缝补人很专业，用了织补技术。再翻过来，看看缝的布条，"王一件，欠10"是用蓝色圆珠笔写的。我突然意识到，这个长3cm左右的小布条应该是干洗店经常使用的东西，他们为了分辨客户衣物会在上面做这样的标记，而且干洗店也能修补服装。

"王一件"指的是姓王的顾客，十元是干洗一件衣服的费用。根据这个推测，我们开始大量排查高家周围的干洗店，结果很快就找到了清洗这件衣服的店铺。干洗店距离被害者家只有十分钟路程，但是店里没有监控，而且服务员也记不清这件衣服是谁送去干洗的。警方考虑有一种可能，嫌疑人送衣服干洗时，随口报出了一个姓氏，并不一定是他的真实姓名，所以这条线只能暂时搁置。

案子又不动了。

我有点心急，去做了一次案件模拟重现。我走到藏衣服的机井边，蹲下身，盯着这口机井。机井是干旱时用来灌溉庄稼的，普通机井在建造时都会高出地面，用石头砌好后，再用水泥浇筑外围，防止有人跌落。这座机井非常隐蔽，明显低于地面，不是本地人根本不可能找到，难道真凶就来自附近的村庄？

我把自己的想法和局里一反映，领导马上安排了大范围摸排。我们将凶手的 DNA 与事发地周边三个村庄接近一千五百户的村民进行核对，最终却一无所获。我们还对刚刚回乡的打工人群进行登记核实，可是也没有找到线索。

不过，在比对 DNA 采血走访的过程中，一个六十岁左右的老头引起了我的注意。他似乎总在跟踪关注我们。我打听了一下，老头是村口小超市的老板，叫贺广发，此前他已经完成了 DNA 比对。

如果单纯是凑热闹，贺广发不会放下自己的生意，跟踪我们到邻村。这个老头难道和凶手有关？

我推测，他可能是想打听情况，然后给凶手通风报信。

我很快拿到了贺广发的资料。贺广发的妻子在两年前去世，他还有一个儿子叫贺铭，已经外出打工，巧合的是贺铭曾经给被灭门的高家送过货。

贺铭，大专文化，长相端正，三十三岁，未婚。据村民反映，凭贺铭的条件找个媳妇并不难。贺广发一直托媒婆给他介绍女朋友，可是都被他拒绝了，理由是不想结婚。还有村民反映贺铭性取向有问题，说他喜欢男人，还说贺铭和下口村的"缝脸儿子"关系特别好，两个人几乎形影不离。

通过村委会的人，我们了解到下口村的"缝脸儿子"叫余来酉，他在七八岁的时候脸部长过一个肿瘤，做了切除手术之后在脸上留下一条特别长的缝合疤痕，几乎贯穿整个右脸。他平常不和任何人来往，独自一个人在院子里打家具、织网、编手工，拼命干活儿攒钱，据说是想去整容。

我们找余来酉了解情况时，余来酉的家人告诉我们，他去外地咨询整容医院的事了，要过几天才能回来。警方随后拨打了余来酉的电话，却一直无人接听。

贺铭不光对高家的情况有一定了解，还对案发地周边的环境很熟悉，具备作案条件。我们再次提取了贺广发的DNA，检验之后确认他与凶手的DNA不匹配。

贺广发的隔壁住着村里的"小喇叭"——五十多岁的寡妇何绣芸，村里没有她不知道的事。每次去贺广发家了解情况，她都在门前看热闹。

我想再从周边多了解一下贺广发家的情况，于是找到何绣芸，问她："你知道贺广发家的情况吗？"

何绣芸凑到我跟前，小声说："警察同志，我们做邻居这么多年了，什么事能瞒得了我？我跟你说，贺广发年轻时在煤矿打过三年工，他媳妇一个人在家照顾婆婆。贺广发出去打工的第二年，贺铭就出生了。"说完撇了撇嘴，给了我一个意味深长的眼色。

贺铭难道不是贺广发的亲生儿子？

随后，郑爷对贺广发家进行了勘查，终于在贺铭离家打工前留下的一把梳子上找到几根带毛囊的头发。送到实验室，提取DNA之后发现，贺铭的确不是贺广发的亲生儿子，但他的DNA与高家灭门案现场提取到的疑犯之一的DNA相匹配。

我们传唤了贺广发，他一问三不知。

我问他："为什么一直跟踪我们？"

贺广发说："我儿子走之前嘱咐过我，如果有警察来，什么也不要说。我觉得他可能在外面惹事了，有点担心。所以，你们来调查时，我一直跟在后面打听，想知道是不是和我儿子有关。"

"你什么时候知道贺铭不是你的亲生儿子的？"我问贺广发。

"老早就知道，养了这么多年，不是亲生也成亲生的了。"贺广发挥挥手，老头虽然不愿意谈这个话题，但看上去还挺大度。

我又问："贺铭知道他不是你的亲生儿子吗？"

贺广发说："我也不确定。"

考虑到贺铭很可能会与贺广发联系，我们在贺家附近安装了监控，布置了两名便衣，以便观察贺广发的动向。

五

警方马上下达了对贺铭的通缉令。转眼一个多月过去了，监控贺广发的同事说，贺铭没有回过家，也没有和贺广发联系过。

郑爷在贺铭的房间里发现桌子上有一处长约 38cm、宽约 25cm 的旧痕，怀疑那里曾经放过一台笔记本电脑。询问贺广发之后，他告诉我们，贺铭走之前，因为电脑坏掉了，所以卖给了村口的一家二手电器铺。我们很快在二手店里找到了贺铭卖掉的电脑，技术科破解了密码，登录了他的微信。

没想到，微信内容已经被清空，没有找到线索，我们只拿到了他的微信号。

我尝试注册了一个新账号，添加贺铭为好友。可是他似乎很警觉，一直没有反应，这条线我们只能暂时搁置。

逃逸犯的心态是有规律可循的，从最初的惊慌、恐惧，到无助、失落、懊悔，最后是适应。逃逸之初，嫌疑人的心理非常脆弱，在这个时期很容易思念家人。

在做社会调查时，周围的邻居都反映贺铭和贺广发的感情很好，贺广发对贺铭几乎是有求必应。贺铭上大学的时候，贺广发还没有承包超市，而是像村里大多数人一样以种田为生，偶尔出去打零工，所以手头很拮据。为了凑足贺铭的学费，他几乎掏光了家底，怕贺铭被同学瞧不起，又借钱给贺铭买了手机和电脑。

奇怪的是，一个对孩子如此重视的父亲，在警方将贺铭列为第一嫌疑人之后，却并没有表现出应有的焦虑和担忧。相反，监视贺广发的同事回来说，贺广发每天生活规律，超市准时营业，空闲的时候还经常和邻居们打打麻将。

从贺广发的通信记录来看，他和贺铭并没有联系，会不会他们还有其他的联系方式？

随后，我们加大了对贺广发的监控力度，在他开的超市附近加装了摄像头。

我反复回看近一个月对贺广发超市的监控视频，忽然发现一周前的中午，贺广发在超市门前有个奇怪的举动。他坐在超市门前的靠椅上，从左衣袋里掏出手机，看样子是来电话了。可是他在接电话之前，出现了一个"巡视"性动作，先朝四周看了看，确定没有人注意他之后，起身走进超市，还关上了超市门。等再从超市走出来的时候，他表情很轻松，出现了一个嘴角上翘的动作，之后还点燃了一支烟，这组动作群意味着解除困扰、放下担忧。

我们马上查了贺广发的通信记录，他提供的手机号码显示，当天中午并没有来电。反复观看监控之后，我发现贺广发在视频中使用的手机和他出示给警方的手机型号相同。难道贺广发有两部一模一样的手机？

我和刘队找到贺广发，开门见山地问他是否有两部手机。贺广发出现了瞪眼、脸部肌肉瞬间紧绷的表情，还不自觉地用手抓了抓裤子，这是意外和慌乱的表现。

我们又向他出示了监控证据和通话查询记录。贺广发终于承认："我媳妇活着的时候，贺铭给我们买了两部一模一样的手机。她去世后，贺铭没有把我媳妇的手机停机，他说这是妈妈的遗物，他舍不得，想留个纪念，所以一直照常交话费。贺铭走之前嘱咐过我，他会给我打他妈的那个手机。"

贺广发还告诉我们，贺铭最近的情绪越来越焦躁，他在电话里曾经对贺广发说："爸，我就是个废物，一事无成，不想活了。"贺广发还劝了他几句。

贺广发已经构成了包庇罪，贺铭归案后，警方会根据贺广发的犯罪情节轻重量刑。我们暂时将他羁押。

警方根据贺广发提供的线索，通过手机追踪系统定位到了贺铭，发现他就藏在邻县东江宾馆。

六

局里马上开始布控，并于当晚 11 点 25 分赶到邻县东江宾馆。

便衣找到宾馆服务员，核查后发现贺铭在登记时使用了假身份证。经服务员仔细辨认，入住 506 房间的很像贺铭本人，虽然他登记时戴着帽子和口罩。服务员还反映，贺铭的门上一直挂着"请勿打扰"的牌子，房间内的具体情况她也不清楚。我们在宾馆前厅监控中发现，贺铭早晨背了一个包出去之后，一直未归。

宾馆后门有一外挂悬梯，没有监控，暂时无法确定贺铭是否在房间里。

为了防止打草惊蛇，同事们藏好配枪，埋伏在 506 房间附近，严阵以待。

侦查员化装成服务员去 506 房间敲门，里面一直没有人回应。

我们破门之后发现房间里没有人。

难道是警方的行动暴露了？看来情况有变，目前可以确定的是，贺铭在我们准备抓捕的当天早晨离开，甚至连开房的押金都没有要。

我们马上向局里汇报情况，并让贺广发拨打贺铭的电话。结果无人接听。给他留言，也没有任何回复。

贺广发已经被我们羁押，不可能给贺铭通风报信。警方并没有暴露，也没有任何破绽，为什么贺铭会突然离开呢？

一周过去了，我有种不好的预感，我猜测会不会是贺铭的同伙发现了贺铭和贺广发有联系，害怕暴露，于是杀人灭口了。

我把想法向队长反映，队长认为有这种可能。我们先联系了当地公安局，对方回复近期没有非正常死亡的报警记录。我想起邻县的殡仪馆制度不严谨，他们的殡仪馆是县医院的医生私人承包的，只要付租金就可以存放尸体，不会严格确认尸体的来源、死因，贺铭会不会被存放到殡仪馆了？我觉得有必要查一下。

于是我们马上联系了邻县殡仪馆，结果他们还真的接收了一具不明身份的尸体，时间是贺铭离开东江宾馆的第二天。

我们火速赶到殡仪馆，等打开尸袋一看，死者还真是贺铭。

李时检验尸体后发现，死者身上没有外伤，贺铭的嘴唇、指甲呈青紫色。后经检验科检验，证明贺铭死于农药中毒。表格里登记的死亡原因是突发心脏病，送尸单位一栏写着玉华宾馆。

玉华宾馆距离贺铭曾经居住过的东江宾馆直线距离不超过 1.5 千

米。玉华宾馆的老板说，事发时他本来打算叫救护车，可是发现贺铭已经死了，他害怕一旦宾馆出了人命被传扬出去，会影响生意。另外，他发现贺铭是喝农药自杀的，怕惹上麻烦，所以没报警，而是直接把尸体拉到了殡仪馆，然后再想办法联系死者家属来认领。在之后的暗访中，警方发现宾馆老板同样隐瞒了真实情况。

玉华宾馆的监控是假的，老板为了节约成本只装了一个摄像头的壳。虽然贺铭住的房间被打扫过，现场已被破坏，郑爷还是开始按程序进行现场勘查。在勘查的过程中，我发现宾馆的服务员中有一个十九岁的小姑娘，她在看我们搜查现场时，几次站在不远处盯着我们，紧咬下唇，似乎有话要说。

我把她带到一边。她悄悄告诉我，贺铭死的那天晚上，她值夜班，去收拾一个刚退掉的房间，无意中看到贺铭在经过711房间时，在门前站了很久，似乎还敲过门，可是里面没人应答，而贺铭住在716房间。贺铭回到自己房间后，再没出来，直到被发现死亡。

我们马上找到入住登记表，发现在711住的人叫余来酉，他比贺铭提前一天入住，在贺铭死亡当天，匆匆退房离开。这个余来酉就是贺铭最亲近的朋友，村民口中的"缝脸人"。更巧合的是贺铭出事之后，余来酉以整容的名义也离开了村子，之后警方一直没有联络到他。

这两个人明明很熟悉，住店时却假装不认识，我们判断余来酉可能就是高家灭门案另外一名凶手。两个人杀人后潜逃到这里，为了掩人耳目，先后入住宾馆。从宾馆的登记信息看，他们每周换一家宾馆住宿。巧合的是在我们抓捕当天，他们刚刚更换了宾馆，所以才逃脱了警方的第一次抓捕。

我推测，贺铭的死亡很可能是因为案发后两人没有抢到多少钱，贺铭又被警方列为通缉对象，由于过度压抑和焦虑，两个人之间经常发生争吵。之后，余来酉无意中发现贺铭竟然与贺广发还保持着联系。

他害怕暴露，先下手为强，偷偷潜入贺铭的房间下毒灭口。

李时说："不可能，贺铭所服下的毒药是一种刺激气味极强的农药，我们在垃圾站找到了装有农药的雪碧瓶。这种药就算放在雪碧里，气味也很大，贺铭饮用之前不可能发现不了。"

正当我们疑惑不解的时候，在外围搜查的那组同事传来了好消息，他们在滨河救起一名跳桥自杀的落水者，此人正是本案的另外一名嫌疑人——余来西。

余来西到案之后，终于说出了贺铭的死亡原因：殉情。

余来西说："我和贺铭关系很好，他看我每天从早忙到晚，也赚不够整容的钱，就出主意说，不如做一票大的。

"我一开始很害怕，不同意。但贺铭跟我说，他曾经给一个茶庄老板打过工，那个老板特别有钱，还喜欢把钱放在家里，不如两个人合伙把钱偷出来，成功之后一起远走高飞，神不知，鬼不觉。

"我动心了。一开始我们只是想偷点钱，带上两把匕首是考虑万一被发现，可以用来吓唬对方。没想到刚爬进房间，就被高语堂的儿子发现了，而且高语堂夫妻的反抗很激烈。贺铭说不能留活口，要不然警察肯定能抓住我们，我俩一狠心就把高语堂一家都杀了。杀人之后，我们特别害怕，一起逃到邻县的宾馆。

"后来在电视上看到警方发布了通缉令，到处抓我们，我们也不知道怎么办才好，经常争吵，互相埋怨。我又无意中发现贺铭居然背着我给贺广发打电话，我提醒过他，不要再和贺广发联系。我们是杀人犯，他爸很可能已经被警察监视了。

"可是，贺铭根本不听我的，还说和他爸联系时，他爸用了另外一部手机，那部手机只有他和他爸知道。我有点儿急了，想了想，和高语堂一家认识的是贺铭，我从来没和高家人见过面，就算警察追查出来，也查不到我身上。我想杀人灭口，这样一来我就安全了。我找到贺铭，对他说："你和你爸联系的事被警察发现了，这次我们完了，不如一起喝农药自杀吧。警察说不定现在已经把我们包围了。"

"贺铭一听说被警察包围，一下就蔫了，想都没想就把农药喝了下去。我瓶子里装的是水，看贺铭没反应了，我就逃走了。"

七

余来酉在说谎，他的证词里漏洞太多，比如，他告诉贺铭，他们被警察包围了，贺铭马上就相信了；他说要自杀，贺铭毫不犹豫地喝下了农药。余来酉说过，抢劫灭口的主意都是贺铭提出的，贺铭才是主犯。一个杀人不眨眼的凶手，会对一个帮手的话言听计从，没有任何怀疑？我建议队里给余来酉上测谎。

测谎前我作了充足的准备，掌握了很多之前没有掌握的信息，我有信心让余来酉说出真相。

在测谎室里，我问余来酉："既然贺铭已经死了，你为什么要自杀？"

余来酉张了张嘴，没有回答。

"技术科的报告里说，贺铭会在每天晚上 12 点准时把手机关机，是因为你每天 12 点准时去他的房间吧？你们在谈什么？"

余来酉低下了头，不说话。

"偶尔去是为了看守贺铭，每天都去，还那么准时，难道你们住在一起？"

"没，我们没有。"听到这个问题，余来酉显得很慌张，接连吞咽了几次口水。人由于过度紧张，消化系统异常，就会感觉口干舌燥。

"一个三十岁的男人，会对脸上的疤在意到要杀人抢劫吗？"我质疑。

"在名片上印上万蓉的血手印是你的设计吧？贺铭没有你细心。更重要的是我注意到你没有喉结。我们查过你的经济状况，这些年你赚的钱已经足够整容了，你要做的根本不是整容手术，而是变性手术。你是双性人。"我肯定地说。

余来酉双腿夹紧，屏住呼吸，身体后倾，半天才呼出一口气。一个人的谎言被突然识破后，会有一个抑制性保护反应，双腿夹紧是肌肉突然收缩的保护行为；屏住呼吸是因为紧张造成呼吸中枢出现抑制反应；身体后倾意味着想远离危险。

"你既然已经逃走了，为什么还要自杀？因为贺铭是你的爱人，你在殉情？！"

"我问过服务员，她在整理你的房间时，发现了护垫。你能解释一下是做什么用的吗？"

"你的长相虽然男性化，但是身体是个女人，你把自己和世界隔离，是因为你怕别人发现你的秘密，比如上厕所的时候是蹲着的。"

我的一连串问题，彻底击垮了余来酉。"她"全身颤抖，脸色惨白。

"你告诉贺铭，你看到警察已经去过东江宾馆，他被警察发现了，他听到后万念俱灰。你说你们已经走投无路了，约好在夜里 12 点一起喝农药自杀。12 点整，他去你房间，敲门之后里面没有任何回音。他以为你已经服药死了，所以回到自己房间，义无反顾地喝下了毒药。"

余来酉掩面痛哭。

"她"终于交代了一切。

杀死高家五口的就是他们两个，因为害怕警方火速赶到，抓住他们，在慌乱中他们只找到八百多块钱，甚至连掉在地上的一些钱都没捡，便赶紧逃走了。

我问余来酉："为什么连六个月大的孩子都没有放过？"

余来西说："我发现那个孩子的左脸上有一块青色胎记，长大后肯定会被别人看不起，联想到我自己受的罪，便把他也杀了。"

"地上的米是怎么回事？"我问。

"我们曾听说人死之后要烧米，这样鬼魂就不会找来复仇了。"

"你和贺铭是怎么在一起的？"

"贺铭听说邻村有个缝脸人，因为好奇来偷看我，没想到竟然看到我洗澡，发现我和普通人不一样。他没有嫌弃我，经常来帮我干活儿，熟了之后我们就在一起了。贺铭知道自己是私生子，很自卑，可能他觉得我不会背叛他，不会看不起他，只属于他一个人，才和我好的。他一直对我很好，还给我买过一条连衣裙。他说等我们凑够了钱做了手术，就能光明正大地生活在一起了，可是手术费用太高，所以我们就想到了抢劫。"

余来西具有女性的细腻性格，同时也具有男性的肌肉和力量。从实验室传来的报告看，余来西的染色体为"46，XX"，发育呈男女中间型。法医在核实过程中也发现她的身体上有明显的女性特征，例如生理期和乳房，腹腔内可见卵巢和子宫，虽然会影响生育，但生理特征应该确定为女性。她属于先天两性畸形患者，和遗传有关，但由于一直被当作男性抚养，因此有一定的心理偏差表现。

案子送交法院后，余来西被人民法院判处死刑。五个月后，她在临刑前的唯一要求是穿上贺铭送给她的那条裙子。

04 紫河车拍卖案：
细节是谎言的死神

她还穿着工作时的白大褂，修长的手指泛着碧青色。她就是用这双做过无数台手术的手，刺了自己的丈夫二十四刀。

她就是市第二医院妇产科主任夏云曦，她和丈夫马彧东是同一医院不同科室的主治医师。

在被拘留的四十八小时里，夏云曦一直保持沉默。在拘留所里，她不吃东西，只喝水，面对着墙壁坐着，像是在净化自己的身体和灵魂。

一

近年来，女性犯罪率逐年增加，并呈现出犯罪多元化的特征，其中高智商女性犯罪所表现出的欺骗性、隐蔽性、独立性尤为明显。她们不再以激情犯罪为主，而是有预谋、有计划、有步骤地"轻刑"犯罪，以为这样就不会被重判。这类犯罪通常是家庭矛盾导致的，她们憎恨丈夫的控制欲，试图摆脱畸形婚姻的束缚。我就遇到了一个这样的高智商犯罪嫌疑人。

2013 年 6 月 18 日，推开讯问室的门，我看到那个三十六岁的女人正端坐在椅子上认真地化着妆。

精华、隔离、眉粉、口红，装备齐全，每个步骤都一丝不苟。亚麻色短发映衬下的瓜子脸渐渐生动起来，可是再高超的手法也难掩精致里泛出的疲惫。

她还穿着工作时的白大褂，修长的手指泛着碧青色。她就是用这双做过无数台手术的手，刺了自己的丈夫二十四刀。

她就是市第二医院妇产科主任夏云曦，她和丈夫马或东是同一医院不同科室的主治医师。

在被拘留的四十八小时里，夏云曦一直保持沉默。在拘留所里，她不吃东西，只喝水，面对墙壁坐着，像是在净化自己的身体和灵魂。

我和警队申请，在夏云曦自愿的原则下，由我主持测谎式讯问，尝试尽快让她开口。婚姻一类的案子，女性之间更容易沟通。我的请求很快被队里批准了。当我把测谎协议书放在夏云曦面前时，她真的松口了，只是提出个要求，要在测谎之前化个妆。

我最近在进修行为分析学，书里说化妆在潜意识里是一种解压、安适的行为，也是暂时搁置真我的获益过程。化妆的潜台词是从一种普通的状态向更好的状态转化，这种转化可以完成自我修饰，让人更自信，有助于缓解人的紧张心理，是一种心理暗示：一切都会好起来的。

夏云曦很聪明，想到了化妆，把自己打扮得漂亮得体既会缓解自己的紧张心理，又会模糊对手的对立意识，让对方的心理天平倾斜，甚至站到她这一边来，对她所说的话产生认同感。

看来她是一个精通心理学的医生。

"现在我们可以谈谈了。"化好妆的她给了我一个得体的微笑。

二

夏云曦的案件比较特别，她刺伤丈夫马彧东的主要原因据称是两个人在离婚问题上没有达成一致。

从案发时的监控上看，2016年6月8日，星期三，午休时段，夏云曦和马彧东在医院小会议室协商离婚事宜。马彧东拒绝离婚，两个人情绪越来越激动，发生了严重的争执。

其间，马彧东突然掐住夏云曦的脖子。五秒钟之后，夏云曦突然从左衣袋掏出手术刀刺向马彧东。马彧东受伤后准备逃走，在跑出会议室的过程中被椅子绊倒。

夏云曦冲上去连刺丈夫二十四刀。

夏云曦刺伤马彧东案属于案中案，因为我们在对案件进行调查的过程中还了解到她涉嫌倒卖胎盘、私自鉴定胎儿性别、引产活婴。

马彧东经抢救后被送入加护病房，三天后，健康状态趋于平稳。虽然他被刺了二十四刀，但李时的《伤情鉴定报告》上显示伤情并不严重，刀刀皮外伤，刀刀不致命。看来夏云曦并不想置他于死地。

可是马彧东在做笔录时对夏云曦并不留情。我到医院了解情况，问他袭击夏云曦的原因。他说夏云曦不可理喻，故意激怒自己，却又说不出具体理由。

当我向他了解夏云曦的其他情况时，一开始他说自己不知情。在我们告知案件的调查进展后，他突然改口，举报说夏云曦一年的非法所得超过五百万元。

马彧东在做笔录时目光游离，每次接触到实质问题，他都会以身体不适为由要求休息，这属于明显的心理回避动作。如果当事人出现嗤鼻、上唇抬起、叹气、眯眼、目光游离等伴随动作，意味着厌恶、逃避责任。

马彧东的笔录和我们的调查结果有很大出入。

我们的调查结果显示，夏云曦涉嫌倒卖胎盘的郊区别墅和全部收入都在马彧东名下，引产活婴的私人医院的法人代表也是马彧东。虽然他解释这一切都是夏云曦为了栽赃和转移资产的私下操作，他是被骗的，在实际操作方面根本不知情，但他没有拿出有效证据。

究竟是马彧东推卸责任还是另有隐情，需要警方进一步调查核实。

马彧东在夏云曦案中虽然是被害人，但自身疑点很多，我们建议他配合测谎。马彧东躺在床上，按着胸口，以身体未恢复为由拒绝了。测谎要本着自愿的原则，我们选择尊重马彧东本人的意愿。

三

在测谎工作室，我开始对夏云曦进行测谎。

测谎是行为分析的过程，它的真正目的是向真相靠近。在审讯中，嫌疑人出于自卫，一定会采取种种手段制造谎言，保全自己，在制造谎言的过程中难免会有心理压力和相对的应激反应。测谎便是把这些应激反应翻译成可识读图谱，从而进行分析，还原真相。

测试开始之前，测谎师核实被测试者身份：夏云曦，女，三十六岁，身高 165cm，职业为医生。

夏云曦是市里很有名的妇产科医生，不仅为医院引进了德国微创技术，还做过国际援助医生，被派到非洲莫桑比克之后，她为当地一个部落的公主成功切除了重达一公斤的子宫肌瘤。

在我为她连接测谎仪时，她情绪稳定，对我说："连接我胸腹的是呼吸传感器，食指上这条应该是皮电，剩下测的是血压和脉搏，和医院的仪器几乎一模一样。我觉得你们多此一举，测谎仪只是一种身体指标监测设备，把它作为法律鉴定手段未免太轻率了。"

"它确实是一种身体指标监测设备，所以我们不会仅仅凭借仪器来给你定罪，就像你也不会只凭借医疗仪器来为病人治病一样。但我们接触的仪器都属于检测事实的一部分，同意我的说法吗？"

夏云曦点点头。

测谎开始之前，我告诉她："马彧东已经脱离生命危险。"提前告知可以让被测试者以平复的心态来面对整个测试。

她垂下目光："我知道，我没想杀他。"

仪器上显示被测试者情绪没有太大的波动。

"你的身体检测报告一切正常，我们现在可以开始了吗？"

她轻轻点点头。

在进行姓名、年龄、职业等一系列基线问题的测试之后，我们开始进入主题。

"你是一名优秀的妇产科医生，在从业的八年里接生过无数孩子，抢救过无数产妇，这证明了你的职业技能和操守。为什么会涉嫌倒卖胎盘？"

夏云曦微微抿了一下嘴唇，这表示她有难言之隐。同时，她右手紧握，大拇指被其他四指紧紧包裹，这属于保密和回避的暗示动作。大拇指一般情况下被看作手掌的"头部"，将"头部"藏起来，是一种典型的自我保护，这个动作代表她接下来的言辞一定会倾向于为自己辩护，而且会过滤掉那些对自己不利的内容。

我轻轻翻开案卷，向夏云曦出示案件详情介绍书："在你刺伤马彧东三天之前，我们在市区公路上截获了三箱'黑胎盘'，司机口供里提到和你们夫妇有关。"

三天前，警方在市区公路上截获了一辆白色面包车，车主称车内运送的是中草药。在搜查过程中，警察发现中药袋最下面放着五个白色的保鲜箱，打开之后，最上层是冰袋，下面是国家明令禁止倒卖的胎盘，共有一百五十个。

我市查获这么大数量的走私鲜胎盘还是头一次。

被抓获的车主坚持说这些胎盘是动物胎盘，而警方进行现场勘查时认为这是人类胎盘。为了进一步明确立证，警察又将样本带回局里进行了 DNA 鉴定。

白色的保鲜箱被抬到中心鉴定科，里面是一团团血腥味儿扑鼻的圆形肉饼。经鉴定，这些胎盘确实是人类胎盘。

这是我第一次见到如此大规模的胎盘走私，这些来自人类身体上的组织很容易引起生理不适，我想自己甚至再也不想在网上买生鲜了。

胎盘有一定的药用价值，用人类胎盘制作的血清蛋白和胎盘球蛋白是抢救病人的重要生物制品。干燥的胎盘在中药里被称为紫河车，用于辅助治疗支气管哮喘和结核病。但国家对使用胎盘入药有严格的规定，需要特批证书和一系列严格正规的手续，这是"黑胎盘"明显不具备的。

更为严重的是，新鲜的胎盘很容易引发病毒感染，像肝炎、艾滋病都可能通过鲜胎盘传播，后果很严重。

当警员询问车主胎盘的来源和买主时，车主说："我也不清楚，只是负责运到郊区一栋别墅。至于来源，每次会有人给我打电话去指定地点收货。这些胎盘是装在黄色的医疗垃圾箱里从医院运出来的，我只要再装进保鲜箱里运到那栋别墅就可以了。酬劳会直接打到我的银行卡上。"

我们根据车主提供的信息找到相关医院负责清运医疗垃圾的王甬。

我们向王甬询问："是否知道垃圾箱里装着什么？"

王甬说："不知道。这些医疗垃圾是从手术室直接运出来的，每个月都有两三次，核实单是夏云曦主任提前就签好了的，到我这儿看不到里面装的是什么。每运一次，妇产科都会给我五百元酬劳。"

在司机的带领下，我们找到了胎盘买主的别墅，调查之后发现别墅的房主是马彧东。

警方想要进一步对别墅进行搜查时，遭到了四个黑衣男子的阻拦。他们自称是别墅的保镖，有搜查令也不能进入。在劝说无效的情况下，警方采取行动，很快控制了四个保镖，强行进入别墅。

别墅共两层，上层类似中药仓库，四壁药柜环绕，里面摆满了珍贵的中草药；下层大厅全部打通，装修风格类似于私房菜馆，厨房采用全通透装修，厨具一应俱全，加工过程一览无余。

别墅里有四名女性员工，分别来自四个不同省份，平均年龄二十一岁，都有正规的护士专业毕业证。

领班员工在做笔录时说："我们也不清楚胎盘的具体来源，只负责私厨加工和拍卖，并向老板马或东报账。"

调查警员说："报一下胎盘的价格。"

她回答："普通黑市的胎盘每个卖到一千元就已经利润很高了，我们可以卖到五千元甚至更高。"

在加工现场的地下室，我们发现一间监控室。调取以往的监控，我们看到了一场完整的胎盘拍卖、竞价的录像。

录像上显示的时间是 5 月 24 日，下午 2 点 30 分。

大厅的红木沙发上坐着四位客人，两男两女，年龄在四十到五十岁。两名女员工身穿改良过的日式护士装，把要进行拍卖的胎盘放在水晶冰盘里。

一名员工介绍："这里面的胎盘是初产妇的龙盘（生了男孩子），提供胎盘的产妇年龄二十六岁，身体健康，大学毕业，钢琴十级，有过留学经历。"

投影仪上出现了提供者的照片。

领班托着冰盘给客人近距离展示过后，开始竞价……

竞价完成后，几名女工开始熟练地进行现场加工。

可以判断，整个加工过程虽然开着空气过滤器，但味道应该还是很大，可以看到所有买家都退到了远处。

在等待胎盘加工的过程中，美女员工会介绍胎盘的功效，比如抗衰老、美容、补血、治疗不孕不育、提升性功能等，还会推荐一些用胎盘制成的其他食用菜品，其间每人发了一册精装胎盘菜单。我们在搜查别墅时，找到了不少类似的印刷品。

胎盘加工好之后，体积变得很小，类似牛肉干，然后会被放入料理机，按买主要求加入一些珍贵中药后一起打碎，之后由助手把棕色的混合药粉加工成胶囊。

她们手法娴熟，不到半个小时，已经完成加工。

据女员工供述，每个胎盘经过如此加工制成的药粉大约可以装一百颗胶囊，胎盘粉加上中草药，一颗胶囊的价格超过二百元。生意好的时候白天和晚上都会有客人来，她们会被要求加班。

四

夏云曦听着我对案情的描述，脸上波澜不惊。测谎仪有轻微波动，但没有脱离基线。

"我也是头一次了解拍卖过程，这件事我略微知情。我劝过马彧东，让他别打医院的主意，有多少本事赚多少钱，可是他听不进去。其实我们的婚姻有很多问题，我嫁给马彧东是对原生家庭创伤的一种疗愈。"

夏云曦很聪明，她会避重就轻地转移话题，由被动变为主动，试图引导我的注意力。但她不明白，回避即关键，示弱即掩饰，共情即拉拢，伪装即谎言。我决定搭一次顺风车，不阻止她，鼓励她说下去。

"我三岁那年，父亲就生病去世了，我长大之后一直喜欢年长的男性。马彧东比我大十二岁，嫁给他可能是因为我有些恋父情结。"

夏云曦的睫毛很长，很浓密，她喜欢垂下眼睛，给人一种温顺没有攻击性的印象。

但在我看来，她的脸部肌肉过于紧张，这个动作是她心理调适的一个过程，是沉浸式"制谎"的一部分。

心理调适属于心理平衡能力，也叫有效选择能力，比如人在觉得痛苦时，会选择一种释放方式，让自己不那么难过。由于个体差异，这种能力会有强弱之分，那些有效选择能力弱的人更容易患上精神类疾病。

　　沉浸式制谎则是指一种类似于自我催眠的说谎方式，说谎者会在脑海里搭建一个场景，再将这个场景不断完善，先说服自己，再去骗别人，这种谎言的"成功率"会更高。

　　"父亲是一家之主，如果子女犯了错，就会用相应的手段惩罚，所以马或东家暴我有八年了。"

　　"马或东对你有家暴行为？"这有点出乎我的意料。

　　夏云曦长叹一口气："第一次，是因为我报名参加了国际援助，但是他打算带我一起去县城医院做手术捞外快。那时候和他同期的医生大部分都升了主任，只有他还是副主任。他觉得既然仕途难以突破，不如多赚些钱。

　　"我记得当时我正在收拾行李，往手提箱里放一件紫色的 T 恤。烟灰缸飞过来的时候，我根本没反应过来。直到我的头上开始流血，血从眼角淌下来，我才感觉到。

　　"那时候我们刚结婚一年。我当时穿一件紫色的衣服，血滴在衣服上，居然是黑色的。他不让我去医院，亲自帮我处理伤口。好在那个伤口不算严重，不会影响行程。"

　　说完，她撩起头发，让我看伤疤。

　　"打完我几秒钟之后，他跪在地上，抱着我的腿哭了。他说他是着急，他是为我好，他已经是个老头子了，我还这么年轻有前途，如果他先走了，钱至少能成为我的依靠。他还说金钱决定一个男人的地位，一个男人没有钱就没有安全感，他害怕我会离开他。

　　"当时看着他泪流满面地跪在地上，头顶上的发丝已经开始稀疏，我的心忽然一软，我信了，原谅了他。"

　　她的叙述有真有假，我在表情抓拍仪里看到她眼球转瞬即逝的运动：先向左，再向右，瞳孔在同等光源下有放大和缩小两种表现。此前已讲过，眼球向左转是回忆信息，向右转是创建信息，也就是在编造谎言。瞳孔瞬间放大说明她颅压过高，压力很大，又瞬间缩小，预示着她开始紧张。

"后来他还是同意了我去参加国际援助。三个月后，我从非洲回来，他做了一桌子我喜欢吃的菜，还给我买了一枚珍珠戒指，告诉我以后不会强迫我做任何事了。他已经都安排好了，只要我在科室的胎盘处置单上签个字就行了，其他的不用我操心。我就知道他要打胎盘的主意。"

"你是什么态度？"

夏云曦沉默、咬唇——表演型人格。

人在开始说谎之前，通常会做一个心理上的预备，同时伴随一些肢体上的动作，用来提示自己，潜台词是"准备好了""要开始了"。夏云曦的尺度还好，不是特别明显，但表演前皮电就有了反应：图谱上出现了两个小高峰，表示存在心理波动。

"一开始我没有同意。那天晚上睡到半夜，我感觉不能动弹，醒来的时候发现，他用医用绑带把我紧紧捆住了。他坐在床边盯着我，伸出手摸我的脸。他的手很冷，带着医院消毒水的味道，我很害怕。

"他问我为什么不听话呢，只要听他的话他是舍不得伤害我的。他每碰我一次，我的肌肉就会反射性地一抖。他坐在那里把我从头摸到脚。

"那一次我是真的害怕了，房间里没开灯，但我能感觉到他的眼神和白天不一样，闪闪发光。我只好先答应帮他签字。"

"为什么不离婚，或者报警寻求帮助？"

夏云曦苦笑："我是医院的副主任，妇产科的明星医生，电视讲座的专家，医院的 LOGO，竟然会因为家暴离婚报警？那会成为人们眼中的笑话的。我受不了别人的指指点点，以后还怎么在医院工作下去？我要维护我的尊严！"

这句话倒是真的，她表情自然，一脸无奈。

马彧东就是掌握了夏云曦的性格弱点，才会一次次碰触她的底线。她不明白，尊严和面子是有区别的，尊严是自我保护，而面子是自欺欺人。

"货源就是财源，你对马彧东变得重要起来，他还再次伤害过你吗？"

"他收敛了很多。有一次，他喝多了还告诉我，除了自己加工，他还会将质量稍差的胎盘卖给同行，如果有需要鲜盘的就走生鲜快递送过去。我们是主要供货商，从医院出去的胎盘都有产妇签字，加工自己的胎盘或者帮胎盘持有人加工胎盘是不违法的。只要打着代加工的口号，如果遇到问题也只是罚款。"

倒卖胎盘存在法律空白区，有需要就有市场，一旦暴露，只处以五千元以上、两万元以下罚款，所以马彧东才会无所顾忌。

"我提醒他胎盘是胎儿和母亲物质交换的器官，母体如果感染艾滋病、乙肝、梅毒，会存在于胎盘内，就算高温处理也不一定会把病毒杀死。"夏云曦继续说。

"马彧东是什么态度？"

"马彧东说，现在的有钱人为了抗衰益寿，毒药也敢吃，让我放心。"

"马彧东名下的其他财产你了解多少？"

"登记在他名下的医院、别墅等财产，具体金额我并不是特别清楚。他不让我问，说只要我听话，他的就是我的。"

夏云曦的话条理清晰，语气里略带幽怨，容易让人产生同情，这类人格被称为"维纳斯人格"。拥有这类人格的人通常很自信，懂得随机应变，觉得以自己的人格魅力可以掌控一切。在测谎的过程中，稍不留神，我的天平就会向她倾斜。

可我总觉得这个女人不简单。她一直试图引导我同情她，站到她那边，但她对马彧东的憎恨又表现得很克制。

测试之前，我见过马彧东两次。我还记得他当时的反应，他不顾身上的伤口，用力拍着病床，愤怒地喊："所有的主意都是夏云曦想出来的，每个细节都是她让我去做的，她让我尽情享受金钱和外面的女人，现在又想把所有罪名推到我身上。那个女人，是个疯子！"

我问马彧东："你为什么会听她的话？"

马彧东忽然颓丧了，沉默了很久。

"没有任何一个男人能拒绝金钱和地位的诱惑！"说完这句话，他的左腿不自主地颤抖了一下。

五

我沉默了一会儿，决定主动出击："倒卖胎盘，是你想出来的，不是马彧东吧？"

"何以见得？"夏云曦轻声问。此时，显示器上心电有微微起伏。

"首先，马彧东是外科医生，利用胎盘赚钱的想法对他而言过于专业。其次，是客源，我之前做了查对，那些光顾胎盘厨房的人大部分是你的患者，或者和你有着千丝万缕的联系。"

夏云曦缓缓地说："是马彧东逼我介绍的。如果我不做，他会……在夫妻生活时折磨我。"

因为连接了感应器，夏云曦用小拇指轻轻拉开衣领。我看到靠近左乳的地方有两块烟疤，红棕色的表皮纠缠在一起，看着也能多少想象到她当时的痛苦。

"大腿上也有。其实我真的不明白，他在外面有女人，为什么还抓住我不放。我已经帮他赚了够多的钱。"

"他不放过你，是因为贪婪，这种贪婪的存在是因为你的退让。退让是一种纵容，但这种纵容也可能是一种欲擒故纵。

"你认识邱莹吧？她的技术不如你，还出过医疗事故，被马或东用钱摆平了。据邱莹交代，你是她的老师，还是你亲自给她做的培训。"

在马或东经营的那家私人医院，妇科主任邱莹和马或东的关系看起来比较特殊。在我们进行周边调查时，有员工猜测邱莹是马或东的情妇之一。

我在给邱莹做笔录的时候，发现这位女医生和夏云曦的性格截然不同，二人倒是很互补。邱莹瓜子脸，皮肤白皙，妆有些浓，白大褂里面穿着品牌衬裙，涂着粉色指甲油。

"夏老师技术很好，对学生要求很高，经常批评我。"

我从邱莹的额头上看到了闪亮的汗珠。

"你和马或东是什么关系？"

"我和马或东没有关系，他是院长，我是医生。"

"这叫上下级关系，不叫没有关系。"

邱莹赶紧附和："对，上下级关系。"

"巧的是，你和马或东用同一款香水，你住的房子是马或东买的，你开的车也是马或东给的。"

"香水是我送给马院长的生日礼物，至于房子和车，马院长说，是医生的福利。"

"你和马或东的绯闻，夏云曦知道吗？"

"马或东，不，马院长说夏主任性冷淡，她什么都不在乎。"

邱莹说话的声音越来越小，似乎放弃了抵抗。可能是年龄关系，邱莹没有夏云曦老练，她有自己的一套语言模式。语言模式代表思维方式，邱莹每次提到夏云曦时都会用升调，表示嚣张、挑衅；提到马或东时用平调，表示亲近、依仗；被质疑时用降调，表示心虚、回避。

我的思绪飘回到此时此刻的测谎室，夏云曦淡然地看着我，舔了舔嘴唇："是我给她做的培训，可是当时我并不知道邱莹和马或东的关系。"

她一脸真挚。

"本来马或东私自开医院就违反了规定，如果再出医疗事故，医院的信誉和生意都会受影响，马或东自己也会受牵连，所以他让我在业余时间帮他培训一批医生。一开始我是拒绝的，因为那批医生的资质不够。"

"后来为什么会同意？"

"马或东看我不同意，把我锁在浴室里，每隔几分钟就开启一次桑拿模式。整整三个小时，那种窒息和灼热，你是不会理解的，像……炼狱！"夏云曦用指甲抠着桌面。

此时测谎仪上心电反应较大。在心脏的每个心动周期，起搏点、心房、心室的相继兴奋都会伴随着心电图的生物电变化，通过连接心电扫描器，从体表引出多种形式的电位变化图形，就是测谎心电图。从心电图上可以发现心脏在紧张、焦虑等状态下的客观指标变化，从而确定被测试者是否在叙述事实。

"我没办法，只能抽出时间帮他培训。引产手术对医生的要求很高，医生要在腹壁上找到羊膜腔的位置，注射药水，找准这个位置需要经验的积累，两三天之后的清宫手术也要根据胎儿的生长情况选择手术模式。手术中的任何一点疏忽都可能带来无法弥补的伤害，就算顺利完成，也可能出现一系列的后遗症。"

"邱莹之前出的医疗事故，就是因为她在引产之前没能明确胎儿畸形，结果分娩中的下降动作受阻，最后导致病人的子宫破裂。"

"那么引产活婴呢？"

"你们调查出的引产活婴，就是把孩子卖出去，一个养到足月的男孩子可以卖到十万，这件事我真的不知道。作为一个医生，我不可能做那种手术。虽然我被他威胁做了错事，但是基本的职业操守还是有的，我没有违法。"

最后这句话是强调，也是提示。

我问邱莹这个问题时，她紧张到声音有点发抖，说："这个手术是我做的，不是夏主任做的，是马院长让我做的。一开始我很害怕，不敢做。马院长说那个患者自己按了手印，出了事也不是我们的责任。他还说，不听话，就让我滚蛋。我没办法才做的。"

邱莹的表情还算自然，她的问题在语速上。背书语速和叙述语速是不同的。背书是指事先想好了台词，语速会比较平均，听者感觉不到关键词和情绪的变化；叙述语速则随着情绪而变化，是没有规律的，比如紧张时的语速就会比正常语速要快，至少是正常语速的三倍。她情绪有些紧张，但语速明显像在背书。

夏云曦说："邱莹名义上是我的学生，其实也是马彧东的赚钱工具。马彧东告诉我，邱莹是他用高薪从上海挖过来的，还给了车、房。你们可以去核实。医院完全是马彧东的私人产业，他的所作所为真的和我没有任何关系。"

我直视这个女人，她像一个圆的中心点，所有事件都围绕她展开，她却始终与这些事件保持距离。

六

"你在试图证明自己是无罪的。"

夏云曦沉默了一会儿，说："你说过仅凭马彧东的话是不能作为证据的，没有任何人能举证我参与过胎盘交易。至于他利用医院的四维彩超私自进行胎儿性别鉴定，我更不清楚。

"马彧东私人医院里用的那套设备的确是我们科在处理陈旧器械时淘汰的，因为马彧东是医院的员工，所以价格上有一定的优惠。可那是马彧东自己联系医院负责人买下来的，走的是合法途径，就算存在问题，也是医院的失职，又和我有什么关系呢？

"我刺了他二十四刀，刀刀不致命，我是医生，如果想杀他，一刀就够了，所以不属于故意杀人。你们从监控里也看到了，当时是他先掐住我的脖子，我属于正当防卫，顶多是防卫过当，会判什么罪你们可以和我的律师去谈。"

她平静地看着我，目光里没有一丝躲闪，这段话她应该准备了很久。

"我们确实没有，或者说暂时没有足够的证据，可是你忘记马彧东手里的手术资料了吗？"

"你说的是六年前那件事吧？马彧东私下里有没有改动过那份资料，谁也不知道。手术时病人的情况千变万化，手术之后我们也给病人家属作出了合理的解释。马彧东是主刀，所以在责任认定上……也不是我的问题。更关键的是病人家属早就不再追究了，他们现在经常来找我看病，说明他们对我是信任的。"夏云曦很自信地直视我。

我们了解到的情况是：那时候，夏云曦刚参加工作，一开始被分配到外科实习，马彧东带她。半年之后，她通过考试，最终被分配到妇产科。那是她的第一台手术，由于局部病变造成手术部位被挤压、粘连，使局部血管的位置发生变化。马彧东说夏云曦在手术过程中过度紧张，没有注意到血管异常，错误地处理了血管顺序，盲目结扎，导致病人医源性血管损伤。病人大出血，幸好马彧东抢救及时，终于使其转危为安。之后，马或东替她向医院和病人家属隐瞒了事实，还在操作考试上帮她作弊，给了满分。

"你在做完这台手术之后一个月就嫁给了马或东，闪婚是不是也和这台手术有关？如果这场医疗事故被认定是你的责任，就意味着你的行医生涯还没开始就结束了。

"夏主任，马或东并没有你想象中那么疏忽大意。那是你的把柄。他偷偷做了手术过程的录像和资料备份，我们已经在找专业人士做医疗事故鉴定。"

"手术室里瞬息万变，仅凭一份备份就认定我有医疗事故吗？更何况马或东有没有篡改也没办法证实。"夏云曦低下头，盯着手上的感应器。

"毕竟已经六年了，你心知肚明，马或东和你在一条线上，如果事情公开，他在整件事上要负主要责任，所以你笃定他不会提及。只是没想到他狗急跳墙，为了脱罪把什么都交代了。他没有你聪明，更没有你冷静。

"因为被威胁，你嫁给了自己不喜欢的人，又被伤害扭曲了本性，一个阴谋需要无数个阴谋去弥补，最后自己就成了阴谋本身。为了达到目的，你无形中将自己塑造成了另一个让自己厌恶的人。"

细节是谎言的死神，如果被测试者给不出任何细节，就证明他在说谎；可是如果细节太周到、太圆满，也证明对方在说谎。说谎者为了让自己的谎言听起来更真实，会用很多事例来渲染，事例中往往有很多具体词汇，让这些事例听起来更像是日常生活中的一些经历。但它们并不存在于目前叙述的事件当中，是被强行剪辑黏合的。

夏云曦长舒一口气，没有说话。

"你和邱莹的计划成功了，你利用马或东的贪婪一步步引他入局。我不明白的是马或东也算有头脑，他为什么会在邱莹露面后出现那么多破绽？"

"刘警官，我不懂你在说什么，我没有计划。除了邱莹做过我两个月的学生，我们私下没有交集。"

"你们有，证据就在邱莹身上。"我说完这句话，夏云曦突然屏住了气息。血压图谱有波动，呈阶梯形上升，达到最高阈值边缘，三秒钟之后，才恢复正常。

"我们已经到邱莹的老家做过社调，并且采集了邱莹5cc血液和马彧东进行亲源比对，确定她不是马彧东的情人，而是他的女儿，是他和前妻的女儿。她随了母姓。"

"我……根本不知道这些事。"夏云曦回答这个问题的速度明显快于其他问题。

"马彧东只和我提起他离过一次婚，孩子归女方抚养。"

夏云曦T区肌肉瞬间向上，上唇微张，她的表情不是惊奇，而是被识破之后的惊慌，两个食指也从闭合到打开再回到闭合状态。这是一个从心理到生理的反应过程。秘密被揭开之后，心理上从猝不及防到试图自我保护，随后神经受到刺激，马上作出反应。夏云曦的身体动作印证了这一点。

"不，你早就知道。为了摆脱马彧东，你请私家侦探调查过他的过去，技术科已经在你的通信记录里找到那个私家侦探的电话号码。马彧东的前妻叫邱春华。马彧东对前妻也有过家暴行为，他用碎杯子把邱春华的右脸划伤，使她缝了二十四针。邱春华毁容之后，精神出现了问题，两年前因为肠癌去世，这和邱莹出现在马彧东医院的时间吻合。

"邱莹表面上投靠父亲，其实是来报仇的，邱莹找你合作时，应该告诉过你。仅凭她或你都不足以打倒马彧东，所以你们选择联手。"

"我发誓，这些我真的都不知道。"

"发誓"这个词很有代表性，表示强调、威慑。当一个人说话使用这个词时，意味着他想拥有控制权，占据制高点。

在实施犯罪的过程中，罪犯的心理会异常紧张，他们感知的形象、体验的情绪和采取的行动（实施犯罪的环境、过程和方式）都会在大脑中留下深刻的印记，如果事后被人提起，都会对他形成一种强烈的刺激。在这种刺激下，罪犯很容易使用郑重有力的主观词汇，来证实自己的清白。

"你、马或东，你们两个人在邱莹的身份上保持高度一致，态度暧昧，没人否认，也没人承认。让邱莹身份边缘化的原因只有一个：都不想让邱莹卷进来。

"马或东不想邱莹卷进来可以理解，可能是想保护女儿，当然从马或东的性格上分析，更多的是为了保护自己，怕自己在上一段婚姻里的暴行被揭露出来。可是，你为什么会淡化对邱莹的敌意呢？顺水推舟，让他们一起承担后果，这样似乎更合理。可是你没有，原因只有一个，你们是同伙。

"引产活婴、鉴定胎儿性别，恐怕是你和邱莹背着马或东做的吧？之后把所有事推到他身上，让他有口难辩。"

"刘警官，我是一名医生，有医生的职业操守。"

"我相信你的操守，我更相信马或东没必要赚这种高风险、低回报的钱。你还是不够了解马或东，两年前他已经私下把资金投到邻市的一家健康体检中心。医院的收入还不及体检中心的十分之一。"

夏云曦沉默了。

"我们的测试到此结束，真相就在自己心里，自己是骗不过自己的。今天的结果并不能成为定罪的全部依据，法律是公正的，你是否有罪需要进一步调查取证。

"但有一点我一直不明白，你不用亲自动手，只要一份举报马或东的资料就能如愿以偿，何必弄得两败俱伤呢？"

夏云曦转过脸不再看我，也没有回答。

<h1 style="text-align:center">七</h1>

我在测谎意见书上写道：无法认定被测试者有说谎行为，因为在测谎的整个过程中，图谱和峰线波动不大，没有脱离基线。从行为学角度讲，夏云曦的表现有一部分符合说谎行为，但结合测试仪参数，并没有达到特殊反应值，所以在结论上不能认定她有说谎行为。但是她在测试中的全部表现会在举证过程中上交法庭，作为辅助参考材料，以确认犯罪事实和量刑标准。

她讲述的也许全部是事实，却不是真相。

夏云曦离开时，忽然回头看了我一眼，牵动了一下嘴角。我想我能读懂那种表情——不亲自动手，难消我心头之恨。

夏云曦真是一个聪明的女人，如她所说，就算自己受到惩罚也不会太重，可以取保候审，可以缓刑。

案件结束之后，她还可以在别的城市重新开始。她的案件属于民事纠纷，即使被定性为刑事案件，因为是轻伤，判刑也是三年以下。

可是马彧东情节严重，有证据，有证人，出院之后，等待他的很可能是十年以上的有期徒刑，并没收全部非法所得。估计他出狱的时候，已经快七十岁了。

至于邱莹，也需要承担一些责任，但前途似乎不会受太大影响。

家暴是一场漫长的凌迟，夏云曦的反家暴则是一场漫长的腐蚀。

05 姜灵案：
看头部动作就能知道
一个人是否在说谎

郑爷勘查之后说，由于案发当天的凌晨3点多下了一场小雨，室外地面痕迹大都被冲洗掉了。室内现场的线索很多，脚印杂乱，指纹、烟蒂随处可见。从目前的痕迹判断，除了死者以外，这个房间至少有三个人进出过。同时，在痕迹上也存在很多矛盾的地方：比如死者的一部手机被人带走了，可是包里的八千元现金没有丢失。

一

截至 2013 年 6 月底，我们市的治安一直不错，据我所知，只发生过两起恶性斗殴事件，刑警队算是过上了太平日子。7 月 11 日，我们刑侦一队正在办公室聊年终考核和奖金挂钩的事儿。郑爷开玩笑地说："但愿世间人无罪，何妨架上枪生尘。"其实，大家都希望能平安到年底。

没想到，我们的美好愿望很快就破灭了。

2013 年 7 月 21 日上午 9 点 14 分，110 接警中心接到报案，案发现场在桃仙别墅区 C 区 606 栋。那栋别墅共有三层，塔形错层建筑，下层是多室结构。

警察来到别墅第三层，推开了第一现场——卧室的门，发现室内挂着窗帘，光线特别暗，隐约看到有人靠在床边。

警察打开灯，看到一个女人斜躺在床边，卷曲的头发遮住半张脸。女人的上半身穿着黑色的情趣内衣，下身赤裸，臀部用枕头垫起，胸口似乎有很多文身。

当警察们靠近女人后，才发现那些"文身"竟然在蠕动——原来是水蛭！

女人早已失去生命体征，那些水蛭正扭动着尾巴吸血，每一只水蛭已经饱胀到成年人食指粗细。

我们刑侦一科接到警情后，也火速赶到了现场。走进一楼客厅的大门，我看到一对中年男女正蜷缩在吧台后面。他们就是报案人，此刻已经吓得说不出话来。二人是别墅主人雇用的花匠和保姆，关系为夫妻。在我做笔录时，这对夫妻对我提出的问题一问三不知。保姆只告诉我，女主人偶尔在别墅过夜，会带不同的男人一起过来。

我们在案发卧室的垃圾桶里发现了安全套，包装袋上面标注着"蜜桃味"，可能是凶手遗留在现场的。

李时在初步尸检后，发现死者是被杀之后才遭到性侵的，在死者体内并没有提取到嫌疑人的体液。

从死者脖子上的痕迹和尸斑看，死者大致在夜里10点到凌晨1点被害，是被人扼颈导致窒息死亡。其他情况还需要进一步验尸之后才知道。

郑爷勘查之后说，由于案发当天的凌晨3点多下了一场小雨，室外地面痕迹大都被冲洗掉了。室内现场的线索很多，脚印杂乱，指纹、烟蒂随处可见。从目前的痕迹判断，除了死者以外，这个房间至少有三个人进出过。同时，在痕迹上也存在很多矛盾的地方：比如死者的一部手机被人带走了，可是包里的八千元现金没有丢失。

我问："会不会是凶手想制造抢劫的假象，以此扰乱警方视线？"

郑爷说："有这种可能，也可能是凶手比较慌乱，没来得及查看死者的手包。"

"现场丢失的还有死者的首饰吧，比如戒指、手表或者手链？"我问。

"你是怎么发现的？"郑爷看我的眼神里闪出一丝小火花。

"死者中指和手腕上的皮肤明显比周围皮肤白皙，说明这个女人有长期佩戴戒指和手表的习惯。从戒指佩戴的位置看，应该是已婚。"

"还有项链！"李时补充说，"我在她脖颈处发现类似金属物质的残留，应该是凶手在扯断项链时留下的。"

"凶手没有拿走现金也许正是他区别于常人的特质，你是怎么知道他拿走手机的？"我问郑爷。

郑爷指指床头柜："我在水杯上提取指纹时，发现了床头柜上遗留的水渍。有人在喝水时洒出一些，手机应该距离水杯很近，留下的水印是手机形状。我判断是最新款的德国手机，因为水印边缘有两个半圆形凸起，是指纹解锁器和专业摄影器的位置。"郑爷热爱电子产品的属性大家都知道。

李时说："从死者的伤口看，她的挣扎痕迹不明显。我认为水蛭应该是在她死亡之后被放到身体上的。"

熟人作案？仇杀？抢劫？案件的疑点太多了，线索太杂乱。

死者的身份很快被确认，她叫姜灵，三十二岁，结婚八年，育有一子。丈夫蒋子勋在本市经营一家汽车配件厂，她本人经营一家保健品公司，规模比老公的还大。案发地的别墅就在她名下。

奇怪的是，我们在找姜灵的丈夫蒋子勋了解情况时，他却说自己并不知道姜灵还买了一栋别墅。

随后，我们在做社会面排查时，在两人的亲属那里了解到，因为工作繁忙，蒋子勋和姜灵长期分居，半个月甚至更久才会见上一面，两个人似乎并没有什么大矛盾。

郑爷在做痕迹勘查时，在姜灵包里又找到了一部国产手机。经过技术部门解锁后，我们确定就是姜灵所用手机，但这部手机里只有五十个联系人，在通讯录里没有丈夫和任何亲属以及业务联系人的信息，倒是发现她唯一的一个微信标签是：男团。

二

案情分析会上，刘队说："也许在姜灵被拿走的那部手机里有嫌疑人需要的东西。"

"我感觉不是，凶手只是拿走了他看得见的财物。"我说。

"解释一下。"刘队说。

"已知证据不足，不，是已知证据太多，一时解释不了，就是一种感觉。凶手很慌张，现场几乎没有被清理的痕迹，有新手随机作案的感觉。另外，他很愤怒，憎恨死者，否则不会在死者身上放水蛭。"

"你不觉得你的推论很矛盾吗？既然是随机作案，怎么会憎恨？"刘队质疑。

"女人的直觉！"李时无奈地摇摇头。

郑爷说："比对结果出来了，水杯上的指纹不属于死者本人。"

姜灵微信里的五十个联系人都是男性，每个人的头像都很帅。有些肌肉男的照片很露骨，秀胸肌的更是比比皆是。

我们打开聊天记录，发现姜灵是个标准女"海王"，同时也是个优秀的时间管理"大师"。

她可以同时和五十个"男友"都保持着不正当关系，频繁约会，最多的时候，一天见过五个人。而且在姜灵和男人们的对话里不难发现，"男友"之间并不熟悉。

经过调查我们还了解到，这五十个人来自各行各业，除了男公关，还有姜灵的同行，有搞美容美发的，有公司白领，有歌手，甚至还有一个小演员。

仔细分析过聊天记录之后，一个叫王顺吉的男人进入警方视线。

从案发前几天的聊天记录来看，王顺吉威胁过姜灵，说他已经录下了姜灵和他的视频，并且向姜灵勒索钱财，说姜灵如果不给他钱，他会把视频发给姜灵老公，还会发到她的公司或者网上。

我们马上对王顺吉进行了调查。

王顺吉，二十六岁，歌厅驻唱，有一个十九岁的正式女友。我们传唤王顺吉时，他显得非常慌张。

当我问他和姜灵是怎样认识的，他双手握拳，把大拇指包裹在其他四指里，脚尖内扣，下颌内敛，这些破绽动作都属于非常明显的回避型动作。人想隐瞒一些事情时，由于肌肉紧张，身体会呈现出一种内缩状态，包裹大拇指是一种自我安慰，这种姿势让人更有安全感。

王顺吉告诉我，他和姜灵是在酒吧认识的。姜灵给他的打赏比别人高，一来二去，两个人就熟悉了。

王顺吉回答问题时眼神游离，吞咽口水的速度缓慢、吃力——吞咽速度慢则表明内心犹豫，试图隐瞒部分真相。眼神活跃的人通常大脑反应比较快，但他的眼神暴露了自己大部分的心理活动。我觉得自己应该能在这个男人身上挖出点什么。

"王顺吉，把你的上衣脱下来。"我突然发话。

王顺吉下意识地用双手拉紧衣领，一脸吃惊地盯着我。

"你的脖子上有抓痕吧？"

"我……我……"王顺吉出现了暂时性口吃。

人在准备说谎时，大脑需要一个反应过程，语言中枢会本能地使用拖延性词语或者重复关键词来为大脑争取时间；在谎言还没有编造成功的间隙，会造成语速缓慢或者语速延迟现象，通常会出现口吃，或者用"这个""那个""嗯"之类的填充语。

在表情抓拍仪上，王顺吉瞳孔瞬间放大——秘密被人发现时，血压变化会导致眼睛出现应急反射。眼球和瞳孔的变化是人不能自主控制的，遭遇突发情况时所产生的反应就称为应急反射，测谎师通过这种变化可以看出人的心理活动。看来我猜中了。

"除了脖颈，你的右小臂、左胸口也有伤痕吧？"

王顺吉从进入室内到坐在椅子上的这段时间，不自觉地用手背、手肘与指关节摩擦和按压过那几个部位，这属于安全性掩饰，有镇定作用。人在紧张时，血液流速变缓，手脚会变冷。关节不适应这种突然的变化，会产生僵硬、肿胀的感觉，开始出现不自觉的按摩动作。这种动作不像抓耳挠腮之类的大幅度动作那样明显，而是自然顺畅的，所以被称为安全性掩饰。

经过同事小王的检查，在王顺吉的脖子上发现两道抓痕，胸口一处是咬痕，其余的部位也发现了伤口。

王顺吉争辩说，前两天他和女朋友发生了争执，这些伤痕都是被女朋友抓的。

我停顿了几秒钟，问他："你勒索姜灵后，她有什么反应？"

他下意识地回勾了一次右手小指，并且在说"不知道"时，头部出现了两次类似点头的轻微晃动。

人的头部动作是一种肢体语言，特别是需要回答肯定或者否定的时候，这种肢体语言会表现得特别明显。如果一个人诚实，那么他说的话和肢体语言表现的信息就应该一致。如果他嘴上说不是，头部却在肯定，那便是明显的言行不一表现。这也是在测谎的过程中只要被测试者回答"是"或者"不是"就可以进行判断的原因。

我再次问他相同的问题，他又说了两次"真的""百分之百""不知道"，并且在回答时，身体还向椅背靠了靠。撒谎的人往往会利用措辞来增加语言的可信度，向后靠的身体含义则是距离我越远越安全。

短时间内，他已经出现三次破绽，我确定他在隐瞒一些事实。

"美女警官，人真的不是我杀的，我连杀鸡都害怕。"

"你勒索姜灵二十四小时后，姜灵死亡，而且你身上还有多处伤痕，不会这么巧合吧？"

"杀姜灵的肯定不是我。"

"那是谁？"主语后置，除了想要摆脱嫌疑，还在暗示他有可能知道凶手是谁。

王顺吉无奈地搓了搓手，终于供出了一个叫田铭野的人。他说田铭野是姜灵的头号"男友"，但是田铭野嗜赌如命，向姜灵借过很多次钱。

"你怎么知道田铭野的？为什么一开始不说？你直接供出他有杀人嫌疑，自己就可以摆脱嫌疑，不是对你更有利？"

"唉！我曾经被田铭野教训过一次。一个多月前，姜灵把我勒索的事告诉了田铭野。田铭野帮姜灵出头时，我才知道她不止我一个情人。田铭野把我的鼻骨打伤了，还说再找姜灵就让我变成太监。田铭野有黑道上的朋友，很有背景，听说还进过监狱。这种出来混的人，我得罪不起。万一人不是田铭野杀的，他出来之后报复我，就麻烦了，所以我不敢说。"

"你既然怕田铭野，为什么还进行第二次勒索？"

"我和女朋友打算去外地，走之前想……捞点路费。"

我们提取了王顺吉的 DNA 样本。李时在姜灵指甲缝里提取到两处不同的 DNA，但王顺吉的 DNA 与它们都不符。另外，他的指纹也和水杯上的不一致。而且在调查过王顺吉的行动轨迹后，发现他不具备作案条件。姜灵遇害时，他正和女朋友在一家小宾馆开房，宾馆门口的监控录像可以作证。

三

我们找田铭野协助调查之前，先在姜灵的手机里找到了以"TMY"开头的微信，应该是田铭野名字的缩写。

案发前一天，两个人有四次通话记录，姜灵还给对方账户打过五万块钱。

在对田铭野进行讯问之前，我们提取了他的DNA。检测报告显示，田铭野的DNA和死者脖子上以及从其中一枚指甲里提取到的DNA一致，但田铭野的指纹和杯子上的指纹不符。

另外，田铭野也有不在场证明。

据田铭野交代，姜灵出事的时间段，他正和一群兄弟赌博，还有地下赌场的监控视频可以作证。可是死者脖子上怎么会有他的DNA呢？

田铭野说在姜灵出事的前一天，他们约会过，可能是那时候留下的。姜灵当时答应他，如果表现得好就打五万给他应急。田铭野还承认了为替姜灵出头，曾经打伤过王顺吉。

田铭野的供词几乎没有漏洞，还有全程监控视频作证，基本可以排除杀人嫌疑。

线索又中断了，案件陷入僵局。

一周后，进行周边调查的同事送来一份监控视频。我们在视频里发现，案发当天，姜灵的丈夫蒋子勋在别墅附近出现过。虽然他戴着口罩和帽子，但推墨镜时翘起的兰花指、走路时弓背的身形和步幅都可以证明他就是蒋子勋本人。

因为案发现场没有留下任何有关他的证据，所以之前我们一直没有把蒋子勋作为重点调查对象，现在警方决定对他进行突审。

姜灵的丈夫蒋子勋在妻子去世后，表现得特别悲伤，这种表现属于正常的居丧反应。我们传唤蒋子勋时，他没有刮胡子，衣领上有一圈油渍，看起来神情颓废。他的衣袖过长，把手缩在里面——性格内向的人在隐藏自己的情绪时，惯用这种动作。

"说说你和姜灵的婚姻吧。"

"虽然好多次想掐死她，但我没有动手，甚至没有过家暴。她不是我杀的。"

蒋子勋的直白让我有些意外。

他直视我，目光平稳，面部肌肉没有明显波动。他在陈述一个事实，应该没有说谎。

"我们的婚姻就是一个错误，结婚半年之后，她就开始出轨。每一次当我想离开她，她都会寻死觅活威胁我，有一次她吃了四十多片安眠药。怕她出意外，我一直忍到孩子出生。

"孩子出生之后，我做过三次 DNA 鉴定，才确信孩子是我的。"

"妻子出轨对于男人来说是无法容忍的，你为什么不离婚？"我问。

蒋子勋长叹口气："出轨的事不完全是她的错。"

对于蒋子勋的回答我有些诧异。

蒋子勋说："我和姜灵曾经开诚布公地谈过，我打算离婚，她死活不同意。我问她原因，一开始她不说，最后拿出一份检查报告。姜灵在靠近脑垂体的位置长了一个肿瘤，是良性的，但位置不好，不能做手术，只能保守治疗。这个肿瘤导致性激素分泌旺盛，所以……她的出轨其实是生病造成的。她坚持不和我离婚，说她是爱我的，只是控制不了自己。"

"你也不想离婚吧？"我问。

蒋子勋踌躇了一下："是。我和姜灵是大学同学，有感情基础。她生病了，我不能不管她。再说姜灵对我的家人一直很照顾，特别是对我父母，不但给我父母买了房和保险，还经常陪他们出去旅游。更何况我们还有孩子，所以凑合着过吧。"

"你不是说不知道姜灵名下有别墅吗？姜灵出事的时间段你为什么会出现在别墅附近？"

蒋子勋沉默了一会儿："我跑了很多家医院，找到一种中医和心理结合的治疗方法，想带姜灵去看病，可她总找借口敷衍我。我被逼急了，质问她是不是就喜欢鬼混。姜灵说，反正病也治不好了，让我睁一只眼，闭一只眼，不如把这种病当成她女人魅力的证明。"

"姜灵这么说，你是什么反应？"

蒋子勋用左手搓了搓眉头，这个动作代表无奈。

"我被气坏了，一气之下雇了一个私家侦探，拿到了姜灵接触的所有男人的资料，那天晚上去别墅是想用这些证据威胁她去住院治疗，否则就和她离婚。"

"你进了别墅？"

"没有。"

"为什么？"

"私家侦探把资料给我的时候，告诉我她可能约了男人，就在别墅里。我的确是想冲进去，可是到了别墅附近，我又放弃了。如果我亲眼看到她和别的男人在一起，可能真的会动手杀了她。"

"你的话前后矛盾，既然想凑合着过，为什么又会积极地帮她治疗呢？"

"她的病像吸毒一样，不出轨会焦虑不安，背叛我之后又非常痛苦，甚至无数次想过要自杀，还背着我立了遗嘱，要把财产全部留给我和孩子。如果我放弃她，她一定会破罐子破摔的。毕竟她是我爱过的人，还是孩子的妈妈，所以我很想帮她。"

说这段话的时候，蒋子勋的脸部肌肉很放松，是释然，他应该没有说谎。虽然他的 DNA 样本和指纹同警方提取到的都不吻合，但他有杀人动机，暂时不能排除雇凶杀人的作案可能。

四

案件陷入胶着状态。

总感觉离凶手越来越近，可是却找不到准确的入手点，我感觉自己像在一个迷宫里兜圈子。

同事们正在逐一调查姜灵手机里的五十个"男友"，李时不时感叹着"男友"们的"副业收入"过高的问题。

也许有些盲点被我们忽略掉了。我决定重回现场，进行模拟勘查。

模拟犯罪是需要灵感的，要和凶手保持同频思维。我会根据前几次勘查现场的全勘线索图，沿着凶手的轨迹，模拟凶手的作案过程，追踪凶手的作案动机。我相信在与凶手作案环境基本契合的情况下，更容易找出破绽。

姜灵出事的时间段在晚上 10 点到凌晨 1 点，当天的气温是 20℃到 29℃，空气湿度 45%。我选择的这一天同样是圆月，和案发当天气候环境高度相似。于是在得到上级批准后换上便装，我和刑侦一科的一名同事在晚上 10 点到达别墅。

别墅出事之后已经被封，那里属于半山区，面积很大，方圆几公里没有民居。别墅关闭近一个月，室内散发着陈腐的味道。

我戴好手套，穿上鞋套，跨过警戒线，直接上了顶楼。同事则留在一楼，开始按照勘查全景做核对工作。

我推开了第一现场的房门。

我没有开灯，借着月光环顾四周。现场环境几乎都被还原了，和凶手当天的作案条件完全吻合。

我一直对浴室存有疑虑。李时在浴室找到两处痕迹，其中一处痕迹我们已经核实，是当天被姜灵用微信叫来服务的 9 号男友留下的。

9 号，一个二十二岁的男公关，他曾把用过的浴巾扔在浴室的洗手台上。我们从浴巾上提取到了他的 DNA，但是他的 DNA 与姜灵指甲里的 DNA 不符。

浴室里面的第二处痕迹是一个拖鞋印，鞋印的前脚掌部分清晰，却没有脚跟的部分，好像在踮脚走路或者是小脚穿大鞋。别墅里给客人专门预备了一次性拖鞋，统一型号为 42 码，9 号男公关是 42 号脚，和别墅拖鞋的鞋码刚好吻合，不太可能出现这种情况。

9 号给出的口供是自己当天胃疼，吃了药，休息了一会儿之后，在晚上十点半左右进入姜灵房间，服务之后就从后门离开了。走之前他听到姜灵接了一个电话，并且姜灵和电话里的人在吵架。

我在讯问时问过他是否知道和姜灵吵架的人是谁，他说好像听到姜灵叫对方什么吉。经过核实，跟姜灵在电话里吵架的人就是我们第一个传唤的王顺吉。

9 号离开房间之后，姜灵叫了夜宵。保姆证实当时是 11 点多，那时她还活着，是姜灵亲自打开房门取走食物的，但这并不能排除 9 号有延时杀人的可能。

浴室里第二处痕迹我们暂时还没有查到是谁留下的。我把自己的脚放进第二个鞋印中，脸正好面对浴室的洗手台。

回到卧室，看了看床，我试着躺在死者的位置上（在前几次勘查结束后，已经拍下现场固定照，做好勘查登记，我的这种模拟行为是符合规定的），想用死者视角去观察周围。姜灵死的时候，头部朝向偏右，那里是一扇飘窗，可以看到月亮。

凶手逃走之前，姜灵已经死了，所以她头部的朝向应该只是个巧合。

不过，我还是来到飘窗前，仔细观察，飘窗上有围栏，从内部可以打开。我试着推了一下飘窗，发现正上方好像粘了一样东西，导致开窗时有一点阻力，这个阻力很容易被忽视。

打开手电筒，我从飘窗爬出去，站在围栏上，抬起头，发现飘窗和窗框形成的缝隙里有一个死角。我好奇地举起手电照了照，还是看不到里面。我踮起脚尖，用手一摸，里面似乎卡着东西，用手指夹出来一看，居然是一枚使用过的避孕套，淡粉色的。这个新发现让我顿时精神一振。

我将避孕套放进证物袋，带回了局里。

经过鉴定，避孕套中的遗留物与姜灵指甲缝里的DNA完全吻合，只是暂时没弄清楚上面的少许金粉是什么物质。

与此同时检测员告诉我，水蛭的化验结果已经出来了。在两条水蛭里提取到一种相同的成分，那是一种镇静剂或者抗抑郁药物，其他水蛭的身体里没有这种成分。

水蛭大小一致，检测员觉得可能源自人工饲养。

我猜测有药物成分的两条水蛭在咬姜灵之前，吸食过其他人的血液，被吸食人有可能就是凶手。然而这个人和姜灵的血型相同，这让我们从一开始便忽略了这个问题，但可以确定的是死者的血液里没有镇静剂或者抗抑郁药物的成分。

根据新的线索，我们一方面要调查和姜灵接触过的男人中是否有人服用过这类药物；另一方面可以从源头下手，在市内出售、养殖水蛭的宠物市场或者一些中医馆找线索。

同时，技术科也有了新的发现，他们在核查9号男友通话记录时，发现他在9日晚上10点28分到11点零4分有过两次通话记录，一次打出，一次接入，均为同一号码。两次通话累计时长7分多钟。如果按照9号之前的笔录，这个时间段他正和姜灵在一起，那么和他打电话的人是谁，和姜灵之死有没有关系呢？

五

9号被再次传唤那天，身体一直在发抖。他本名叫梁小冰，是姜灵认识了半年的男友。

他颤颤巍巍地告诉我，姜灵给他发微信那天，他身体不舒服，但还是坚持着去了别墅。他突然感觉肚子痛、想吐，便跑到阁楼上了趟洗手间。

"阁楼？"

"阁楼就在姜灵卧室的正上方，她在阁楼里装修了一间客房，说是专门为我定制的，偶尔时间太晚，她会让我去那里留宿。"

我们搜查过阁楼，保姆当时说没有人住，是用来存放旧物的。

阁楼和卧室只隔着一层楼板，应该能听到下面的声音，最关键的是从我发现避孕套的位置推断，避孕套很可能是被人从阁楼的小窗口扔出去的。

凶手应该到过阁楼，阁楼的位置很隐蔽，不容易被发现。即使不是梁小冰作案，我也怀疑他很可能隐瞒了一些事情，因此我决定试探一下他。

"你是不是看到有其他人来过？"

"我什么都没看到！我们什么都不知道！外人不可能进去。"面对我的质疑，梁小冰的脸越来越白，开始出汗。

人在说话的过程中，不会莫名其妙地使用某个词。哪怕这个人有口吃，每一个字也是经过大脑加工之后说出来的。在加工的过程中，如果他试图说谎，就会出现一些特定的破绽词语。比如在"我"和"我们"这两个代词的交换过程中，"我"是单独指代说话人自己，多了一个"们"字，表示群组概念。一种可能是说话者想加入群体，来证实自己说的话更有底气；另外一种可能则是有第三者在场，或者有第三者知情。这是一种暗示类型的语言表达方式。

"你知道有一种罪叫包庇罪吗？包庇罪的刑期视嫌疑人犯罪情节轻重而定，会处以五年以下……"

9号额头上的汗水已闪闪发光："警官，我交代。姜灵出事当天，我的老乡胡骆华来过。"

我点点头，示意他说下去。

"那天我胃痛、拉肚子，根本没办法给姜灵服务。可是那个女人死缠着我，非点名让我去，还说要是我不去，就永远也不用去了。姜灵是个大客户，我得罪不起。实在没办法，我吃了两片药之后，到了姜灵的别墅。之后我去浴室洗了澡，就再也撑不下去了。我和姜灵说先去阁楼上趟洗手间。正在阁楼拉肚子的时候，我接到了老乡胡骆华的电话。他向我借钱，说自己因为钱被偷了，现在连吃饭的钱都没有了。

"胡骆华长得还不错，文质彬彬的，还在健身房当过陪练，正好是姜灵喜欢的类型。于是我想让胡骆华替我出场。一开始胡骆华不愿意，我告诉他姜灵挺漂亮的，出手还大方，说不定还能给他安排一份工作，让他考虑一下。沉默了半分钟，他答应了。我告诉他别墅地址，让他马上过来，到后门等我，因为平时姜灵都是让我从后门进。

"和胡骆华商量好之后，我下楼对姜灵坦白说，身体突然不舒服，实在没办法为她服务。一开始，姜灵挺生气。我赶紧告诉她，我叫了一个特别帅的朋友过来替我。姜灵考虑了一下，说让我把人先领过来，她要看看。过了一段时间，胡骆华给我打电话说他到后门了。姜灵让我从别墅外挂楼梯下楼，这样到后门比较近，还不用惊动保姆。我下了楼，跑到别墅后门，把胡骆华带了进来。我把他从外挂楼梯带了上去，之后偷偷离开别墅，打车回了家。第二天听说姜灵死了，我害怕连累自己，就没敢说实话。"

"保姆始终没有发现你们吗？"

"姜灵不叫保姆时，保姆夫妻基本会待在自己的房间里，不会出来，也不会给外人开门。"

我记得前期勘查现场时，别墅外面有四个摄像头，监控围墙的四个不同方向，但院子里没有安装摄像头。巧合的是，最近监控后门方向的摄像头还坏了。

"胡骆华现在在哪儿？"

"姜灵出事之后，我和胡骆华再没联系。我也不太清楚，印象中前一段时间他住在老城区城乡接合部的出租屋。那里离别墅挺近的。"

我们马上按照 9 号提供的地址赶到了那间出租屋。一个身高在175cm 左右的男子正从楼道里走出来。看到我们，他转身想跑，被我们当场抓获。他就是胡骆华。

在搜查胡骆华出租屋的过程中，我们找到了他的一些资料，但没有搜索到属于姜灵的物品。经过简单询问，胡骆华说自己是应届毕业的大学生，毕业后一直没找到工作，在四处打零工。

我们马上对胡骆华进行 DNA 取样。检验报告显示，胡骆华的DNA 与姜灵指甲里另外一个未知 DNA 完全吻合，杯子上的指纹也是胡骆华的，并且胡骆华的血液里含有抗抑郁药物的成分。

可是胡骆华不承认自己杀人，他一直在重复一句话："我是代替发小去了姜灵的别墅，但人不是我杀的。"

在审讯胡骆华的过程中，他始终低着头，不说话。胡骆华是那种外表看起来老实本分、木讷寡言的人。通常这种人因为过分压抑自己的情绪，出现随机犯罪的概率很大。

局里决定对胡骆华进行测谎。

测谎之前，我们对胡骆华的家庭情况进行了解。

胡骆华的父母在农村，家里还有一弟一妹，他一直被父母看作家里的希望。胡骆华毕业后投了很多简历，可是一直没找到合适的工作。他只好做了几份零工，补贴家用。

根据掌握的资料，针对胡骆华的特点，我编辑出六组对应问题，题目都是以组的形式出现，每组问题又包括十余道小题。

测谎题通常是有针对性的，针对被测试者的成长背景、经历以及涉案细节。

我需要了解他对案发当晚的知情程度，还要确定几个案件细节，最重要的是向他解释清楚测谎的整个过程，包括全部测谎题目的内容，以防因理解不同造成误解。

在沟通的过程中，胡骆华一直沉默着，脸上表情漠然，最后自愿在测谎协议书上签了字，主动接受测谎。

第二天上午九点整，医生在确定被测试者胡骆华的心理、身体状况良好，无心脏病、癫痫等特殊病史，当日无感冒、发烧等症状，无吸毒、酗酒史之后，同意其进入测谎实验室。

六

测谎正式开始。

"我们要开始正式测试了，准备好了吗？"

胡骆华点点头。

"你的名字叫胡骆华？"

"是。"

"今年二十四岁？"

“是。”

“复读过两次？”

“是。”

“你和梁小冰是同乡？”

“是。”

“你和家人的感情好吗？”

胡骆华停顿了一下，说：“好。”

当问到这个问题时，胡骆华左手食指轻轻内扣，颤抖了一下，表示对相关问题有所顾忌。

回答以上问题时，嫌疑人思路清晰，语调平和，仪器没有任何异常反应。

“你觉得自己是全家唯一的希望吗？”

此时，呼吸传感器输出的蓝色曲线突然大幅度波动。呼吸传感器的信息会以呼吸波的方式在图谱上呈现。人在紧张时，会下意识调整呼吸，比如开始深呼吸、屏息、呼吸节奏变快或者变慢，具体情况要结合其他表现。胡骆华抿了抿嘴唇，先是沉默，然后点了点头。

“请回答是或者不是。”

胡骆华咬住下唇，突然说：“知道的都告诉你了，我不想测谎了。”

这句话是嫌疑人对自己的心理暗示，可以理解为“不能告诉你的，我绝对不会说”。

为了安抚胡骆华的情绪，我说：“我们换个话题。姜灵给你什么感觉？你讨厌她吗？”

他又用力咬了一下嘴唇：“不知道。”人在面对自己不想回答的问题时，嘴唇通常会伴随一个“拉链”反应，比如唇肌用力收敛或者噘嘴——可以解读为把自己的嘴封闭起来，不让秘密泄露。

“你知道水蛭吗？”

胡骆华的身体一抖。我面前的图谱上显示：胡骆华对相关问题的反应明显大于对基线问题的反应。尤其是在提到与家庭或者案发现场有关的问题时，皮电反应图谱高峰迭起，有冲击极限的趋势，对应率达到了80%以上。排除情绪波动因素，他在试图隐瞒一些事实。

之后我提出针对案件的问题，他都拒绝回答。

我从案卷里拿出一张照片放在他面前。胡骆华看着照片，开始发抖。

那是一张全家福，曾经贴在胡骆华出租屋的墙上，被我带了回来。

"以我们目前掌握的证据，即使是零口供也足够给你定罪，这次测谎是给你一次机会。只有你说出真相，法律才能公正地判断你是故意杀人还是过失杀人。"

胡骆华盯着照片，继续沉默。

"你可以拒绝回答我的问题，但你要知道，你的父母已经从千里之外赶到省城。接下来他们要跑无数次公安局、拘留所了解你的情况，会花光全部积蓄为你请律师，而这仅仅是个开始。终审之后，他们还要对死者家属进行赔偿，并且他们的后半辈子可能都会活在别人的歧视里。"

听完，胡骆华开口了："我父母已经够辛苦了，他们就是普通的农民，为了供我上学借遍了所有亲戚，终于熬到我大学毕业。我觉得亏欠家人，虽然毕业之后没有找到正经工作，但我告诉父母，我已经找到了工作，工资还不错。"

胡骆华说到这里沉默了一阵。

"我已经很努力了，可是一直打零工，最后还被骗子骗走了所有的钱。"

胡骆华越抖越厉害："警官，我不是故意要杀她的。梁小冰把我推进房间后，我手脚都不知道往哪儿放。我觉得自己很老土，一定不符合姜灵的要求，以为她会生气，赶我走。可是她没有，而是拉住我，要和我玩一个游戏，还说会打赏我。"

"游戏？"

胡骆华点点头："她从床下拿出一个盒子，里面有好多水蛭。她让我脱掉衣服，把其中两只放到我胸口，说要玩点刺激的，还说这是免费保健，之后感觉会更好。

"我特别害怕虫子，拒绝了。她不同意，还要拍照。在争执的时候，她大喊大叫，我用枕头蒙住她的脸，另外一只手掐住她的脖子，想让她安静一点。结果一会儿她就不动了。

"我太紧张了，口有点渴，就喝了床头杯子里的水。也不知道过了多长时间，等我拿开枕头，发现姜灵居然死了……这时候我感觉全身燥热，控制不了自己，就把她……

"走之前，为了报复，我把所有水蛭丢到她身上。"

"你中途去过洗手间吗？"

"去过，我觉得水蛭恶心，去洗手间洗过手。"

如果胡骆华说的是真的，姜灵可能提前在那杯水里放了催情剂。

"你穿多大的鞋子？"

"40 码。"

看来洗手间留下的半枚鞋印是胡骆华的。他的鞋号比梁小冰的小两码，所以他穿上 42 码的拖鞋走路的时候鞋跟不承重。

"之后呢？"

"逃走的时候，我怕被人发现，关了灯，又拿了放在床头柜上的手机、手表和姜灵身上的首饰，准备从外挂楼梯离开。但我好像听到有人上楼的声音，想起梁小冰提到过，上面还有一个阁楼，我就上了阁楼，想先躲一躲。"

"到了阁楼才发现，因为慌张，避孕套都忘记拿下来了。我急忙摘了避孕套，从窗口扔了出去。"

　　说谎者一般会减少使用"我""我的"这类主观代词，在心理上和说谎拉开距离。胡骆华在正常状态特别喜欢用"我"，因为生性自卑，他渴望得到别人的重视，所以特别强调主观代词。而在谈论案件的过程中，他反而回避这些"我"，只能证明他在说谎或者隐瞒了一些实情。

<h1 style="text-align:center">七</h1>

　　"你杀姜灵有没有其他原因？你是不是有所隐瞒？"我问。

　　听到这个问题，胡骆华的身体突然一缩。

　　"你失手杀死姜灵的理由太牵强，我知道你在服用抗抑郁药物，这种药物属于精神抑制类药物，可以防止患者产生幻觉和幻听。"

　　从目前的测谎反应看，对于胡骆华来说杀人不仅仅是一种报复行为，也是释放压力的出口。

　　胡骆华用脚在地面上蹭了几下，终于开口说："一个星期前，我把自己打工赚来的钱放在背包里，准备坐公交车回出租屋。突然有一辆车开过来，停在我身边。

　　"开车的女人夸我长得帅，还问我去哪里，让我搭顺风车。

　　"我同意了。在车上我和那个女人在闲聊的时候，她炫耀说自己是公司的老板，让我去她那里打工。我们还互相留了电话和微信。可是等到下车之后，我发现自己包里的钱不见了，我怀疑是那个女人偷了我的钱。正赶上这几天家里打电话向我要钱，我妹妹要交学费了。我妈说供我读书不容易，到我回报家里的时候了，还埋怨我不知道赚钱养家。"

　　"丢钱之后，你做了什么？"

"我给那个女人打过电话，发过短信，可是对方都没有回复，还把我拉黑了；我还去丢钱的地方等那个女人，想碰碰运气，看能不能再遇到她，拿回自己的钱。"

"可是都失败了，之后你就恨上了那个女人？"

胡骆华点了点头。

"后来你连吃饭的钱都没有了，所以打电话向梁小冰借钱，用来应急。可是没想到梁小冰让你顶替自己给姜灵服务。人穷志短，你答应了。你身上没钱，药应该也停服一段时间了。"

胡骆华深深地低下头。

"当时到底发生了什么？你要说实话。"

"我进入房间之后，看到姜灵，越看越觉得她就是骗我钱的那个女人。我质问她，她竟然没有否认，还说只要我听话会加倍补偿我。她提出很多过分的要求，我都满足了，她还是不肯还钱，竟然提出往我身上放水蛭。当她放到第二只的时候，我失控了，掐住了她的脖子，直到把她掐死。"

"既然你觉得是姜灵偷了你的钱，为什么不拿走她包里的现金呢？"

胡骆华眨了眨眼睛，沉默起来。

"难道你有夜盲症，在黑暗的环境里只看得见发光的东西？杀人之后，你因为害怕关了灯，但是隐约可以看到手机、手表、首饰反射出的微光，所以只拿了那些东西？"

胡骆华点点头。

姜灵丢失的物品都是金色的，包括金色的手机外壳，胡骆华只能看见那些在月光照射下闪闪发光的金色东西。此时我也弄明白了，原来粘在避孕套上的金粉来自手机外壳上的装饰涂鸦。

"我们为什么没有在你的出租屋里找到姜灵的物品？"

"卖到黑市上了。"

"卖东西的钱呢？"

"都寄回家里了。"胡骆华低下头叹了口气。

对胡骆华的测谎结束了，我在他的测谎意见书上写道：关键问题无说谎表现。

我的意见书和所有证据会一起呈交法庭。根据现在掌握的情况，胡骆华会被判处十年以上有期徒刑。

水蛭的来源也找到了，是姜灵自己带到别墅的。她的保健品专营店在策划一项水蛭养生业务，产品介绍里写着：水蛭可以治疗妇科病，有养生驻颜的功效，可以清洁血液、祛斑，增加肌肤弹性。

最后一项是增强男性性功能。

性瘾是一种强迫性性行为障碍症，随着时间的推移会逐渐加强成瘾惯性。而这种惯性往往又暴露了患者的心理问题，心理问题不解决，就算大脑里的肿瘤被治好，患者也会出轨。姜灵，一个有能力且事业成功的美女老板，本可以有一个令人艳羡的幸福家庭，但她利用脑中的肿瘤让自己找到了自我放纵的借口，最终被越来越变态的欲望所吞噬……

06 李慧案：
整了八次容的传奇逃犯

李慧算是个传奇女犯，在她逃亡的八年时间里，多次整容，拥有十几种身份，几乎都没有暴露过。逃亡期间，她打工、上大学、整容、创业、经营企业、谈恋爱、生孩子，甚至冒险剖腹取子，不得不说她是一个高智商女人。

一

　　进入 2013 年后半年，大案接踵而来。姜灵的案子刚刚进入收尾阶段，8 月 29 日，市交警支队又移交过来一个案子。报案的交警叫王雨顺，负责在中央南街的十字路口一带执勤。

　　据王雨顺描述，上午 10 点 35 分，一辆蓝色的布加迪停在他面前。

　　车窗落下，眼前的一幕吓傻了王雨顺：

　　驾车的女子不停呻吟，穿着白裙子的下半身已经被鲜血浸染。骇人的是，女子两腿之间夹着一个新生婴儿。

　　女子强忍疼痛告诉王雨顺，自己叫韦洁，正在预产期，本来今天准备去医院备产，没想到车开了一半自己突然出现早产迹象，并且很快诞下一名男婴。

　　王雨顺发现新生儿脸色发青，一直没有发出哭声，状况非常不好。他马上叫了救护车，然后自己在前面铁骑开道，很快将韦洁送到医院。可还是晚了一步，孩子因为缺氧窒息，抢救无效，失去了生命。

　　韦洁的身体看起来非常虚弱，半跪在急救室外面，拒绝医生的检查。

医生担心产妇出现伤口感染或者大出血的情况，建议她住院观察，被她再次拒绝了。

韦洁告诉医生，这个孩子并不是她的头胎。她之前有过自主生产经历，比任何人都了解，她没问题，不需要住院观察。

得知孩子去世的消息后，她情绪非常激动，悲痛之余显得手足无措。她一边说着要联系孩子的父亲，一边慢慢向楼梯间走去。

等王雨顺和医生们准备再次找她沟通时，她已经消失了。

二

在接到王雨顺报警四十五分钟之后，接警中心又接到另外一通电话。

报警人因为受了刺激，显得语无伦次。在接线员的安慰下，她终于说清楚：自己的女儿史茜被人杀害在家中。

我们火速赶到事发地光华园小区 44A，看到一位中年妇女正瘫坐在门廊下号啕大哭，旁边有两名物业人员在不停安抚。

女人看到我们来了，抓着刘队的裤腿，指着房间，断断续续地告诉我们：上午 11 点左右，她买了很多补品上门探望距离预产期只剩下一个月的女儿。打开房门时，她看到女儿一动不动地仰卧在客厅的地面上，房间里有大片血迹。

说完，她捂着胸口开始不停地大口喘气，脸色也变得越来越差。李时查看了一下，认为她很可能患有高血压性心脏病，必须马上送往医院接受治疗。

史茜母亲被送走后，我们进入现场。

室内一片狼藉，纸巾、花瓶碎片、婴儿用品散落一地，地板、家具、墙壁、电器统统被染上了血迹。一个年轻女人呈大字形躺在地上，颈侧被刺了一刀，腹部残留大量血迹，胃部下方有一道深深的切口。

李时蹲在尸体旁边说："孩子已经被取出去了。死亡原因应该是失血过多。凶器像是专业手术刀，凶手掌握一定的医疗知识，但从切口看，不是专业医生。"

除了没有找到死者的手机，我们在室内并未发现有明显的财物丢失，门窗也没有被破坏的痕迹。

桌面上放着一杯果汁。郑爷在厨房找到一个相同的果汁杯，杯壁上有被稀释的橙色液体。郑爷把杯子放进了证物袋。

郑爷说凶手很可能是熟人，心思细密，离开现场之前，还不忘记清洗自己用过的杯子。

墙上挂着史茜的大幅孕照，却没有看到结婚照，房间里没有男士用品。我推测史茜很可能是单身妈妈。

我们在门廊的入口处发现有婴儿爽身粉洒落，郑爷在上面提取到半枚鞋印。

根据鞋印推断，对方为女性，身高在 165 ~ 170cm，体重不会超过 55 公斤。

两起案件的时间和逻辑衔接吻合，局里决定将汽车产子案和剖腹取子致孕妇死亡案并案侦查。

很快，DNA 鉴定报告显示，之前王雨顺帮忙送到医院的那个未能救活的新生儿和死者史茜的基因吻合度为 99.99%。也就是说，那个叫韦洁的女人带去医院的新生儿其实是史茜的孩子。

杀死史茜的凶手，很可能就是韦洁！

刘队在分析案件时认为，韦洁属于预谋作案，行凶时做了全套保护措施，离开时还带走了史茜的手机。

我和李时盯着医院提供的监控视频，同时发现韦洁的脸做过整容。

李时仔细观察后说："整了还不止一次。韦洁的两侧颧骨和下颌都动过，导致脸部的固定骨骼发生了很大变化。"

根据史母提供的信息，孩子的父亲在六个月前因车祸去世，史茜当时已经怀孕一个多月。

她不顾家人的劝阻，执意要留下孩子，说是未婚夫留给她的纪念。

史母还提到，史茜生前经常去一家叫"孕婴妈妈"的俱乐部上产前课。

我找到俱乐部的经理，她向我们提供了会员登记明细，上面不仅有史茜，还有韦洁。

我看到大厅正中央设置了明星会员墙，上面有一张合影，把手搭在史茜肩膀上的女子很像韦洁。

经理说这是六个月前在征集孕妇照片时拍的，韦洁是史茜推荐过来的，史茜还说韦洁是她最好的朋友。她和最好的朋友一起怀孕、生娃，以后要结娃娃亲。

后经王雨顺确认，史茜身边的女人就是那天他见到的韦洁。

然而，另外一组警员在核对韦洁信息时，发现查无此人。韦洁在医院做登记的全部资料都是假的。

通过交通路况监控，我们查到了韦洁的车牌号，这辆车属于一个叫施学清的富二代。

施学清的个人资料很快传了过来，二十九岁，华夏投资副总。那是一家家族企业，他挂的是空职。经过社会关系调查后，警方确认他有一位已经怀孕的未婚妻名叫韦洁，两人在上个月已经订婚，决定等孩子满月之后补办婚礼。

三

我们传唤施学清协助调查。

施学清个子很高，一身休闲打扮，一脸的玩世不恭。他说，他和韦洁认识一年半左右，因为韦洁意外怀孕，又检查出是个男孩，他父母急着抱孙子，所以一直在催促他们结婚。

当我们问及韦洁的个人信息时，施学清有些意外，眼神闪烁。

他告诉我们，他和韦洁是在一家运动会所认识的，韦洁做化妆品生意，目前经营一家品牌公司，其他情况他一无所知。

"一个要结婚的男人会不了解自己未婚妻的情况？我不相信。"我质疑。

施学清尴尬一笑，接着又叹了口气，看向窗外一棵高大的盆栽。盆栽很特别，像一对在跳探戈的男女。

他清清嗓子："其实，我对她的过去不太在意，只是还没做好结婚的准备。韦洁先是用孩子威胁我，又跑到我父母那里说她怀孕了。我没办法，才准备结婚。"

"你能提供韦洁的住址吗？"

"天下良品 B 区 113，不过……她已经失踪了。"

"你是怎么知道韦洁失踪的？"

"她昨天 9 点 45 分左右给我打过一个电话，说宝宝早产，让我直接去医院。我去医院没有找到她，我不放心，又开车赶到她家里，可是我发现房间似乎被清空了。"

"似乎被清空？"这句话的措辞很特别。

"韦洁打过那个电话之后，电话就关机了，我再没联系上她。我仔细察看了一下房间，书房里的保险箱开着，所有重要的东西都被带走了。"

施学清用右手包住左手，眼睛向左下角瞥了一下。

左手距离心脏比较近，当人有情绪波动时，血压会发生变化，血压的变化会造成血液对血管壁的冲击，左手会最先感知。用右手包裹左手是一种本能反应，是在潜意识中想保护心脏，守护秘密。眼睛向下代表隐藏和逃避，或者在为隐藏和逃避找借口。

"你是不是还发现了些什么？"我紧紧盯着他。

施学清的眼神出现了短暂性逃避。

他考虑了一会儿，说："我在保险柜和墙之间的夹缝里找到一张韦洁从前的求职简历，我按照简历上写的工作经历给一家家公司打过去，发现履历造假，查无此人。我努力回忆和韦洁在一起的点点滴滴，她从来没有提起过自己的过去，一直在憧憬我们的未来，而我对这些都没在意。"

"你还是对她有过怀疑，否则不可能还去核查她的简历。"

施学清点头承认："她给我的感觉很神秘，很会欲擒故纵。"

郑爷立即去勘查韦洁的住处。我拿着施学清提供的简历，对比了简历上的身份证号码和医院留存的号码——最后两位不同。

我试着在公安户籍管理系统中输入简历上的号码，发现身份证的主人的确叫韦洁，两个韦洁的长相有相似之处，但用肉眼能分辨出绝对不是同一个人。另外，身份证上的韦洁在当地户籍库里的血型标注是 O 型，而和施学清订婚的韦洁在孕检报告上的血型是 B 型。

真假韦洁出现了，我决定先找到身份证的主人——真韦洁。

四

我查到，三年前真韦洁曾经在市郊的新安医院做过护士。

我联系了新安医院医务科，他们在档案室里找到了韦洁的签名，发了过来。两个韦洁的笔迹明显不同。

我拿出两个韦洁的照片，让医院的护士们辨认，护士们反映，她们只认识真韦洁，从来没见过另外一个。

真韦洁的资料很快被调查清楚了。

她的老家在北方的一个县城；父母是当地渔民，因为海难早年离世；她由奶奶抚养长大，高中毕业后考上本地的护士学校。奶奶已经在两年前去世，家中再没有其他亲人。

真韦洁从新安医院离开时没有和任何人打招呼，也没有写辞职报告，没有人知道她的去向。

这就叫死无对证。

我本以为这个案子只是简单的冒名顶替，没想到郑爷在假韦洁的住处连一枚指纹都没有找到。她这么仓促地离开，也不忘记清除一切痕迹，很可能是惯犯。

我调查了假韦洁经营的化妆品公司，施学清是股东之一。

公司的财务总监是施学清的远房表姐，她告诉我："韦洁很有经营能力，来公司不久业务就上了正轨。她还不贪财，从来不让我表弟买这买那，每个月只在公司账上领五万块薪水，不像外面那些女孩子，只盯着男朋友的口袋。她对我姨父一家还挺关心，家庭纪念日和每个人的生日都记得。能找到这么能干的儿媳，我姨一家人还算满意。"

我随手拿起一本公司的宣传图册，封面上有假韦洁的照片。

照片上的假韦洁明艳动人，唯一的缺陷是整容留下的后遗症使两眼间距过窄，耳位过高，让人感觉她仿佛在警惕周围的一切风吹草动。

从她亲笔签名的字间距看，她为人谨慎，在签名的最后，习惯性地点一个黑点。这是一种心理上的自我保护，表示提醒、警示自己要认真，不要出差错。

照片下面一页是假韦洁的简介，毕业院校标注着东南某财经学院对外贸易专业，虽然很可能是假的，我还是决定去这所大学碰碰运气。

如今这所学校已经改名为新海经济学院。

我和刘队找到负责管理学生档案的老师，对方在查询之后告诉我们，无论是纸质登记，还是电子学籍，都没有叫韦洁的学生。

我们拿出假韦洁的照片让大家辨认，几个老师也说没见过。档案室有一个年纪较大的男老师，仔细端详照片之后说："从眼睛和嘴看，有点像财经七班的涂思思，因为时间太久，我也不敢确定。"

他说自己对涂思思的印象挺深，因为涂思思几乎每年都会在他那里申请奖学金，并且每次还真的拿到了。

我们很快找到了涂思思的资料，涂思思的老家在东南沿海一带。根据资料里登记的地址，我和刘队连夜赶往当地，在当地警方的协助下，找到了涂思思家。

据当地警方提供的线索，涂思思是个富二代，家里是做婴幼用品生意的。

目前只有涂思思的父亲在家，他说涂思思在三年前出国定居加拿大了。通过涂父的沟通，涂思思同意在线核实当年的情况。

北京时间下午四点，渥太华时间凌晨三点。

视频电话中，涂思思穿着睡衣，长发遮挡住右半边脸，遮挡得很严，像是故意梳成那样的，看来她的右脸应该受过很严重的伤。她的眼睛也有些肿。

当我们把假韦洁的照片放在屏幕前，她愣了一下，皱着眉头，仔细打量了半天，说让我们等一会儿。她回来时，一手端着咖啡杯，一手擎着烟。她吸了一口烟告诉我们，照片上的女人很像白璐。

她和白璐的相识很偶然。白璐在欢乐门俱乐部卖酒，有一次涂思思喝醉了，吐了一身，白璐把她扶到卫生间帮她清理，还给她换上自己的裙子。从那以后，只要涂思思来玩，两个人都会聊上几句，一来二去，便熟悉了。

六年前，涂思思收到财大的录取通知书，当时她正在谈恋爱，男朋友是个大她九岁的舞蹈演员。她不想读书，也不想出国，只想陪在男友身边。男友要去北京发展，她也想一起去。

正在涂思思发愁不能分身时，白璐用开玩笑的口吻帮她出了个主意："我来替你读大学，你去享受生活吧！"

"有那么容易顶替吗？报到的时候怎么办？"涂思思有些犹豫。

"我把你所有证件复制一套，再把你的照片换成我的，不就行了。"白璐笑着回答。

涂思思想了想，觉得这个办法可行。她答应四年付给白璐三万块钱作为报酬，让白璐替她上大学。

在协助白璐完成报名程序之后，涂思思和男友去了北京，而白璐进入了财大，也就是现在的新海经济学院。

涂思思狠狠吸了两口烟，然后将烟蒂按灭。

她接着说："白璐入学之后，一开始和我联系很频繁。我记得她说学校对她来说像天堂，她只是换了一个名字，竟然就过上了这样的日子。她学习很刻苦，经常拿奖学金。时间过得很快，一转眼要毕业了，我回财大拿毕业证的时候，又给了她一万块钱，算是这几年的辛苦费。结果她用这笔钱做了一模一样的毕业证，只是照片和名字换成了她本人。"

"短时间内，你们就达成了交易，对陌生人那么信任吗？"

"也不是信任，就是觉得没什么。更何况我是恋爱脑，当时觉得只要能和男朋友在一起，其他都无所谓了。"

涂思思是个富二代，有这种心理并不奇怪。她的试错成本低，即使被发现也不用担心后果，自然有家人帮她处理。

涂思思不再说话了，低下头，抚了抚右脸上的长发。

"你是不是还有什么没告诉我们？"我轻声问。

涂思思摇摇头。

"你右脸怎么了？和白璐有关吗？"

涂思思侧过头，用左脸对着屏幕。

沉默了很久，她开口说："毕业那天，我们一起吃了一顿饭。当时，我和男友已经分手，我跟白璐抱怨，浪费了四年青春，什么也没得到。当晚我们喝了很多酒。我还记得她感慨地说：'我还不是一样，努力了四年得来的东西变成了假的。'

"我醒过来的时候，已经在医院了。右脸完全僵化，不能哭，不能笑，不能眨眼。医生一开始查不出任何问题，以为是面瘫，后来发现我的右脸被注射了过量肉毒杆菌，导致面部肌肉僵硬。"

"是白璐干的？你为什么不报警？"

"我有私下注射肉毒杆菌美容的习惯，那晚又喝多了，什么也不记得，根本说不清楚。现在右脸成了这个样子。"

涂思思说罢，轻轻掀起长发，我们看到她的皮肤上有多处肿胀凸起，还有未愈合的伤口，应该是经历过很多次整容手术。

"我不明白，如果真是她干的，她为什么要那么做。"涂思思紧咬嘴唇。

"你的出现把她从安稳和美好中踢出来了。"我回答。

涂思思脸上出现了疑惑的表情。

"你还了解白璐的其他情况吗？"

涂思思拿起咖啡杯，想了一会儿："不知道，什么都不记得了，我的记忆也受到了影响。对了，刚认识白璐的时候，她的左耳上有一串小肉瘤，是红色的，感觉挺特别。再见到她的时候，她已经做手术去掉了。"

这样看来，白璐的名字很可能也是假的，是假韦洁的伪装。

我们在户籍管理系统中排查了所有同名同姓、姓名相似、年龄在二十到三十岁的女性，都不是假韦洁。我和刘队商量，既然有了新线索，不如利用全国追逃系统，查一下十年以内的案件，以耳后有肉瘤的女性嫌疑人为主。

五

在浩繁的卷宗里翻找了一周之后，一件八年前的杀童埋尸案被我们找了出来。

八年前，一名七岁的男童在放学途中失踪，警察后来在离男童家十公里远的树林里找到了他的尸体。警方根据男童父亲田相国提供的线索以及周边监控拍摄的视频，很快锁定了杀人嫌犯李慧，但在抓捕李慧时扑了一个空。李慧已经逃走了。

警方审问李慧的丈夫曾志强后，发现田相国对案件有所隐瞒，又对田相国进行了突审，最终弄清楚了案件的真相。

李慧原是十五中的学生，父母在她很小的时候就离婚了。她辍学后，认识了大她十四岁的男友曾志强。

曾志强没有正经工作，每天在社会上瞎混。听说李慧有个同学家里特别有钱，住的是别墅，他就让李慧多去打听同学的消息。没过多久，李慧告诉他，同学一家最近要外出旅游。

曾志强和李慧商量，等同学一家人离开，他们就去"进点货"，说不定小半年的生活费就不用发愁了。李慧虽然很害怕，但还是答应了。

一周之后，同学一家人出门了，曾志强便迫不及待地进入别墅，撬开窗户，和李慧一起钻了进去，没想到从卧室里走出来一个女人。

双方对视了几秒，女人开始大声尖叫。原来这个女人是李慧那个同学的小姨王芬，来帮忙看房子。曾志强和李慧一时情急，将王芬绑了起来，关进了卧室里的储藏室，随后开始搜寻值钱的物品。

就在他们准备离开的时候，又撞上了匆匆赶来的王芬的丈夫田相国。田相国原本要和妻子一起看房子，因为加班来晚了。

田相国是一名退役武术教练，李慧和曾志强根本不是他的对手。田相国很快将曾志强打倒在地，用皮带绑了起来，李慧只能求田相国放过他们。

田相国本来打算报警，看李慧长相漂亮，自己妻子又被关在卧室里的储藏室，于是和李慧谈条件。他可以放过他们，但他们抢劫的财物要归他所有，更过分的是他还把李慧拖到一个卧室里强奸了。

李慧在二十岁便嫁给了曾志强，并很快生下一个男孩。

孩子出生没多久，便被检查出有基因问题。夫妇二人四处借钱给孩子看病，可是杯水车薪，最后想到了曾经强奸过李慧的田相国。

县城不大，李慧很快通过熟人打听到田相国的住址，并且找了过去。她提出要借十万块钱，还威胁田相国如果不给钱，就去报警，把当年的事说出来。

田相国根本不怕，他说当年的事早就了了。旅游的一家人回来后，他告诉房主房子进了小偷，小偷偷袭他，用棍子把他砸晕了，还将他妻子关到了储藏室。房主看损失也不大，觉得多一事不如少一事，就当破财免灾了，根本没有报警。田相国还说如果李慧要告他强奸，也要拿出证据来。李慧无奈，只能离开。

李慧来找田相国的两周之后，田相国的小儿子在放学途中失踪了。警方依据走访调查和监控视频，认定李慧有重大作案嫌疑，但一直没有抓到李慧。

在案卷中，田相国和曾志强的供述有出入。田相国供述自己确实私吞了曾志强他们盗窃的财物，但不承认自己强奸了李慧。曾志强则一口咬定田相国当年确实强奸了李慧，只是当时他们也怕被抓，没有报警，更没有保留证据。

在关于李慧杀害男童一事上，曾志强说自己只知道李慧去找田相国要钱没有成功，不知道李慧后来还去杀了人。李慧逃走前只告诉他说去找朋友借点钱，之后再没回家，也没有联系过他。

因为李慧一直没有到案，田相国的强奸罪名并不成立，只是因为盗窃被判了一年零八个月的有期徒刑。法院考虑到曾志强要照顾生病的孩子，对其判二缓三。

当地警方试图通过曾志强找到李慧，在他的电话里安装了监听装置，还在李慧家附近布控了小半年，等待她自投罗网。可是几年来，李慧居然没有打过一次电话。警方曾经怀疑他们还有其他联系方式，却一直没有找到。

我们看到了卷宗里李慧的照片，她左耳旁有一串红色的肉瘤，但整个人看起来和假韦洁完全是两个人。

李慧面部扁平，而假韦洁是一张欧式脸。两人的面部轮廓分区没有一处吻合，连李时也不能确定两人为同一人。

我把李慧、白璐和假韦洁的照片放在一起，照片里的人仿佛有一种渐变过渡——神似，特别是眼神，非常相似。

我觉得李慧在逃亡过程中应该多次伪造了假身份，又经过多次整容，让抓捕难度越来越大。

我们判断，目前李慧应该还在使用假韦洁的脸，因为短时间内她很难再做大的整容手术。

我们立即在网上发布了通缉令。四天之后，一家酒吧的老板娘报警说，酒吧里有个女人喝醉了，和通缉令上的女人长得很像。

警方迅速赶到酒吧，将那个喝醉的女人控制住——她就是我们要寻找的假韦洁。她刚刚把双眼皮改成单眼皮，肿还没消。

经过 DNA 测试，我们确定她就是李慧本人。

在证据面前，假韦洁仍然不承认自己是李慧，也不承认自己的其他身份，更不承认自己剖腹取子。

局里商议后，同意让李慧进入测谎实验室。

六

测谎之初，眼前这个女人交代的身世与真韦洁基本一致，可见她认为这个身份是绝对安全的。

"韦洁工作过的医院保留了每个护士的献血记录，韦洁是 B 型血，而你是 O 型血。"我开门见山。

李慧皱起鼻子，眉毛拧在一起，右脚尖不停摆动——她产生了厌恶和对抗情绪。

人在体验一种或者多种情绪时，脸部和身体肌肉会作出相应的反应，这种反应的时间只有零点几秒。脸部的反应就是微表情，肉眼难见，不过在表情抓拍仪上很容易被发现。

"可能是医院弄错了。"李慧面不改色。

"好，就算医院弄错了，你目前使用的身份证是假的，怎么解释？"

"是公安局弄错了。"她回答时没用眼睛看我。

"我现在只想知道，李慧逃亡之后，发生了什么。"我特意用了第三人称，这样不容易被排斥，反而更有代入感。

"李慧的丈夫告诉我，她走的时候，身上只带了三千块钱，剩下的都留给了儿子。"我继续说，并把李慧儿子的照片放在她面前。

孩子已经快十岁了，每周要做一次肾透析，偶尔还要上呼吸机。李慧看着照片上的孩子，眼睛里慢慢泛起泪水。

"你已经有八年没有见过孩子了吧？"

李慧吸吸鼻子，强忍泪水："我不认识这个小孩。"

"好吧，我来告诉你李慧逃跑之后发生了什么。李慧很聪明，她并不急于全套改变自己，因为身上的钱不够。她开始了打工生活，应该是重操旧业，开始在酒吧陪酒卖酒，只要攒够钱就会去做美容。她先去一家美容院割双眼皮，过一段时间，又赶往另外一家美容院做鼻梁整形，之后调整了自己的唇形。这样一来，所有美容院都无法得知她的长相。她想以此来扰乱警方视线。"

我说这些时，李慧有撩头发、抚指甲、挺胸、侧头等动作。

这些都属于性感动作，对异性使用会吸引对方的注意，而对同性使用则会分散对方的注意力。与此同时，测谎图谱也渐渐发生了变化。心电出现了不规则起伏，呼吸传感也呈上升状态。看来她不想让我再说下去。

看来我猜中了大部分。

我继续说："你经常给儿子汇款，只是汇款方式比较特别。我猜想应该用了快递，比如把钱放在买给孩子的玩具里，所以当地警方一直没有注意到。

"几年前，你赚够了钱，进行了一次大的整容，此时的你容貌已经和从前大不相同，警方的调查彻底陷入僵局。警方曾经公开你的个人信息，悬赏五万元进行抓捕，可是一直没有抓到人，应该是照片和真人差距太大造成的。"

我在表情抓拍仪里看到她嘴角上扬，似乎浅浅地笑了笑。这种似笑非笑的表情是轻蔑的表现，是在获胜或者骗术得逞后产生的一种优越感。

"根据我们目前掌握的证据，你和李慧就是同一个人。无论是指纹、声音的对比，还是最准确的 DNA，都在证明这件事。"

面对我的陈述，她的表情开始有些不淡定，手在桌子上动来动去，腿也不时变换姿势，这是慌乱的表现。人在慌乱时，很难控制、协调肢体的动作。

"把白璐变成涂思思的过程我们也已经了解，愿意说说你又是怎么把白璐变成韦洁的吗？"

我尽量让自己的语气变得平缓，让自己的视线低于李慧的视线，保持仰视的姿势。

我提醒自己，别怕做凶手的学生，尽量表现出好奇，表现出不可思议的神情，努力找到凶手的破绽群：第一，是否叹气；第二，是否中断和我的目光接触；第三，回答问题时是否有声调变化；第四，是否延迟眨眼或者说话时带有敌意。

可李慧一直盯着地板，完全不理我。

"我猜韦洁也是你杀的？"

"不是我杀的，我没有杀过人，从来没有杀过人。"

李慧脱口而出，三次强调是急于摆脱困境的语言模式。

"我们二次勘查你的住处时，在一个棕色的旧皮包里找到了韦洁的护士资格证书。经核实，证书是真的。证书里面掉出了几张被揉皱的纸和一张照片，是韦洁写给奶奶的信和她跟奶奶的合影。说说你杀害韦洁的过程吧。"

"我可以向你解释一切，我没有杀过人，那些乱七八糟的人也和我没关系。"

重复一件事情的时候，她开始用倒叙——"解释一切"后面才是解释的内容。倒叙是自我强化说谎记忆的一种手段，也表明她已经忘记自己最开始想说的话了，倒叙的第一句是拖延和调整。她在为自己争取时间，让自己的谎言听起来更可信。

"我们说的是韦洁，如果韦洁不是你杀的，她去哪儿了？"

"那是个意外。"李慧脱口而出，之后自己也愣住了。

我们对视着。片刻之后，她终于垂下了眼睛。我在抓拍仪里看到她的眼球在 0.5 秒之内横向运动了两次，她准备作重要决定了。因为她终于意识到，自己已经露出破绽。

"我们就说说那个意外吧！"

七

李慧长长地叹了口气，沉默了很久，终于开口了。

"我拿着从涂思思那里伪造的毕业证，先去了北方的一个大城市。本来以为大城市更容易掩饰身份，没想到那段时间市里严查娱乐场所，到处都是便衣，我没敢再做老本行。想找份正经工作糊口，可是毕业证书是假的，怕警察把我查出来，所以一直不敢用。因为没有别的本事，奔波了三个多月也没找到工作。2012 年 8 月的一天晚上，我乘坐的大巴车遇到了暴雨。这场暴雨很罕见，大巴被困在立交桥下面，车里很快开始进水。我不会游泳，只能眼睁睁看着水位不断上涨，车里的水越来越深。我站到车座上，想从车窗逃出去，可是车窗外面也是水。车里的水很快没过了我的下巴，我感觉喘不上气来，后来的事就记不清了。

"等我醒过来，已经躺在医院的床上。一个二十多岁的护士来核实身份，她告诉我，车内溺水的人一共被送来九个，除了我之外还有一个女孩情况特别危险。医生已经下了病危通知，可是联系不上家属。护士在那个女孩的包里发现了她的毕业证书、资格证书和身份证，手机已经被泡坏，无法打开。护士还说那个女孩子的家乡和我的老家相距只有二十里地，两个人年纪差不多，长得又像，问我是不是认识对方。

"那个女孩子就是韦洁。我随口说她是我表妹，我们一起去打工，结果遇到了大雨，一起被困在车里。"

"你当时已经想冒充韦洁了吗？"

"是。护士说我俩长得很像时，我就突然有了这个念头，如果那个女孩抢救不过来，我就可以冒充她。我觉得是老天在帮我。

"最终那个女孩子没有被抢救过来。我在签字之后拿到了女孩子的包，证件上的人和我果然长得很像，最大的区别就是韦洁有一个酒窝，我没有。这个叫韦洁的女孩子是护士学校毕业的大学生，我拿着她的毕业证和身份证找到一家黑诊所实习。毕竟身份是假的，干了三个月之后，我担心被人发现，又来了东北。

"我真的不是杀人犯，你们可以去调查。我的确冒充了韦洁，我曾经去打听过韦洁老家的事，她家里只有一个老奶奶。奶奶去世之后，她出来打工，没想到在那场暴雨里出了事。"

"了解韦洁的情况后，你彻底放心了，你办理了假身份证，换上自己的照片，改名韦洁。为了快速赚钱，你做了特殊职业，又用赚的钱代言化妆品，三年后开了一家化妆品公司，之后你又做了一次大的整容，同时调整了身份证上的照片，又很快认识了施学清，成为他的恋人，还帮助他把生意做成连锁的，在全国开设了十几家门店和线上网店。一开始你不敢登记结婚，担心在登记过程中被发现真实身份。

"后来，你分析韦洁这个身份是安全的，没有任何人可以戳穿，才决定和施学清登记结婚。你觉得这样不仅可以隐藏身份、瞒天过海，还可以衣食无忧。"我补充。

"没错，变成韦洁之前我一共接受了八次整容手术，待在一座城市不会超过三个月，住宾馆时会选择距离安全通道最近的房间，以方便逃走。只要觉得有人怀疑我，我就马上离开，这种惊弓之鸟的日子我过够了。

"直到我代替了韦洁，才开始放心生活。因为死无对证，我确定再不会有人找到我了。"

"你还是很小心，比如你开的车是你男朋友名下的。"

"韦洁"的嘴角轻轻上扬。

经常说谎的人会产生一种"欺骗快感"，无论表达哪种情绪，说谎者都会以一个嘴角上扬的表情作为结束，类似于隐形的微笑，觉得自己成功了。

"施学清答应过，结婚后，会带我一起去国外定居，如果能出国那就彻底安全了。"

"为了保住自己的位置，巩固这段婚姻，你决定冒险生个孩子。"

"是，我不再做避孕措施。没想到，怀孕三个月的时候居然意外流产了。医生还发现因为孕激素的刺激，我的子宫肌瘤已经大到必须摘除子宫。孩子是我走进施家的护身符，我绝对不能让施学清知道。"

"所以你要找一个孩子当替身！"

"韦洁"点点头："我想起在我刚怀孕的时候跟我一起加入俱乐部的史茜。在史茜未婚夫去世之后，她就一个人住。我故意接近她，讨好她。她非常信任我，无论什么事都会打电话来问我，给孩子做产检都是相约一起去。更幸运的是，她怀的也是男孩，所有的条件都太完美了。

"流产之后，为了不露馅，我在网上买了假肚子。我会把史茜和我分享的孕期情况告诉施学清，还把史茜的产检资料复印一份，改成自己名字给施学清看。每次施学清要陪着我一起去产检，我都会找各种理由来拒绝。

"那天，史茜给我打电话说她肚子痛，可能要早产。"

"史茜为什么会第一时间把电话打给你，而不是打给家人呢？"

"史茜和她的未婚夫都不是本地人，没有亲属在这边。史茜母亲有心脏病，她担心她妈的身体，和她妈约定好待产的前一个月再过来照顾。另外，她知道我是医护专业毕业，所以如果她遇到问题，一定会第一时间通知我。没想到史茜要早产，但我已做好所有准备，我提前在网上买了专业手术刀，我还看了无数次剖宫产手术的视频……史茜对我也根本没有防备，我趁她不注意划了她脖子一刀。可能划得不够深，她没有一下子死掉，挣扎着逃跑，弄得到处是血，还把桌子上的婴儿用品打翻了一地。我吓得不敢靠近，直到看着她慢慢倒下，不动了……

"我把婴儿塞在两腿中间，开车前往医院。我甚至想好了所有说辞，史茜比我早一个月怀孕，如果有人怀疑，我就说是医生算错了日期。"

"你为什么会找上交警呢？"

"我当时太慌乱，闯了红灯，情急之下，我只能将错就错，就把车开到交警面前，装成求助。

"没想到，孩子还是没活下来。我知道孩子死后我的事很快就会暴露，好在我提前做好了两手准备，把必需品整理好，随时准备逃走。我提上旅行箱，住到本市最贵的度假村里。当然，证件还是假的，我不敢再用韦洁的身份。我知道警方马上会对机场、车站进行布控，还是先躲起来，没必要自投罗网。

"住进度假村后，我一直很不安，半夜总是梦见浑身是血的史茜以及那个孩子。另外，自己精心隐藏这么多年还是暴露了，又要开始逃亡生涯，我很郁闷痛苦，就去附近的酒吧喝酒，没想到被老板娘认了出来。我看到警察进来时，打算从酒吧后门逃走，没想到警察提前一步在后门布控了……"

在供述中，李慧还说当年被田相国放了之后，她和曾志强怕警察来抓他们，就逃到了邻县，提心吊胆地过了两个月。虽然入室抢劫的事过去了，但强奸那件事对她影响很大，之后她开始做陪酒女。

后来由于给孩子治病需要钱，李慧就去找了田相国。田相国说房主没报警，事情已经过去了，不仅不借钱，还凑上来，想再次占李慧的便宜，被李慧拼命挣脱逃掉了。

回去的路上，李慧遇到了一个放学回家的小男孩，看相貌和田相国家庭合影中的小男孩很像。看着小男孩蹦蹦跳跳的样子，再想想躺在床上全身插满管子的儿子，她一气之下，背着丈夫做了一个决定。

两周之后，李慧等在田相国家附近，在孩子放学的路上，偷偷拐走了田相国的小儿子，把孩子杀死后，将尸体埋在了树林里。

李慧杀人之后，回到家里和丈夫说自己去朋友那里借点钱，然后便逃走了。

……

这年9月，李慧被法院判处死刑。执行死刑前一个月，她在睡梦中死于突发性脑梗死。

我还记得在测谎结束时，李慧说："我想要的不是大富大贵，想要的只是一份安稳罢了。可是从几岁开始我就没有得到过，可能这就是命吧！"

李慧算是个传奇女犯，在她逃亡的八年时间里，多次整容，拥有十几种身份，几乎都没有暴露过。

逃亡期间，她打工、上大学、整容、创业、经营企业、谈恋爱、生孩子，甚至冒险剖腹取子，不得不说她是一个高智商女人。

可是她忘记了，一个谎言需要用无数谎言去掩盖，所有的欺骗最终都会回归真相。当真相来临时，她没有化蝶重生，而是用自己编织的谎言之茧杀死了自己。

07 萧珩案：
看一个人的脚尖
就能知道他是否在说谎

难道这件内衣是凶手在作案后偷走，前不久又送回来的？从犯罪心理学角度看，一部份强奸犯喜欢带走受害者的贴身衣物，用来不断回味作案过程，以达到高潮，比如有些嫌疑人喜欢收藏高跟鞋，有些喜欢收藏丝袜，有些甚至喜欢收藏毛发。可是"8·13"案的凶手为什么又把收藏品送回案发现场呢？

一

　　刑警是需要做定期心理辅导的，高风险、高压、高强度的工作性质决定了刑警的"心理免疫力"难免会下降，这也算是职业病的一种。提到心理辅导，会让我想到令警察最头痛的罪犯便是"心理异化"类罪犯。这类罪犯在心理上不同于常人，作案的原因让人摸不着头脑。这个时候考验我们的不只是专业素质，还需要我们对抗人性。

　　2014 年 5 月，我们终于侦破了一起三年前的杀人强奸案。事情还要从 2011 年说起。

　　2011 年 8 月，我市进入了一年中最热的月份。

　　楚晰下班回家，打开一楼的房门，男友林池突然从门后跳出来，把她吓了一跳。

　　这天是他们相识一周年的纪念日，林池已经为她准备好了蛋糕和礼物，还有一瓶红酒。

　　两个人吃过晚饭，楚晰去洗澡，林池不胜酒力，回到楼上，很快睡着了。

　　深夜，林池突然被惊醒。他听到楼下有可疑的声响。

　　他推了推熟睡的楚晰。楚晰那天又困又累，只"嗯"了一声，转过身又沉沉睡去。

林池睡眼蒙眬地下了楼，发现客厅的一扇窗户没关。风吹打着窗帘，呼啦啦作响。

正当他准备关上窗户时，却看到窗台上满是泥土，再仔细看，地板上还有带着泥土的脚印。

难道有人进来了？

林池正疑惑地环顾四周时，一个黑影突然从装饰壁炉里跳了出来，扑向了他。

两个人立即扭打在一起，撞翻了客厅的茶柜和椅子。

听到搏斗的声音，楚晰被惊醒了。

她跑向一楼。在黑暗中，借着从窗外透进来的微光，她隐约看到两个黑影纠缠在一起：

比较高的是林池，闯入者只穿了一条黑色内裤，手上似乎还戴着手套。

楚晰吓得"啊"了一声。

闯入者看到楚晰，朝林池猛地挥舞了一下手臂。林池突然倒在地上，抽搐了几下，便不动了。

黑影随即向楚晰扑过来，捂住了她的嘴。

楚晰瞬间闻到一股血腥的味道。惊慌中，她确信凶手是一个男人。男人左手拿着一把水果刀，水果刀上还沾着血。而水果刀就是一直放在客厅果盘附近的那把。

男人把她拖上二楼，扔到床上。

受惊过度的楚晰苦苦哀求，让那个男人不要伤害自己。

看到楚晰只穿着内衣，那个男人放下水果刀，把她强暴了。

在惊恐中，楚晰只记得对方戴着安全套，并且安全套会发光。

男人离开时已经是凌晨 2 点。

确定凶手离开后，楚晰忍着疼痛，拨打了报警电话。

以上是我根据楚晰的描述以及案发现场的环境和相关痕迹做的案件还原。

二

我们是在凌晨 2 点 35 分到达的现场，在客厅的地板上发现了大量血迹。死者林池躺在地上，身上有多处伤口。

李时初步勘验后认为致命伤是颈动脉被割断。

郑爷在用来装饰的石膏墙上，发现了带血的裂缝，说明当时的打斗程度非常激烈。

林池身高 178cm，体重 75 公斤，看来凶手应该也是一个身强力壮的人。

看着急救人员把尸体抬上车，楚晰顾不得穿好衣服，只披了一件睡衣，就跳上了救护车。

她在车上不停哀求医护人员救救她的男友，然而林池早已失去生命迹象，尸体已经僵硬了。

医护人员不停地安慰着楚晰。

楚晰放声大哭，跪在车上一再向医护人员重复："救救他，求你们了！再试一次！"

我们被分成两组，一组负责调查林池的社会关系；另外一组调取监控，查找凶手逃匿方向。

我很快就拿到了林池的资料：二十九岁，已经做到公司主管，事业有成，为人和善大方，社会关系简单，没有什么个人恩怨。

林池曾经有过一次短暂的婚姻，没有孩子。前妻在和他分割完财产后，独自去了深圳。

　　林池是在离婚半年后认识楚晰的。楚晰甜美大方，性情温和。两个人感情非常好，在朋友眼里他们属于郎才女貌。

　　对于林池的意外死亡，他的亲人和朋友都非常悲痛，林池的母亲几次昏厥。

　　查找监控的同事，包括交警指挥中心，都调动了大量的人力和物力，却没有发现凶手的踪迹。

　　案发小区属于开放式小区，没有物业，更没有监控。

　　楚晰是唯一和凶手有过独处的人，她的口供将成为警方破案的重要线索。

　　给楚晰做笔录时，她一直在瑟瑟发抖，不停地抽泣。

　　楚晰的心理创伤很大，后续需要长期的心理辅导。

　　等她的情绪慢慢平复下来，我问楚晰："你和林池目前已经同居了吗？"

　　楚晰回答："没有同居。"

　　"凶手在卧室逗留了多长时间？"

　　楚晰回答："很长很长时间。"

　　她的身体呈"茧蛹式"蜷缩状态，双手抱肘、脚尖内扣，这属于自我保护行为。当人觉察到自己可能会受到伤害时，身体的肌肉会处于一种紧张收缩状态，出现一个团起来的动作，局部表现是抱肘、紧握双手、双腿并拢，或者脚尖内扣。这些动作不仅是对自己身体的保护，也会对心理起到安慰、镇定的作用。

　　我问楚晰凶手是什么时候潜入一楼客厅、什么时间离开的，她都不能确定。她说自己对那段时间发生的事情的记忆有点模糊不清。

　　人在遭遇强烈刺激时，时间概念会变得模糊，记忆会出现断层。根据楚晰的入睡时间和报警时间，我们推断出凶手在屋中停留了大约两个小时。

"凶手在卧室待了很长时间，其间都做过什么？"

楚晰颤抖着说："他不停抚摸我的身体，强迫我摆出各种难堪的姿势……"

"看清凶手的长相了吗？"

"因为光线暗，我又是近视眼，只记得凶手的大概样貌，方脸、眼睛很小，感觉他身体上好像有黏稠的液体，不知道是汗液还是其他东西。凶手留着很长的头发和胡子，头发是自然卷，身高在 175cm 左右，年纪大约二三十岁。"

"凶手身上的液体有特殊味道吗？"

楚晰想了想说："没有，但是……"

"但是什么？"我问。

楚晰将自己的身体蜷缩在椅子上，想了一会儿，说："我感觉凶手在进入我家之前做过清洁，口腔里有薄荷牙膏的味道。而且伤害我之后，他要求我洗澡。"

典型的预谋犯罪，而且凶手懂一些心理学，具有反侦查意识。

这里顺带科普一下，女性在受到性侵犯之后洗澡，很容易破坏掉罪犯留下的犯罪痕迹，会给警方的侦破工作带来困难。而且洗澡这种行为能缓解受害者的精神压力，受害者会觉得自己又恢复了纯洁，进而减轻对罪犯的憎恨程度，将报警概率降低到 45%。所以，当女性遭受性侵害之后，第一时间要检查自己的身体是否有危及生命的严重创伤，在确保自己无生命危险后，尽量远离第一现场，到人流密集的地方。第一现场通常比较偏僻，容易给罪犯可乘之机，造成二次伤害。在确保自身安全后，要马上报警。如果行动不便，可以向他人求助报警。另外，就是保留证据，牢记罪犯的相貌特征和特殊习惯，以便协助警方快速侦破案件。

三

法证科提取了凶手在楚晰身上留下的痕迹，送往犯罪鉴定科鉴定。模拟画像师利用复原技术描出了凶手的画像。

其他警员在楚晰居住的小区附近展开排查。我判断凶手近距离作案的可能性很大，他很可能是徘徊在楚晰周围的人。

楚晰的家在外省，本市没有亲属，配合警方做完询问笔录之后，朋友把她接走了。

在楚晰的叙述过程中，有几个小细节，楚晰在回忆凶手相貌时脸上会出现一种犹豫的表情，虽然这个表情在左脸一闪即逝——在微表情学里，左脸叫作"自我"，右脸被称为"社会脸"，人的左脸比右脸更诚实。

她在犹豫什么？可能是刺激后的记忆模糊，也可能是她和凶手有过交集，只是暂时忘记了。

这个凶手是什么来路，居然只穿着内裤就跑到别人家作案，逃离过程中不怕被发现吗？我们专案组对此也是百思不得其解。

郑爷在现场勘查中又有了收获。他发现凶手虽然戴了手套，却是光着脚进入的屋子，而且没有穿鞋套或者袜子，所以地板上留下了清晰的脚印。

在入室窗台的正下方，郑爷还发现半枚前脚掌的特殊鞋印。鞋纹上有孔状序纹，从鞋形和鞋纹判断，应该是洗浴拖鞋留下的。

我在心里暗暗琢磨，这个凶手的脑回路和正常人有点不太一样，但凶手作案过程思路清晰，又不像是精神病人。

我说："我有一种感觉，凶手早就盯上了楚晰，甚至和楚晰打过照面。他是专门冲着楚晰来的，可事先并不知道房间里有两个人。楚晰提起过，她和男友没有同居，那么凶手很可能是对她有一定了解的人，却不一定是她熟悉的人。"

郑爷用发光氨检测案发现场，结果显示凶手可能并不是戴着会发光的安全套，而是凶手事前沾染到一些荧光粉之类的物质，因为在作案现场凶手遗留的足印上也发现了这种发光粉末。

餐厅里被割开的纱窗表明，凶手是从这个窗口进入客厅的，巧合的是这个人入室的窗口正对着浴室。

如果有人在浴室里洗澡，从这个窗口能看到洗澡人清晰的身体轮廓。

我们推翻了以前的判断，凶手应该比较瘦，体重不会超过130斤，否则不可能钻过那个小纱窗。

我猜测凶手应该受过特殊训练，身体素质优于常人。

在花园的土壤里，郑爷还找到一枚臀印。

花园里有很密集的灌木丛，臀印周围的灌木丛有被压迫的痕迹。凶手可能曾经埋伏在这里，之后绕到餐厅的纱窗偷窥了楚晰洗澡，看到楚晰曼妙的身材之后，起了贼心，半夜翻到房间里准备作案。可是他不知道林池也在二楼，以为整个房子里只有楚晰一个人。

案情分析会上，大家根据手头的资料给凶手做了侧写。

凶手的年纪应该在二十二到二十七岁，高中以上学历，喜欢浏览黄色网站。他的住所应该在案发地周围，步行距离非常近，独居，其貌不扬。案发后会找合适的理由离开当地，走之前可能去过理发店，毕竟长发、蓄须这两个标志太明显。

我的补充建议是凶手很可能是第一次作案，整个过程显得粗糙而慌张，他当时可能不想杀人，行凶之前看过黄色视频或者进过色情聊天室，可能服用过含酒精的饮料，是一名性瘾者。

"你为什么觉得他是一名性瘾者？"刘队问。

"大半夜光着身子找猎物，为了发泄把人家男朋友都杀了，这么变态还不是性瘾？"郑爷说。

我说："性瘾是一种强迫症，发作后类似毒品上瘾，患者只要受到一点刺激就会不顾一切地去寻找发泄途径。他只穿短裤，光脚穿拖鞋，因为穿拖鞋不方便行动，所以入室时才脱下鞋子。窗台正下方留下的鞋印可以证明这一点，说明凶手之前很可能为了抑制自己的冲动用冷水冲过澡。"

我接着分析："可惜冲凉只是一种自欺欺人的精神安慰法，冷水刺激后，血液在回温过程中会加剧性瘾。所以他又跑到房间外面想用锻炼身体之类的消耗方式发泄情绪，结果因为习惯性偷窥楚晰，转到她家后窗，看到她在洗澡，之后无法控制自己，入室作案。"

"如果不是预谋作案，他为什么会提前准备好手套和安全套呢？"刘队问。

"郑爷，根据案发现场留下的痕迹，能判断出凶手戴什么类型的手套吗？"我问。

"应该是普通一次性手套。"

"楚晰提到当晚她和林池吃过海鲜，我们做现场勘查时桌子上就有这种一次性手套，我怀疑凶手是就地取材。至于安全套，对于一个性瘾者来说，可能像随身物品一样携带。"我补充说。

"你还是认为凶手是第一次作案？"刘队问。

"至少是第一次杀人。"我回答。

李时补充："凶手下手的位置很准，一刀毙命。"

"你觉得凶手有从医经验？"我问。

李时犹豫了一下："只是一种感觉，他使用的凶器是桌子上的普通水果刀，林池脖颈上的割口不大，但是致命。"

"凶器来自受害者家中，佐证了他原本没打算杀人。"我坚持我的观点。

"如果凶手已经离开本地，抓捕就比较困难了，我们是不是等DNA出结果后，进数据库做个比对。如果凶手有前科，抓捕会比较容易。"李时补充。

"如果这真的是凶手第一次作案，我们很可能会失望。"我说。

果然，我的乌鸦嘴灵验了，DNA库里没有凶手的样本。

四

幸运的是凶手留下了完整的脚印，而且因为是光脚，还留下了丰富的纹路细节。

脚纹和指纹一样，每个人都是独一无二的。

我们以楚晰的住址为中心，开始挨家挨户上门排查，进行脚纹比对。

很快一个叫尚凯的十八岁男孩引起了我们的注意。

他的住所距离案发地只有两条街道，尚凯的父母在外地打工，家里只有他一个人住。

他是健身俱乐部会员，虽然身高不及死者，但是体力很好。

最重要的是我们排查到尚凯家时，发现他并不在家中。我们向邻居了解情况，邻居说，8月14日（也就是案发后第二天），他看到尚凯背着旅行包急匆匆地离开家了。

尚凯的嫌疑增加了。

我们在邻市的长途客运站抓到了尚凯，当时他挥舞着背包试图袭警，被几名抓捕人员当场制伏。

尚凯不但剪短了齐肩长发，还给头发换了颜色，把之前醒目的绿毛换成了深蓝。

看得出来造型出自他自己之手，发迹边缘剪得像狗啃的一样，手上还沾着染发剂。

他突然订票要到父母所在的城市，具备一定的逃跑嫌疑——住址距离案发地近，离开本市时间是在案发后第二天。

我们把他带回警局进行讯问，因为他年纪还小，我们也不想吓唬他。可是他却开始吓唬我们。

"赶紧把老子放了，我不是杀人凶手，老子是合法公民，想去哪儿就去哪儿。

"老子愿意自己剪发，犯法吗？

"老子不认识你们说的那个女的，放我出去。"

一口一个老子，刘队气得站起身，刚走到他身边，他就双手护头，嘴里大喊："救命呀，警察打人啦！"

接着又说："我还差三个月才满十八岁，我是未成年人，你们不能给我判刑。"

他懂得不少，看来之前应该有过前科。

"我们为什么要给你判刑？你做了什么违法的事？"我反问他。

抓捕尚凯的同时，郑爷已经在他家的床下翻出两瓶一氧化二氮（俗称笑气）。这还不算，我们还在他的背包里找到一些女性首饰和现金。

我们紧接着展开调查，得知原来这小子将自己女朋友家洗劫了。

一个月前，尚凯在歌厅认识了一个女孩子，他吹嘘自己是市里某领导的儿子，手眼通天。

女孩才十六岁，父母做海产生意，常年不在家。她当天晚上便把尚凯领回自己家留宿。尚凯第一次去女朋友家发现她原来是个富二代，家住在高档小区，装修豪华，挺有钱的。

于是，趁小女友去洗澡，他顺手牵羊，把人家的现金和首饰藏在自己内衣里，临走时还顺了几条高档烟。

女孩家在一个月前已经报案，由于提供不了尚凯的真实信息，所以案子一直悬着。

我们对尚凯的足印进行了比对，结果显示，他脚掌的纹路和凶手相差甚远。给他看楚晰照片时，他也没有异常反应。

他应该不是凶手，尚凯的嫌疑人身份被排除了。

私藏笑气和盗窃要交给辖区派出所处理。"尚凯大爷"被带走之前，为了将功补过，告诉我们他曾看到过"凶手"。

我们怀疑他口供的真实性，尚凯却指天发誓，说他真的看到过"凶手"。

案发当晚，凌晨两点多，他去洗手间时，从窗外看到一个男人光着膀子、穿着内裤从小区草坪跑过，后背闪闪发光，像涂了荧光剂一样。

当时他还以为有人在半夜锻炼身体，骂了一声"神经病"。

尚凯描述的特征和楚晰提供的基本一致，看来他没有说谎。尚凯还说，那个人朝对面的广州街去了。

广州街的外来务工人员特别多，人员组成复杂，大部分是租客，流动性很大，排查难度增加了。

整个案子因为缺乏有效线索一直很难推进，两个月后，仍然没有丝毫进展。"8·13"杀人强奸案只能暂时被"挂案"。

楚晰为了疗伤也离开本市回老家去了，只有林池的母亲时不时会打电话过来询问案情进展。

五

一晃两年过去了，楚晰的案子已经慢慢淡出我的记忆。

直到2013年10月的一个周三，拘留所的刘所长给我们打来电话，说他们前几天拘留了几个聚众斗殴的，其中有个叫李自强的组织者，抱怨拘留所里的饭菜不好吃，闹着要点外卖，还说警察无能，抓不到杀人犯，只敢拿他这种良民开刀。

所长听他话里有话，再次对李自强进行了讯问。

据他供述，他认识"8·13"案的凶手，还说凶手和他合租过。

我们马上提审了李自强，李自强身高 183cm，文着花臂，说话时瓮声瓮气。他有习惯性眨眼的毛病，多少还带点口吃。

"我……我也不是特别清楚，三年前的事了。"

他抠了抠鼻孔，擦在牛仔裤上——掩饰性动作，表明有隐情。一个人在说话时，如果伴随性动作成组出现，表明他在拖延时间，思考利弊。

"知道多少说多少。"

"那时候，我租住在广州南街，和我合租的舍友叫吴小迪，他特别喜欢出去夜跑。应该是 8 月份，具体几号记不住了，有一天晚上，吴小迪回来时只穿一条短裤，而且身上沾满了血。他说自己失手杀了个人，还说不是故意的。我以为他在开玩笑，也没太在意，结果这小子当天晚上就跑路了，还从我手里借了两千多块钱，到现在也没还。"李自强看了我一眼。

"吴小迪的其他情况你还知道多少？"

"那哥们儿平常不爱说话，知道的不多。"

"吴小迪平常靠什么谋生？"

"好像是帮人家安装路边灯牌。"

路边灯牌？！

鉴定科的化验室送过来的报告上说，从现场提取到的发光粉末是一种特殊的化学物质，通常用在灯具装饰、医疗成像中。

如果吴小迪安装过路边的广告灯箱，这不就吻合了？

"你还知道其他情况吗？"

"别的，我就不知道了。"李自强的屁股在椅子上挪了挪，后背靠在椅子上。

我盯着李自强，他的话有真有假：从凶手的性格来看独居的可能性更大；从偷窥楚晰来看，凶手性格内向，杀人之后不太可能向别人透露。

李自强自称知道凶手是谁，为什么后面又开始遮掩？

从含糊描述到揭发再到袒护的渐变过程看，难道凶手和他有特殊关系？

"凶手是你家亲戚？"我脱口而出。

李自强瞬间张大了嘴，把放在桌面上的手飞快藏到桌下，看来被我猜中了。

李自强终于告诉我们，吴小迪是他的远房表弟，三年前来本市打工。李自强把自家的一个一室一厅借给他住。

我们排查的时候，李自强怕惹麻烦，声称是自住，所以我们没有查到。

"8·13"案后，吴小迪逃回了老家。

李自强也不清楚表弟是不是杀了人。吴小迪走得很仓促，离开后，李自强去收拾房间，在里面发现很多色情光碟，还有一些催情剂、性用品。

联想到"8·13"杀人强奸案，李自强对表弟产生了怀疑。

我们将吴小迪的照片和模拟画像对比，觉得和楚晰提供的线索有几分相似，特别是长发和胡须，而且他还喜欢搜集黄色片子和色情读物。

我们将吴小迪的照片和其他男性照片混在一起，发给身在老家的楚晰。楚晰在线指认出凶手就是吴小迪。

据李自强交代，吴小迪目前已回到本市，而且也参与了斗殴，只是在抓捕的过程中逃脱了。我们利用李自强"钓鱼"，很快将吴小迪抓捕归案。

可是长得像不一定就是真凶，吴小迪的 DNA 和凶手不符，臀印、足纹也相差很远。

在审问吴小迪的过程中，据吴小迪交代，他对李自强所说的"失手杀人"是他在夜跑时撞到一个酒鬼。两个人发生了争执，吴小迪捡起地上的砖头砸中了对方的脑袋。看对方倒在地上不动了，吴小迪以为自己把酒鬼砸死了，所以才选择逃逸。

经过警方的核实调查，我们找到了那名喝醉的伤者。他承认当晚确实和一个路人发生过冲突，因为不想惹麻烦，事后并没有报警。

看来"8·13"案的凶手并不是吴小迪。

侦破案件是一个抽丝剥茧找出真相的过程，每一个细节、每一条线索都需要严谨的逻辑分析和证据链条支撑，否则很可能造成冤假错案。法律是严肃的，警察的责任就是履行自己的职责，捍卫法律的尊严，才能对得起自己这身警服，对得起人民的期待。

又是半个多月过去了，我去法院送材料时，经过发生"8·13"案的街区，鬼使神差地进入了案发现场。

一楼的房子成了凶宅，一直空置，也没人打理，地板上落满了灰尘，最初给死者做的现场痕迹固定线依然可见。

浴室门半掩着，地板上好像有一样绿色的物品。我走近一看，居然是件文胸。淡绿色，边缘有磨毛，是旧物。

我马上用随身携带的证物袋装好带回局里。我翻出"8·13"案的卷宗，和案发现场的固定照片对比，当时并没有这件文胸。

我打电话找楚晰核实。楚晰说她搬离之后，再没有回去过。但是她记得自己确实有一件类似的文胸，却对文胸的丢失没有印象。

难道这件内衣是凶手在作案后偷走，前不久又送回来的？

从犯罪心理学角度看，一部分强奸犯喜欢带走受害者的贴身衣物，用来不断回味作案过程，以达到高潮，比如有些嫌疑人喜欢收藏高跟鞋，有些喜欢收藏丝袜，有些甚至喜欢收藏毛发。

可是"8·13"案的凶手为什么又把收藏品送回案发现场呢？

文胸上的灰尘不多，它重返现场的日子应该在不久之前。

我们换个角度想，为什么凶手要重回案发地？难道是为了重温自己的战果吗？还是社区里有他的亲朋好友之类的熟人，像我一样，路过，顺便进去看看，正好也拿着文胸，于是把东西还了？

社区在"8·13"案之后已经加装了监控。

我们马上调取了社区半年内的监控视频，因为角度问题，只能看到正门。反复观看之后，确定没有人进入楚晰家。

唯一一段引起我注意的视频是一个月前某一天的上午8点零7分，有一辆运载旧物的红色电动三轮车在楚晰家东侧短暂停留过，但看不清车主样貌，车辆也没有上牌。

线索再次中断。

六

又过了半年，接警台接到一个报案电话，一个叫成丽的女孩子说自己被性侵了。

成丽在夜总会工作，晚上12点多才下班。

当晚男友接她的时候，两个人因为结婚的彩礼问题发生了争吵。

男友一气之下把成丽扔到路边，独自开车跑了。

成丽下车的地段非常偏僻，根本打不到车。

她穿着高跟鞋刚走了几步，遇到一个驾驶电动三轮车的男人从旁边经过。看成丽一个人走夜路，男人又把车倒了回来，并且坚持要把成丽送到大路上。

男人个子不高，态度温和，一脸老实相。他说自己有两个孩子，是附近工厂的保安，说完还指了指车上的保安服。

于是，成丽放松了警惕，上了男人的车。

没想到，男人把成丽拉到一间废弃工厂，拿出匕首威胁，将她强暴了。

男子强暴成丽的时候，还用了自带的避孕套。

据成丽回忆，男人短发，外地口音，骑一辆红色电动三轮车，中等身材，年纪在三十岁左右。我们马上调取了案发地附近的监控，因为是深夜，影像不太清晰，但是可以看到三轮车上放着一些旧家电。

嫌疑人的住处距离案发地点应该不远，可能从事收购旧家电的工作，对当地环境非常熟悉，否则不可能知道附近的废弃工厂。

警方开始大范围搜索案发地附近的村庄，三个村子加起来有一千多人，我们一直没有找到嫌疑人。

我再次调取了案发地五公里内的所有监控。附近没有路灯，嫌疑人的车灯成了唯一的光源。我在一段监控中发现，嫌疑人的车朝南走了。

警方沿着南路追寻。因为很多地方拆迁，嫌疑人只能到南三环，再也没有别的路口了。可是当警方追查到南三环，发现这个时间段的监控里根本没有电动车经过。

唯一的解释是他提前下了公路，因此我们推断嫌疑人的住处在北郊的某个农村。

我们的模拟画像师根据成丽提供的面部特点做出嫌疑人画像，加强了细节刻画。我拿着画像总觉得似曾相识。

警员们开始拿着画像走访摸排。仅仅四天，就有村民认出画像中的男人，说是在北郊独门独院租房住的井励，还说井励来这里已经有两年多了。他在附近的工厂做保安，偶尔收些旧家电。

我们在村民带领下火速赶往井励家。难怪我们没有找到这处房子，它建在一片玉米地后面，三间平房完全被庄稼遮挡。

一进院正好看到院子里停着一辆红色的电动三轮车，我记得在之前的监控视频中，楚晰家门外也停过一辆类似的红色电动三轮车。

嫌疑人会不会和三年前的"8·13"案凶手是同一个人？

井励正在家里睡觉，外貌和成丽说的相当吻合，床头还放着一件保安服。

面对警察的到来，他毫无反应，一直呼呼大睡，怎么叫都不醒。

李时用手一探，原来井励发高烧，已经昏迷了。我们只好先把他送到医院。

井励有一个十三岁的女儿，叫刘欢。小姑娘伶牙俐齿，化着妆，戴着首饰，看起来挺成熟。

我们要带走井励的时候，刘欢挡在我们前面："你们抓错人了，我爸不是坏人。"

我苦口婆心劝了半天："你爸生病了，我们要送他去医院。"

刘欢终于让开了路。

井励被送走之后，我们开始搜查井励的家，在角柜的抽屉里找到一把折叠刀和井励的身份证。

奇怪的是，当我对井励的身份进行核实时，根据姓名、年龄、居住地等信息，居然找不到与他相符的人。

这恐怕是案中案，井励这个人的身份是伪造的。

井励家很乱，在后续的搜查中，我们忙了三个多小时，没有找到什么线索。

刘欢站在门外盯着我们，一会儿警告我们不要弄乱房间，一会儿问我们什么时候走，一脸的不耐烦，根本不怕警察。

我们还了解到刘欢是井励收养的。刘欢的父母在外地打工，一分钱不给她寄，让她自生自灭。

如果不是井励收留她，她早就无家可归了。

我来到院子里，刘欢警惕地盯着我的一举一动。当我看向她时，她又假装把手插在口袋里，看向一边。

我发现刘欢的两个脚尖都朝向院子的东南角，身体却扭向相反的方向。

脚的动作代表揭示，身体的动作代表回避，她在用矛盾动作来隐藏真相。

人的脚是很诚实的，如果想逃跑，脚尖会朝向门的方向；如果感觉不自在，会动来动去；如果感觉不安，会不停地在地上印脚印。脚尖的朝向往往是思考的方向。如果一个人在说谎，为了让自己思考的事情不暴露，掩饰自己的想法，身体又会转向一个与脚尖相反的方向，试图用这个动作掩盖思考的痕迹。

我向院子的东南角走去，只见那里有一个废弃的鸡窝，上面盖着各色塑料布。塑料布上堆满了木柴。刘欢看我走向东南角，抢在我前面跑了过去，一屁股坐在一块磨盘上。

本来我还不知道从哪儿下手，这次要谢谢她的提醒了。

我们在刘欢坐的磨盘下面发现一个地窖，地窖入口很窄，里面很黑，有梯子直通下面。

我慢慢从梯子爬下去，借助警用电筒找到了照明开关。

在这个地窖里，我们搜查出来的东西超乎所有人的想象。

七

地窖修建得很整齐，分为三个区域。

最左边的木架子上摆放了三个背包，打开一看，里面分别装着三副铁手铐、各种开锁工具、匕首，还有很多安全套、润滑剂、性玩具，安全套都是粉红色的。

中间为展示柜，上面摆放着几十个不同款式的女式背包。我们初步统计了一下，背包有三十六个，还有大量的女式内衣、梳子、化妆品、饰品。

最右边是一个墨绿色的老式保险柜，打开之后，发现里面锁着钱包、存折和银行卡。

看着地窖里的东西，我有种预感，井励可能涉及连环杀人强奸案。

我们问刘欢："家里为什么会有这么多女性用品呢？"

奇怪的是这个小女孩却不以为意，她说："我爸爸是单身男人，经常带女人回家，是她们忘记在家里的。"

我猜测有更多受害人出于个人原因没有报案。地窖里大部分物品的主人没办法确认身份，我们只能先从三张银行卡上调查。

警方联络到三名受害者后，其中两名直接否认，有一名犹豫不决，一直不愿意配合指证工作。我给这名受害者做了大量思想工作，她还是中途反悔了。她说自己已经结婚生子，不想把事情闹大。

警方公开在媒体上号召大家前来报案，一周过去了，一个人也没有。

更麻烦的是化验室的 DNA 测序仪出现了问题，井励的检验报告一直没出。负责仪器管理的人说，等修好再出结果，让我们至少等三个星期。

与此同时，经过治疗之后，井励恢复了健康。但是面对警方的询问，他来个一问三不知，甚至开始要无赖："俺想不起来了，记不住了，脑袋不好用，有病。"

我们在他的手机里找到很多色情视频和大量女性的被偷拍照片，可是这些都不能作为指向他强奸杀人的证据。

井励胡子浓密，满头卷发，说话的时候装出一脸老实相："可怜可怜我吧，别问了。"

虽然他拒不交代，但在铁证面前，成丽的强奸案基本坐实了，我们只能把他暂时关押在拘留所。

他在拘留所的审问中还是一问三不知，无论警方怎么问，他都不说出自己的真实身份。我只能在第二战场开始行动，守在拘留所的监控室，观察他的一举一动。

回到监舍的井励迈着方步，彻底放松下来，还主动跟其他人搭讪，大家一起吃饭时，井励甚至会炫耀自己的经历。

我盯着屏幕上的井励，脑子里回放对当地村民的回访过程。村民们对他知之甚少，因为他是租客，住得偏僻，平常很少和人交流。

但是有一名王姓村民反映，井励会治病。有一次，王姓村民的儿子突然发病，倒在地上抽搐，井励正好路过。他在孩子身上按了几下，又写了一个药名让家人去买药，没过几天孩子的病就好了。

井励虽然装出一副畏畏缩缩的样子，但看得出他受过高等教育。

为了确保在押人员的安全，监舍里有监听设备。井励和其他人聊天时，一般用本地口音，开玩笑时，河南口音非常明显，使用频率也高，所以我推断他的老家可能在河南某地。

我们联络了河南警方，调查了近十年的失踪人口和在逃人员，最终还是没有任何收获。线索又卡死了。

我不想坐以待毙，把井励的照片再次发给楚晰。可是楚晰说，过了这么久，除了头发和胡子这两个明显标志，她已经记不清凶手的具体长相了。

我们决定对井励进行测谎。

针对测谎的选题方向，我决定从他的心理层面入手，着重询问关于亲情方面的问题。我希望这次测谎能成为侦破案件的突破口。

这次测谎只是一个引子或者说一个刺激环节。他离开老家的时间应该不短了，从他的年纪看，家乡应该还有父母亲人。这么多年他从来不敢回家，应该也没有联系过家里人。

他真的没有想念过自己的亲人吗？

如果没有想念过亲人，不需要亲情，为什么会收养刘欢？

之前，村民们也都证实了，井励对这个养女特别好，几乎是有求必应。

八

井励进入测谎实验后又开始了他的沉默表演。

在测谎过程中，我故意多次提及他的父母亲人。我问井励："你还记得自己的母亲长什么样子吗？"

井励低下头，长长叹了一口气，没说话。

在抓拍仪里我观察着井励的表情，他的脸部肌肉抖动了几次，与此同时血压、心跳也有变化，这表示他在意。

"你母亲心脏不太好，刚做过搭桥手术，你不想回去看看吗？"

井励挪动了一下身体，舔舔嘴唇，舌头一直在嘴里绕——表示不安。他想表达，却在极力控制自己。

"你父亲还能下地干活儿，不过腿脚不太灵便。他们都七十多岁了，以后谁给他们养老呢？"

井励虽然一直沉默不说话，但他的大拇指在微微颤抖，用膝关节一下一下撞击前面的桌子。所有动作连贯在一起，表达的是一种克制，也表达了一种担心。

测谎结束的当天晚上，我们一队轮流盯着监舍的监控。这次井励和平时不一样，他吃得很少，也不再和其他在押人员聊天。他辗转反侧，12 点多还没有入睡。

他防不住自己的内心了。

午夜 2 点 23 分，井励突然说了一句梦话："摆闹了，蹬踢啦！"

虽然有些词比较含糊，但我确定这种口音属于东部沿海一带，意思是"别玩了，坏了"。

我们火速联络东部沿海一带的警方，调查近十年的犯罪和失踪人口记录，这一次成功找到一个体貌特征与井励相符合的人。

这个人叫萧珩，八年前考上当地一所医科大学，毕业后应聘到一家民办医院，成了一名妇产科男医生。

在诊疗的过程中，萧珩性侵了一名独自来看妇科病的精神病人，被发现后外逃。

萧珩的身份信息、血型与井励完全吻合，但是没有 DNA 记录。我猜测他逃跑后为了隐藏自己的身份，更换了假身份证，在全国各地隐姓埋名。

当我再次向井励核实身份时，他愣了很久，眼睛眯着，盯着警方传来的资料，仿佛在回忆当初的事情，但仍然不说话。

我将他做医生时的工作照片放在他面前。

照片上的人是个精神的小伙子，穿着白色制服，神采奕奕。而我眼前的萧珩满脸胡子，头发蓬乱，眼角还有眼屎，才三十岁的人已经有了不少皱纹，头顶也生了白发。

萧珩的眼睛一眨不眨地盯着照片上的人，接着低下头，身体放松，摊开两手，他承认自己就是萧珩，还说："终于不用再过提心吊胆的日子了。"

据萧珩交代，从老家逃到本市时，他原本打算投奔自己的姨妈，可是又怕暴露身份，所以先是在距离姨妈家很近的广州街租了一间房子。

广州街就在"8·13"案的相邻街区。

我们提取了他的右脚印和臀印，结果发现和当年"8·13"案中的脚纹、臀印一模一样。萧珩的 DNA 报告终于出来了，和"8·13"案吻合。

我们决定联审成丽的强奸案和"8·13"案。据萧珩交代，"8·13"案是个偶然，当时他只想偷窥，但没有控制住自己。

"我刚逃到这里，找不到工作，在步行街摆摊卖工艺首饰。有一次，楚晰来我摊上买过一个夜光手镯。她试戴镯子的时候，我看到那段小臂特别白，特别好看。我从来没见过那么好看的手臂，都把我看愣了。后来我发现楚晰和我住在同一个区，就经常跟踪她。

"8 月 13 日那天晚上，我看了黄片，没有控制住，跑到楚晰窗下，正好看到她在洗澡。当时，我并不知道楚晰的男朋友也在。等她洗完澡上楼之后，我脱下拖鞋，从纱窗钻了进去，怕被发现，在壁炉里躲了一会儿。我感觉她应该睡着了，正准备上楼，没想到楚晰的男朋友从楼上下来了。他把我当成了小偷，我们俩就打在一起了。他体力比我好，把我按到地上。我随手拿起桌上的水果刀朝他刺了几刀。"

我问井励："楚晰说你身上有会发光的黏稠液体，那是什么？"

井励想了想："是在做夜光手镯时沾染到的液态发光剂。"

"除了林池，你还有没有杀过其他人？"

萧珩避开我的目光，摇摇头。

"为什么会把文胸还回去？"我盯着萧珩继续问。

萧珩咬紧下唇，沉默了片刻，忽然抬起头，诡异地一笑："你猜！"

"我猜你会被判处死刑。"我平静地回答。

听了我这句话，萧珩的脸瞬间惨白。

"8·13"案和成丽案同时告破，我打电话通知楚晰。楚晰在电话那头忽然说："我想起那个男人是谁了。有一次，我去超市买东西，看到他从扶手梯上摔下来，膝盖流血了。我用矿泉水帮他冲了伤口，还给他贴了创可贴。"

楚晰给了我答案。我终于知道为什么时隔三年，并励要把文胸还回去了。

带走是不舍，保存是想念，归还是内疚。

楚晰和别的受害者不同，萧珩一直喜欢她。

萧珩在六个月后被判处死刑。

我了解过萧珩的成长环境，他的性瘾很可能和他的原生家庭有直接关系。萧珩的父母是普通农民，收入较低，家里比较穷。亲戚朋友都瞧不起他家，不愿意和他家来往。从小生活在物资匮乏和受歧视的环境中，萧珩更渴望放纵和自由。

他的童年是在父母频繁的吵架和冷战中度过的，缺乏亲密和谐的家庭氛围。在成长过程中，他没有学会正常表达、给予和获得爱的方式。成年后，萧珩不善于处理人际关系，经常和同事发生矛盾，工作压力较大，又没有找到正确发泄情绪和压力的方式，造成他畸形的犯罪心理——通过不断征服女性来肯定自我、解压，同时，也通过这种方式来寻求刺激，确认自身价值。由于行为偏差不断外延，萧珩最终走向犯罪。

08 一场升级版的
仙人跳

奇怪的是他还出现了一系列伴随动作，比如单肩耸动、眼神闪躲、抓手臂，这是说谎者担心谎言被揭穿时的习惯性掩饰动作，是一种守势。守势是一种自我保护性动作，这种动作的出现是不受意识控制的，它是一种生理上的条件反射，即使受过十分专业的训练，也很难避免。

一

我一直很讨厌"最毒不过妇人心"这句话，其实这是一种偏见，是封建社会对女性的歧视和侮辱。可是2014年4月，我们侦办的一起案件确实让我见识到了这句古语的厉害。

2014年4月3日下午，市中心医院120平台接到电话，求助人称距离医院不足五公里的安居小区55栋楼二单元，有一名男子从楼梯上滚落，生命垂危，需要抢救。

救护车火速赶到电话里提供的地址，可惜还是来晚一步，伤者躺在只有八平方米的套间里，已经一动不动。医生检查之后，确认该名男子已死亡。

登记死者信息时，一名自称是死者妻子的女子告诉医生，死者叫蔺学光，今年五十六岁。

医生注意到，蔺学光脚上穿着轻便的蓝色运动鞋，身上盖着很厚的棉被，半张脸被遮住了。

死者妻子叫孙铱凡，很瘦，穿一件白色T恤，看起来很憔悴。整齐的刘海遮挡住眼睛，脸上有泪痕，但难掩她的漂亮、清秀和精致。

她用右手拽着左手食指，似乎有些紧张。除了孙铱凡，现场还有一对小情侣，男孩叫刘骏，女孩叫卢泞。

在医生检查过程中，孙铱凡一再拉起被子，想挡住蔺学光的身体。医生向她提问时，她说话也遮遮掩掩。

医生发现蔺学光的身上有多处淤青，这些伤并不是由疾病引起的，医生认为此人绝非正常死亡，于是马上拨打了110报警电话。

我们赶到现场时，距离医生报警只过了十五分钟。

在这短短的十五分钟里，蔺学光已经被换好寿衣，殡仪馆的工作人员也已经到场，正将蔺学光的尸体往红色的纸棺里抬。以这种速度，如果我们再晚一会儿，估计只能看到骨灰了。

医生的行为属于非义务强制报警，和家属不发生关系，所以警方来之前，医生没有权力阻止家属动尸体。

家属到底想隐瞒什么？为什么如此着急火化？

李时解开死者衣物，发现死者的前胸、后背有数处条状伤痕。

我们刑侦一队马上兵分两路，一路由李时带队将尸体火速送往验尸房细检，一队留在案发现场询问情况。

现场情况非常复杂。

面对我的询问，孙铱凡不愿开口，那对小情侣也一言不发。

卢泞一直躲在刘骏怀里哭。从当前的情况看，卢泞似乎比孙铱凡还要伤心。

我注意到卢泞双手粗糙，两个大拇指都是灰指甲，指床有多处开裂，隐约闻到卢泞身上有淡淡的中药味。她的左脚踝上露出一部分文身，虽然被清洗过，但从模糊的轮廓判断，应该是蝎子的尾巴。

终于，孙铱凡愿意开口了。我安排小情侣在另外的套间平复情绪。

孙铱凡说，蔺学光下楼时不慎踩空，滚下楼梯，很快失去了意识。

安居小区是有二十年历史的老式住宅，楼道比较狭窄。郑爷发现，现场位于居民楼二楼，这种老式居民楼卫生状况不好，没有物业，楼道里有很多灰尘。事发现场并没有踏空、滚落痕迹，楼梯不高，加上有扶手，不太可能摔成重伤。

从死者的体质看，蔺学光才五十六岁，并且穿着轻便的运动鞋，李时在现场尸检时也没有发现死者腰部或者腿脚有毛病，因此意外摔死这个说法很难成立。郑爷还亲自示范了几次滚楼，无论以怎样的方式摔倒，都不会让死者全身上下布满伤痕。

面对我们的进一步询问，孙铱凡再次选择痛哭，而且不再回答问题。

蔺学光为什么会突然死亡？他身上的条状伤痕是谁造成的？蔺学光、孙铱凡这对夫妻和现场的一对小情侣是什么关系，为什么会一起待在面积只有五十平方米的出租屋里？

这个案件疑点重重。

二

郑爷开始和刘队进行周边调查。他们很快就找到了出租屋的房主。房主说房子两个月前出租给了一对小情侣，也就是刘骏和卢泞。至于孙铱凡和死者蔺学光，她并不认识。

我们将孙铱凡、刘骏和卢泞带回警局，准备分别讯问。

下午做案情概述时，我已经拿到了死者的全部资料。

蔺学光，五十六岁，本地人，三婚。孙铱凡是他的第三任妻子，二十六岁，是一名肚皮舞老师。

蔺学光曾经做过矿产生意，拥有数千万资产，但为人低调，是一位隐形富豪。据知情人透露，他的三任妻子一任比一任年轻，一任比一任漂亮。

李时很快将尸检报告传了过来。蔺学光的死因是脾脏大出血，瘀伤排除摔倒可能，判断为外力作用，钝器击打形成。但是这种钝器很特别，有一定的柔韧度，所以同一条伤痕深浅不一。

郑爷说，他在案发现场的洗衣机滚筒里找到一根橡胶棒，橡胶棒的直径有四五厘米，在上面分别提取到死者和刘骏两个人的 DNA，应该是作案工具。

很显然，从我们目前获得的证据来看，孙铱凡从一开始就在说谎。

面对尸检报告，那个叫刘骏的年轻人率先绷不住了。

刘骏，二十四岁，本地人，在一家汽车 4S 店打工。他承认蔺学光是被他绑起来打死的。他说自己之前根本不认识蔺学光，之所以对蔺学光大打出手是因为对方强奸了自己的女朋友卢泞。至于捆绑用的绳索，刘骏说当时过于慌乱，不记得放在什么地方了。

刘骏在交代过程中，视线经常望向房门，脚尖也指向房门方向。这是一种现场逃避的表现，表明他想尽快离开这个房间，但这并不表示他说了谎，只能证明他急于脱身。

奇怪的是他还出现了一系列伴随动作，比如单肩耸动、眼神闪躲、抓手臂，这是说谎者担心谎言被揭穿时的习惯性掩饰动作，是一种守势。

守势是一种自我保护性动作，这种动作的出现是不受意识控制的，它是一种生理上的条件反射，即使受过专业训练，也很难避免。单肩耸动，是为了造成与他人的阻隔，以便保持安全距离；眼神闪躲，是为了防止真实目的暴露；抓手臂，是为了转移对方的注意力。

这组动作让我对他的证词产生了怀疑。

随后，卢泞这边也开始录口供。

据卢泞说，她今年二十二岁，是一名保险推销员，从事保险行业已有两年，工资靠每月的绩效提成。她和刘骏也已交往两年，蔺学光是她在两个月之前认识的。

两个月前，保险公司组织员工去观音山团建，卢泞的手机忘记在大巴车上。她回停车场去取，正好看到一个十七八岁的男孩手法娴熟地"钓包"——一辆宾利车的车主忘记关严车窗，小偷钻这个空子想把留在车里的财物钓出来。

小偷正用一条特制的"链钩"钩住车里一个黑色的手包往外拉。

卢泞没多想，喊了一声："干什么呢？"

她本来打算把小偷吓跑，没想到小偷居然没有害怕。

小偷狠狠瞪了卢泞一眼，骂了一句："臭三八，少管闲事。"

卢泞觉得一个小屁孩也不敢拿她怎样，便拿着手机一边拍摄，一边警告："再不走，我要报警啦！"

小偷骂了句脏话，拿着钩子朝她走过来："赶快删了，要不然老子在你脸上划个记号。"

进退两难之际，一个高个子男人突然从小偷左侧跑过来，他一把抓住小偷的手腕。

"小屁孩还敢自称老子，你撬老子的车，偷老子的东西，老子还没找你算账呢。"

这时，几名景区治安员闻讯赶过来，一起抓住撬车贼，把他带走了。

高个子男人就是蔺学光，他戴着眼镜，穿着休闲西装，虽然不年轻了，但文质彬彬的样子给人印象不错。

他笑着对卢泞说："没看出来，小姑娘胆子还挺大，让美女救了一次英雄的车。不过以后见义勇为还是谨慎些吧，安全第一。"

卢泞点点头，刚想走，蔺学光叫住了她。

"这么勇敢的小姑娘，认识一下，留个联系方式，你要是愿意，我可以送你回去。"

之后，他们加了微信。

"蔺学光很快联系了我，知道我是保险推销员之后，他说他也想买份保险，还说要给我介绍大客户。我们谈业务期间交往越来越深入，我发现他是个好色的人，经常会有意无意地碰我。比如接合同的时候，他的手指会从我的手背上划过去。

"我怕我男朋友吃醋，没把这件事告诉他。为了拿下这个大客户，我一直半推半就，没想到我的退让被蔺学光理解成可以进一步发展的暗示。

"4月1日晚上，蔺学光打着买保险的幌子要到我家里谈。我男朋友当天晚上正好加班。他带着一些小吃和一瓶白酒找上门，一进门就说我的房子太小，要帮我租个大的、条件好的。

"酒过三巡，蔺学光趁我喝醉了，把我拖到卧室强奸了，没想到正好赶上我男朋友回来。我男朋友把蔺学光堵在屋里，气不过，打了他一顿。

"蔺学光一开始说是我勾引他的，看我男朋友不相信，又主动提出用钱私了。没想到我男朋友出手太重，在他俩谈条件的时候，蔺学光突然倒地抽搐，最后就死了。"

卢泞在录口供的过程中，没有突出的异常表现。但是当我问她，针对单身女性的保险订单有什么好的方案时，卢泞的脸涨得通红，半天才说："我不负责这类业务，所以不太了解。"

我之所以突然提出这个问题，是出于一种测谎经验，是在试探卢泞是否在职业问题上说谎。因为我发现，在讯问期间，卢泞的整体表达能力偏弱，这种表现和保险推销员的身份有一定差距。

刘骏和卢泞录好口供之后，还出示了证据——一份由蔺学光亲手写的认罪书，还有蔺学光的认罪录音。

经过鉴定科鉴定，认罪书上的字是蔺学光的笔迹，认罪书的关键词上按了手印，同时认罪录音也证实了证据方面没有漏洞，甚至让我感到很专业，几乎无懈可击。

但是在录音里，我听到蔺学光的语速有多处停顿，停顿部分有的是长长的叹息声，有的是"哒"的声音。

他在读认罪书时，有一种无助感、无力感，似乎在强忍疼痛。

虽然没有造假，但这些证据并不能成为有效证据，因为蔺学光受到了虐待，挨了毒打，不排除被暴力逼迫认罪的可能。

蔺学光被刘骏打死已经坐实，现在的关键是蔺学光有没有强奸过卢泞。

法医在卢泞的体内并没有提取到蔺学光的精液，卢泞说蔺学光强暴她的时候是戴着避孕套的，之后他将避孕套扔进了马桶。

小情侣这边已经核实得差不多了，下一个疑点来自孙铱凡。

她为什么会出现在现场，又为什么要撒谎说蔺学光是摔死的呢？

三

孙铱凡的情绪很不稳定，在押期间甚至出现了自残行为：她用头撞墙，扯自己的头发，还咬破了自己的手臂。

我们只能先从她的家人入手。

我们找到孙铱凡的母亲，她告诉我们："当初孙铱凡要和蔺学光结婚家里就强烈反对，因为两个人年龄差距太大。孙铱凡才二十四岁，蔺学光都五十四岁了，比孙铱凡她爸还大三岁，我们不可能同意。"

"为什么他们还是结婚了？"

孙母叹了一口气："孙铱凡这孩子性子弱，耳朵又软，容易受骗上当。她背着我们，偷了家里的户口本，和蔺学光偷偷领了结婚证。

等她告诉我们，生米已经煮成熟饭了，我们还能怎么样？"孙母双手一摊。

"两个人结婚之后感情怎么样？"

"一开始还不错，蔺学光对孙铱凡很照顾，给她买了新别墅和车。两个人经常去国外旅游度假，还给我们换了新房，买了保险。可是结婚不到两年，孙铱凡就搬回来住了，还闹着要和蔺学光离婚。"

"他们闹离婚的原因是什么？"

"我也不是特别清楚，孙铱凡这孩子是奶奶带大的，和我们不是很亲近，什么事也不和家里说。你想想老夫少妻得遇到多少麻烦？孙铱凡爱旅游，喜欢和朋友逛街、购物、美容，蔺学光不是喝茶就是打牌，两个人肯定合不来。"孙母叹了口气，"孙铱凡也说她后悔了，是在找罪受。她满足不了蔺学光，还说蔺学光在疏远她。"

在孙铱凡回娘家期间，蔺学光一次电话都没有打过，也没有来接妻子。

孙母处处袒护女儿，而且提到孙铱凡时，她眼部鱼尾纹下垂，那是失落和关切的表现；每次谈到孙铱凡的现状，她的面部肌肉都很紧张，双手无规律地摩擦，可见她对女儿的关心以及对女儿婚姻状况的焦虑。

离开孙家，我们回到局里。经过两天的调整，孙铱凡的情绪终于稳定下来。

我们开始进行第一次讯问，我决定从她和蔺学光的感情入手。从目前掌握的情况看，孙铱凡对这段婚姻一定有很多委屈和抱怨，从这里入手更容易让她产生倾诉欲。

孙铱凡果然开口说话了。

她告诉我，蔺学光是个双面人。

"我和他结婚之后，他的态度发生了一百八十度大转弯。他经常不在家，说有业务应酬，后来我才知道他是出去鬼混了。我在他的手机里发现他加了一些女人的微信。他还有性病，甚至传染给了我。"

孙铱凡说话的声音很小，但叙述事情经过时条理清晰。她脸上柔弱无辜的表情很容易让人相信，但我看到孙铱凡的右眼眼外肌很明显地抽搐过两次。

面部表情肌属于不随意肌，如果出现抽搐，除非病理原因，否则哪怕时间很短，也会暴露出一些问题。抽搐表明对相关问题敏感，对讯问切入点高度紧张，觉察到想隐瞒的细节有暴露的危险，都会出现类似反应。

"能具体说说你是怎么发现蔺学光鬼混的吗？"

孙铱凡低着头，沉默了一会儿："蔺学光睡着之后，我偷偷拿着他的手指解锁了手机，看到蔺学光建了一个群，叫'风流醉'，还特意设置了免打扰。里面有几百条聊天记录，所有狐朋狗友都在联系他。什么'光哥的眼光稳准狠''光子，她是不是看上你了''你家皇后可不是一般战士，小心驶得万年船'，等等。

"我看得头皮发麻，再向前翻还有他和狐朋狗友聊会馆的体验、价格，甚至性价比的记录，还会相互推荐。蔺学光去过那么多次，我之前竟然一点儿都没发现！"

一个人要想避免让对方察觉到一些东西，会在说话过程中突然出现一种特殊的动作，比如频繁眨眼、咬嘴唇、苹果肌颤抖、膝跳反射、移动身体位置等。这些动作转瞬即逝，很难引起他人的注意，只有专业测谎师才会捕捉到、感知到。

孙铱凡出现了两次类似的动作——频繁眨眼和咬嘴唇。

"可是技术科并没有在蔺学光的手机中找到你提到的群。"

"我们吵架之后，他当着我的面退群了。"

孙铱凡说这句话的时候，脖子向前探了一下——传递和强调信息，哪怕这些信息可能是编造出来的。

我平静地看着孙铱凡，她避开我的目光，突然说："我们吵架的时候，他动手打我。"

孙铱凡撩起刘海，让我看头上的一块伤疤，说是蔺学光用酒瓶砸的——这是一种具体化递进。

具体化递进是一种用行动来证实自己语言的可信度的心理模式。嫌疑人会主动交代一些对自己有利的线索，并通过一些行为给出证据，争取对方的认同，从而让对方站在嫌疑人这边。

"蔺学光对你有家暴行为？"

"是，他打伤我之后，我提出离婚，他不同意。他觉得自己已经结婚三次，第三次婚姻刚一年多，就要离，怕亲戚朋友笑话他。之后他又向我认错，还主动退出了那个风流群。我对他又恨又怕，只好暂时逃回娘家。"

我们在孙铱凡的手包里找到了她被家暴的证据，包括受伤的照片和就诊病历。病历上写着："小臂划伤，缝合七针，右眼肿胀，造成视网膜充血。"

我们向医院核实情况，医院证明其真实可信。

接下来是本案的关键。我问孙铱凡："为什么会出现在案发现场？又为什么在蔺学光的死因上说谎？"

孙铱凡叹了一口气说，在案发前一天，她接到蔺学光的手机打来的电话，电话那头是刘骏。

刘骏直截了当地告诉孙铱凡："你老公强奸了我女朋友，你赶快过来'赎'人。"

孙铱凡很快赶到现场，她一进屋便发现蔺学光嘴里被塞了毛巾，结结实实地被绑在客厅中间的椅子上，脸上有几处伤痕。她向蔺学光核实："你是不是强奸了人家的女朋友？"

蔺学光点头承认了。

孙铱凡的口供间接给小情侣作了证，看起来也坐实了蔺学光强奸的罪名。

孙铱凡说："蔺学光当时非常害怕刘骏报警，他毕竟是有头有脸的人，如果出了这种事很没面子。所以他主动提出赔偿一百万私了，这才让刘骏给我打电话，让我筹钱。

"我当时很生气，但是想着先把事情解决再说。我本以为自己就是来帮忙取钱的，没想到他居然打算让我出这笔'封口费'。

"我上去把他嘴里的毛巾取下来，质问他为什么，要他跟我说清楚。他告诉我，我回娘家以后，他怕我闹离婚分财产，就把名下所有财产都转到第一任妻子和儿子名下，他自己已经身无分文了。

"我一听，气疯了，拿起桌子上的橡胶棒就开始打他。刘骏听说拿不到钱了，也拿起一根橡胶棒跟我一起打。他大声惨叫，刘骏怕被人听到，又用毛巾把他的嘴堵上了。"

"你用的那根橡胶棒放什么地方了？"

"我记不清了。"

"捆绑蔺学光的绳索放在什么地方了？"

"我也记不清了。"

"你们殴打泄愤之后，为什么没有放掉蔺学光，而是将他扔在床上？"

"我们没想到蔺学光被打之后突然满头大汗，昏迷不醒。一开始我们三个人以为他是装的，直到我发现他失禁了，才意识到可能出事了。我们还进行了现场抢救，我给他包扎了伤口，刘骏给他做了胸部按压，可是他还是死了。"

孙铱凡痛哭着说："我真的是气极了，才下手有点儿重，但我根本没想过要杀死他。可是人命关天，一想到我也参与了殴打，他的死和我有关，心里特别害怕，所以才撒谎他是摔死的。"

整个过程听起来合情合理，逻辑严谨，几乎找不到破绽，但是我发现一个特别的地方：孙铱凡三次用到了"我们"，暴露了一种无意识的同盟状态。当一个人感觉自己的力量不足或者没有说服力时，会频繁使用"我们""大家"之类的同盟词，以获得认可、肯定，但这种行为是把双刃剑，同时也会暴露团伙作案的可能性。

三个人都在强调蔺学光强奸的事实，如果认定蔺学光强奸在先，那么参与伤害蔺学光的孙铱凡和刘骏便找到了殴打对方的理由，这在法律上很可能被判定为过失杀人，在量刑的时候肯定比蓄意谋杀轻得多。

案件侦破至此，种种线索已经联系到一起，基本形成了一个完整的证据链条，似乎可以结案了。但事情远远没有想象中那么简单。

四

讯问卢泞之后，我去保险公司核实过，卢泞一个月前才入职，根本不像她自己说的，已经工作了两年。

她为什么要在自己的入职时间上说谎呢？

郑爷的第二次现场勘探结果也把真相引向了另一个方向。

谋杀案要经过若干次现场勘查，包括痕迹核实、案件再现、现场指认等环节，如果只做一次现场勘查，很可能会忽视一些细节。

郑爷在阳台外墙的空调外挂机里找到一个不起眼的编织袋，打开一看，是一根有血迹的橡胶棒。送到检验科后，我们在上面找到了孙铱凡的指纹。

袋子里还有捆人用的绳索和堵嘴的毛巾。

第一次，我们确实没有找到这些证据，刘骏和孙铱凡也说记不清绳索放在哪儿了，这和三人的口供基本没有出入。

奇怪的是，编织袋里还有一只老式石英钟。

藏作案工具可以理解，但是为什么要藏一只石英钟呢？

郑爷打开石英钟，很快发现了其中的奥秘：石英钟的一颗装饰钻石被拿掉了，上面钻了一个孔，里面藏了一个针孔摄像头。

很明显这是偷拍的工具。

有录制设备就有存储设备，郑爷又在床板下的夹层里找到一台笔记本电脑，电脑里有蔺学光和家人的合影，还有大量工作方面的合同，看来这是蔺学光的私人电脑。

经过技术科仔细查找，我们在一个隐藏的文件夹里发现了针孔摄像机拍到的视频——一段不雅视频。

里面记录了蔺学光"强奸"卢泞的整个过程。

这段视频是谁录的？为什么会在蔺学光的电脑里？蔺学光的私人电脑为什么会在卢泞的出租屋？难道蔺学光还有这种特殊癖好，把过程录下来，自己慢慢欣赏？

首先排除了蔺学光的嫌疑。

卢泞在供词里说，案发时蔺学光是第一次来出租屋，因此他根本没有机会安装针孔摄像头，更没有机会在偷拍之后把钟表藏起来——当时他已经被刘骏控制，并且绑住了。

房子是卢泞在两个月前租的，两个月前租房子，一个月前换工作，是巧合吗？

我们决定分别对刘骏和卢泞进行测谎。

测谎分为单方测谎、双向测谎和多向测谎。单方测谎是针对嫌疑人的测试，双向测谎和多向测谎则是针对所有涉案人员的测试。在本案中，我们用到的便是多向测谎。

在整个谈话过程中，我分别向他们介绍了测谎仪的科学性、准确性。对比两人的反应，刘骏听得比较认真，卢泞则表现出焦虑的情绪。两人自愿在测谎协议书上签了字，主动接受测谎。

首先接受测谎的是刘骏。

"你的名字是刘骏吗？"

"是。"

"今年二十四岁？"

"是。"

"你是本地人？"

"是。"

回答以上问题时，刘骏思路清晰，语调平和，处于正常反应值。

"你和卢泞是什么关系？"

"情侣关系。"

当问到这个问题时，刘骏的两脚由外开转为内合，表明他对相关问题有所顾忌。

"卢泞和蔺学光的视频是谁录制的？"

"蔺学光。"

呼吸传感器输出的蓝色曲线有波动，嫌疑人呼吸急促，表明他对相关问题有所隐瞒。

"带有摄像头的石英钟是谁藏起来的？"

"是我和卢泞藏起来的。"

"为什么要藏起来？"

"因为发现了针孔摄像头，害怕隐私被泄露。"

刘骏的双手不自主内扣，表明他有所隐瞒。

在对卢泞的测谎中，为了更好地比对分析，我们使用了和刘骏相同的测试题。

在"为什么要藏起来"的问题上，卢泞的回答是："我们不知道他录了多少，只能暂时先藏起来。"

我问卢泞："你能想象一下蔺学光死亡的时候有多痛苦吗？"

"我……不愿意去想。"卢泞低下头，看着地面。

当一个人想隐藏内疚的情绪时，会减少脸部的曝光。

我面前的图谱显示：两个人的反应曲线高峰迭起，尤其是皮电反应，有冲击极限的趋势，对应率达到了80%以上，很显然两个人都撒了谎。

看来案件还有隐情，需要深挖。

我决定再次对卢泞进行讯问，和刘骏相比，显然她更容易成为突破口。

五

这一次，卢泞坐在椅子上不再看我，她低着头，不停搅动自己的手指。

卢泞一直沉默，直到我猛然叫了她一声："婷婷！"我们在第一次讯问之后，进行了社会关系调查，已经查明"婷婷"是卢泞从事上一份工作时的曾用名。

卢泞突然抬头看我——明显的条件反射。她惊讶的表情已经说明了一切。

终于，她问我："如果我坦白，是不是可以从轻处理？"

我点点头。

一个更大的秘密被揭露了：蔺学光虽然"强奸"了卢泞，但他其实才是整个案件的受害者。

这是一个局。刘骏布下圈套，目的就是敲诈蔺学光，不过这是一个升级版的仙人跳。

没有所谓的"美女救英雄"，实际上是卢泞为了接近蔺学光，跟踪蔺学光到达景区，等蔺学光出现，马上跑到他身边说有变态，寻求帮助。

卢泞说："蔺学光没看到变态，打算离开。我坚持要他的电话，说一定会感谢他。

"从那以后，我经常给他打电话、发微信，还多次发过自己的暴露照片，想色诱他，向他暗示不介意做他的情人。"

"蔺学光是什么反应？"我问。

"他每次的答复都很敷衍。我以为男人都是好色之徒，只要自己下足功夫，他就会毫不客气地顺坡下驴。

"针孔摄像头是刘骏事先安装好的，为的就是让蔺学光乖乖就范，拿到勒索的证据。

"我们怎么也没想到，蔺学光一个矿厂老板居然抵挡住了美色的诱惑。"

"你还做了什么？"

"他一直躲避我的勾引，还告诉我，他已经结婚，不想伤害老婆。"

"出事那天晚上，发生了什么？"

"我约了蔺学光，谎称当天是我生日，我说一个女孩子独自在外地打拼很孤单，很可怜。蔺学光出于同情，终于按照我的要求买了酒菜过来。我们喝酒之后，我脱光衣服抱住蔺学光，在酒精的作用下，他终于投降了。"

案子到此似乎可以了结了，小情侣见财起意，"舍得老婆套来狼"，案件性质由过失杀人升级为蓄意谋杀。

可是卢泞和刘骏又是怎样知道蔺学光是隐形富豪的呢？

从我们了解的情况看，蔺学光比较低调，接触到的都是生意场上的人，平常生活简单，不是招摇的人。

卢泞的供词并不完整。

我们又重新提审了刘骏。刘骏说，蔺学光经常去他工作的 4S 店修车，熟悉之后发现蔺学光是有钱人。

可是据我们调查，刘骏工作的 4S 店和蔺学光的家不在一个区，蔺学光去刘骏那里需要绕很远的路。

我们查看了客户登记并向 4S 店员工核实，发现蔺学光根本没有去过那里。

刘骏在证据面前不说话了，无论怎么审问，他都不出声。

我开始反思，在案件中我们似乎忽视了什么地方——孙铱凡。

我一直把孙铱凡当成一个无辜的双重受害者。讯问孙铱凡时，她每次都是泪流满面地讲述自己的不幸经历。弱者往往让人觉得不像反派，可是最精明的捕猎者往往会以猎物的方式出现。

我决定重新对孙铱凡的婚姻进行调查。

通过走访，我发现孙铱凡在婚姻里并没有看起来那么简单。

因为蔺学光的原籍不在本地，父母也已离世，我们一直没有联系到他的亲属。不过我们找到了他的前两任妻子。

第一任妻子叫王敏，虽然离婚多年，但王敏一直说蔺学光人品很不错，只是有点大男子主义。他在创业初期很少回家，夫妻感情渐渐淡薄，最终离婚，并不是因为第三者。

第二任妻子与第一任妻子说法一致，也是因为蔺学光常年不在家才分开。

两任妻子都坚持说蔺学光从来没有过家暴史。

王敏因为和蔺学光有个儿子，与蔺学光接触比较频繁，她口中的孙铱凡和我们印象中的完全相反。

  王敏说蔺学光特别珍惜第三段婚姻。因为妻子年纪小，蔺学光处处呵护忍让，孙铱凡才是婚姻里那个"大爷"。她从来不做家务，工作也辞了。蔺学光每天买菜做饭，她整天在家养尊处优，向蔺学光要钱，拿到钱就出去吃喝玩乐，还结交了社会上一群不三不四的人。

  蔺学光有一次喝多了，到王敏家向她诉苦说，孙铱凡在外面包养了一个小白脸，不仅给小白脸租了房子，还买了车。

  王敏当时还埋怨蔺学光："你那么大年纪娶了人家小姑娘，图个什么呀？"

  蔺学光不说话了，沉默了一阵才回答："图有人陪着，要不然家里太冷清了。"他还自欺欺人地说，"孙铱凡出轨的事还没确定，说不定是别人造谣。"

  王敏劝他离婚，他说："离不起了，我累了。事业上再成功有什么用，婚姻一败涂地，先凑合着吧！"

  我们开始对孙铱凡的社会关系进行排查，最后发现孙铱凡确实有情人。

  在她六个月前租的半山区别墅里，我们找到了她的另外一部手机，里面有她和情人的照片。照片上的男人居然是刘骏。

  通讯录里还有刘骏的手机号。在案发当晚，孙铱凡还用那部手机给刘骏发了一条短信："一切按照原计划进行。"

  蔺学光被害案策划得逻辑分明，层层递进，让我越来越感兴趣了。

  我站在孙铱凡的角度分析了一下她的三套计划。

  计划一：拨打120，试图以滚楼梯为由，隐瞒蔺学光的死亡真相，但是由于医生报警，失败了。

  计划二：让卢泞和刘骏主导案情，开始第二套说辞——蔺学光强奸在先，刘骏过失杀人，孙铱凡作为辅证出现，但是在石英钟的秘密被揭开之后，也失败了。

计划三：还是让卢泞和刘骏主导案情，小情侣见财起意安排仙人跳。蔺学光品质不好，好色出轨，经常家暴，孙铱凡以受害者的形象出现。

在这三套计划里，孙铱凡都是以旁观者或受害者的形象出现，这些设定都是在证明她的清白无辜。

不过孙铱凡有两个失误：

一、指向她的关键证据——第二部手机被我们发现了，里面的涉案短信、合影均未被删除。

二、把蔺学光的电脑放在了卢泞的出租屋。蔺学光的电脑是私人电脑，里面有很多重要文件，外人轻易是拿不到的，只有一种可能：她事先拿给了刘骏。

把线索伪装得再完美，只要我们耐心寻找，总会找到破绽。根本没有什么完美犯罪。

我们对刘骏进行了第三次核实讯问，他交代了案件的全部经过和细节，承认孙铱凡才是幕后操纵者。

我们决定对孙铱凡进行测谎。

六

面对铁证，孙铱凡还在试图狡辩。坐在测谎实验室里，她还是那副楚楚可怜、柔弱无助的样子。

她说，是刘骏威胁她，她才会参与勒索蔺学光的计划。

回答问题的过程中，我们没有眼神交流，她一直盯着桌腿。

孙铱凡还穿着我第一次见她时穿的那件白色 T 恤，而在她第二部手机里，在她和刘骏拍的情侣照上，她穿着时尚，妆容艳丽。

孙铱凡是个好演员。

"你对蔺学光最大的不满是什么？"

孙铱凡沉默了一下："他在外面拈花惹草。"

她的声音很低。

"你为什么要打他？"

孙铱凡回答："我当时太生气了！"

皮电图谱有了反应，屏幕上出现两次高峰。此前已介绍过，图谱峰值越高，说谎的可能性越大。孙铱凡在说谎。

"因为蔺学光不再给你钱，也不和你离婚，还阻止你见刘骏，所以你恨他。"

孙铱凡的身体突然抖了一下，我从表情抓拍仪上看到她的瞳孔瞬间缩小。

"刘骏已经交代了，他说所有事情都是你安排的，是你先勾引的他，目的就是和他一起骗那个老男人的钱。"

孙铱凡的心电反应起伏增大。我在表情抓拍仪里看到，她眉头下压，出现皱纹，上眼睑外扩，下眼睑绷紧，嘴唇变薄，下颌前置——那是愤怒的表现。

"还说是你让他杀死蔺学光的。"

"我没有。"

孙铱凡的头部前倾，弓起后背，这是猫进攻前的守势，她在试图保护自己。

"事实是什么样的？"

几秒钟之后，孙铱凡放下双肩，垂下头，她终于把连接着感应器、一直翘起的指尖全部平放在桌面上。

最终，孙铱凡交代了全部事实。

"我怀疑蔺学光有外遇，是他的第一任妻子。他对那个女人比对我还好，我曾经找她谈过，质问她到底是前妻还是第三者，为什么不停地找蔺学光。那个女人挖苦我说，我比她年轻漂亮，还留不住自己的丈夫。

"我很生气，回家向蔺学光提出离婚。可是蔺学光说离婚可以，但我要净身出户。一句话把我怼回来了。说实话，我和他结婚就是为了钱，没有拿到钱，我怎么会离婚呢？

"后来我在网上查到，男方如果出轨，会对女方作出赔偿。所以去年年底，我打算用丈夫出轨这个理由起诉离婚，但是没有证据怎么办呢？我考虑了很久，决定在网上找一个私家侦探，偷拍蔺学光出轨前妻的证据，这个侦探就是刘骏。"

"只是你没想到刘骏跟了蔺学光两个多月，一点儿破绽都没有找到，回来还和你解释，蔺学光一点儿也不好色，他去前妻家只是和儿子吃顿饭，和前妻聊聊天，并没有越轨行为。"

孙铱凡点点头："一直找不到证据，就没办法离开蔺学光。我每天看到他烦得要死，经常向刘骏诉苦，研究对策，后来我们两个就在一起了。"

孙铱凡咽了一下口水。

"有了情人之后你离婚的意愿更加迫切。"

"是，我每天和刘骏在一起，不让蔺学光碰我，后来还搬回娘家。他感觉到我在外面有人了。"

"所以才有了你在医院的验伤病历？那些伤是蔺学光打的，因为他发现了你出轨刘骏的事。"

"是。"孙铱凡艰难地回答。

"你和刘骏两个人操纵了一盘大棋，给蔺学光布置了一个桃色陷阱。至于卢泞，和刘骏根本没有任何关系，也不是什么保险推销员。她是足疗店的按摩师，花名叫婷婷，是刘骏雇用的。"

"是。"

"有一点我不太明白，既然卢泞是你们雇用的，为什么在现场她那么伤心？"

"她没想到会出人命。发现蔺学光死了，她吓坏了，打算逃跑，被刘骏拦住了。刘骏威胁她，如果不和我们合作，就连她一起杀了。如果乖乖听话，等事情过去，我们会加倍给她酬劳。"

"为什么非要杀人？"

"我没想杀人，真的没想杀他。没想到他也真能顶得住。卢泞曾经三次主动献身，他都没有上钩。刘骏的房子只租了两个月，租期很快要到了，我们只好加快进度。4月1日，我让卢泞撒谎说自己过生日，把蔺学光骗到了出租屋，后来才有了捉奸在床的事。"

"你和刘骏拿到出轨证据之后已经可以了，但你们一想这盘棋下了这么大，不如再顺便多敲他一笔。没想到蔺学光拒不配合，要钱没有，要命一条。"

我紧紧盯着孙铱凡。

孙铱凡点点头。

"你们这才对他实行了毒打，并且你也参与了。整个虐待过程从4月1日晚上一直持续到4月3日下午，长达四十多个小时。蔺学光写下的证据，就是在经受了你们猛烈的殴打后，强忍着疼痛完成的，所以字迹歪歪扭扭，录音里有呻吟的声音。蔺学光是被你们活活打死的。"

孙铱凡静静地靠在椅子上，似乎整个人都放松下来，脸上也看不出情绪。

刘骏涉嫌故意伤害致人死亡，至少是十年的有期徒刑。至于孙铱凡，量刑最低也是无期。这个女人太聪明，外表看上去清秀柔弱，却有着缜密策划案件的本事。

在这个案件中，谎言成了中性词，作案者用它来脱罪，把线索伪装得很完美。不过谎言终归是谎言，总会被找到破绽。这个世界上根本没有什么完美犯罪。婚姻本身才是真正的无间道，最可怕的人有可能就是你身边最亲近的人！而目的性婚姻往往会让人走上歧路。有想通过婚姻的捷径走上人生巅峰的女人，也有想入赘豪门一步登天的男人。孙铱凡的案子刚过了半年，我们便接触到一起豪门赘婿失踪案。在案件侦破的过程中，刑警队还找到一本堪称"豪门入赘指南"的日记。

09 豪门赘婿案：
从否定词中，就能发现
对方是否在说谎

此时，技术科的鉴定报告出来了：毕春红手机里收到的"在民宿受伤了"的信息的确是由毕加志的手机号码发出的。但如果孙颜真的去民宿处理尸体，不可能发这条信息让毕春红过去。看来还有第三人存在，他是知情者，还是涉案人？

一

2014 年 10 月 20 日，我们出警回来，警车刚开到警局门口，突然从路边冲出一个女人，她拄着单拐，一跛一跛地挡在车前。

她说自己的哥哥已经失踪一周了，求我们帮忙找一找。

通常情况下，成年人失踪二十四小时可以报警，四十八小时可以立案。可是这个女人说，她在今天早上还收到哥哥发来的信息，所以派出所不予立案，她只能跑来拦车。

她坚持说自己有预感，发信息的不是哥哥本人，哥哥肯定出事了。

看女人腿脚不方便，我们就先把她带进了办公室。

女人告诉我们她叫毕春红，她的哥哥叫毕加志。

听到"毕加志"这个名字，我和刘队迅速交换了一下眼神。

毕加志是本市有名的"豪门赘婿"，他"嫁"给了本市首富孙仲荣的女儿孙颜。

孙颜是孙仲荣的长女，曾担任启明集团总经理。启明集团的固定资产早已超过一个亿。婚后孙颜做了全职主妇，毕加志成为公司的高管。两个人举行婚礼时，现场的红毯都是从伊朗进口的，据说每平方米的价格高达两万。不过一年前风闻两人已经离婚，孙颜很快有了新欢，闪婚了。

此时，毕春红紧紧握着手里的一次性水杯。我注意到她只有无名指和小指做了美甲，上面镶嵌着蓝色水钻，由于指甲过长，在杯身上抠出了深深的甲痕。

"一周之前，我哥和孙颜约好了在一家民宿探视孩子，可是我哥去了之后就再也没出现过。我给我哥打了很多次电话，他都没有接，只给我回了几条信息，说他正在处理一些事情。

"肯定是孙颜把我哥绑架或者软禁在某个地方了！她就是不想让我哥看孩子。我收到的那些信息，肯定也是孙颜模仿我哥发的。"

毕春红坐在椅子边缘，重心偏左，微躬着身体，看上去好像是为了保护受伤的右腿。实际上，这种重心偏移的内缩动作暗示着恐惧的情绪。人在恐惧的时候，肌肉会不自主收缩，整个身体呈弓形；如果重心偏移有明确的方向，则是一种自我预警机制，代表随时准备逃走。

毕春红说："孙颜是个很可怕的女人！为了达到目的，她什么事都做得出来！所有影响她生活的人都是障碍，她一定会想办法除掉。"

"你哥和孙颜结婚之后，感情怎么样？"我问。

"他们的感情一直不好。孙颜性格强势，精神状况又不稳定，动不动就歇斯底里，砸东西是家常便饭。我哥开始还是能忍的，处处迁就孙颜。等孩子出生之后，孙颜完全成了家里的女王，所有人都要服从她，对我哥也越来越不尊重。"

我问："你怎么知道孙颜精神状况不稳定？"

毕春红犹豫了一下："我看到过好几次孙颜跟我哥吵架时拿水果刀威胁我哥，还抱着孩子要跳楼。最后都是我哥跪在地上，求她下来。"

我问毕春红："为什么会产生你哥被软禁的想法？"

毕春红欲言又止，纠结了一会儿，说："我哥被软禁不是第一次了。一年前，我哥和孙颜离婚时，他们为了争夺孩子的抚养权打过官司。孙颜雇人把我哥绑架到一处废弃别墅，让他签一份自动放弃抚养权的协议，不签不放他走。我哥没办法只能签了。后来法院凭借这份协议，把抚养权判给了孙颜。"

"这些都是你哥告诉你的？"

毕春红点点头。

"为什么你觉得你哥这次失踪也和孙颜有关系？"

"前段时间，她威胁过我哥。离婚之后，孙颜不让他探视孩子。我哥气不过，三个月前，他为了争取孩子的探视权，把孙颜告上法庭。法庭判决在工作人员监督下强制执行探视权。孙颜在调解时曾经当众威胁我哥说'我一定会让你从这个世界上消失'。"

我问毕春红："孙颜为什么不让你哥探视孩子？"

"孙颜和我哥离婚半年之后，在参加同学聚会的时候遇到了大学时代的恋人曲林杰。两个人旧情复燃。曲林杰为了孙颜，和妻子离婚了。两个人交往半年就结婚了，孙颜不想我哥打扰她现在的生活，所以拒绝探视。"

"你哥是怎么认识孙颜的？"

毕春红低下头，咬了咬下唇，说："朋友介绍的，具体情况我也不太清楚。"

她的下唇上有一处青紫色的痕迹，应该是经常啃咬造成的，这种习惯性回避动作表明她在隐藏某种情绪和想法。当人在提示自己不要把某些秘密说出去时，大脑会分泌一种抑制激素，这种激素反馈到身体上会出现一些强制性提示动作，比如咬嘴唇、把手放在唇边、啃指甲或者干脆用手指捏住嘴巴。

对于这个问题，我没有过于执着，劝毕春红先回去等消息。

她踌躇了很久，在离开之前突然说："昨天晚上我梦到我哥出事了，孙颜把他切成了很多块，装在黑色的塑料袋里。梦醒之后，我吓出一身冷汗。求求你们一定要尽快找到我哥。"

她是哭着离开的。

我对她的最后一段话产生了兴趣。

"切块""黑色塑料袋"这些描述过于具体，太有现场感，就像她真真切切看到了一样。此外，"尽快"这个词是一种时间暗示，意味着她知道某件事情，且留给这件事情的时间不多了。毕春红在说这段话时眼球明显向左转动了两次。眼球向左转是回忆信息，向右转是创建信息。她的眼球一直向左转，证明她在叙述自己真实的回忆，而非梦境。

毕春红走后，我向刘队申请追查毕加志失踪事件。最近这段时间队里没什么大案，时间有空余，刘队想了想，同意了。

我很快拿到了毕加志的资料：三十六岁，身高183cm，毕业于国内某名牌大学，化学生物学专业，曾出国进修两年，结婚前在本市环宇生物科技公司工作，离婚后一直无业，生活环境和人际关系相对简单。

资料的备注里还有毕加志的家庭住址和联系电话，后面附着一张身份证留底。照片上的男人英俊有余，潇洒不足，从五官看是个本本分分的理工男。

我尝试拨打毕加志的手机，对方已经关机了，看来只能先去他家找找线索。

二

我提前联系了毕春红，她手里有毕加志家的钥匙。递给我钥匙的时候，毕春红目光闪烁，我从她眼里又一次看到了恐惧。

毕加志住在水晶花园74栋，属于中高档住宅。离婚后，他一直独居。

打开房门，一股陈旧的味道扑面而来。房间很久没有通风了。

室内很干净，陈设简单，入口处只有一双男式拖鞋。最显眼的是茶台上摆放着一张毕加志和女儿的合照，孩子很漂亮，长得和爸爸很像。照片上积了不少灰尘，看来毕加志近期的确没有回过家。

我转了一圈，发现房间里只有男士用品，冰箱几乎是空的，没有发现有用的线索。

毕加志的书房倒是很大，书架上除了书便是手工制作的汽车模型。

在书柜的东南角，地面上的几处尘团吸引了我的注意力：这些尘团整齐地排成一条线，这是纸箱一类的物品从柜子下面拖出来时遗留的痕迹。

我慢慢蹲下身，看到角落里有一个很旧的纸箱。把纸箱拉出来，打开，里面放着几个破损的汽车模型和两本日记。

翻开日记，里面掉出一张精致的流程表，上面印的似乎是关于某个比赛的详细的时间安排和内容，时间是三年前。

我把流程表放到一边，翻了翻日记，从笔迹上判断这些日记应该是毕加志本人写的。我在之前的资料中看过他手写的工作总结和亲笔签名。

日记全都是用墨蓝色钢笔写的，字迹小而工整，微微向右倾斜。从字体看，毕加志性格偏内向，为人严谨。从记录习惯看，毕加志的性格固执、保守、恋旧。

寻着日期，一页页看过去，第一本日记是上大学时的生活小记，第二本记录着毕加志从出国到结婚前的一些重要事件，以及一些内心感受。

拉上窗帘，打开桌面上的台灯，日记上的字迹渐渐清晰起来。我根据毕加志的日记和对孙家的了解，在脑海里梳理了一下毕加志入赘豪门的事件经过。

毕加志出生在一个普通的工人家庭，父亲早逝，家里只有母亲和妹妹。但他学习很用功，不仅考上了国内一所知名的大学，还顺利拿到了去国外进修的机会。

回国之后，他在一家科技公司打工，顶着总经理的名号做着新品研发的工作。公司真正的老板其实是他在国外进修时的同学。同学是个富二代，刚回国便被家里本着强强联合的原则，安排参加孙仲荣的秘密选婿活动。可是这个同学瞒着家里已经有了女朋友，并且早就听说孙家的第一桶金来得不光彩，又听人说孙颜为人刻薄，出了名的挑剔，所以同学求他帮忙应付一下。

毕加志一开始不同意，觉得自己的身份很容易被识破。同学则认为自己从初中后一直生活在国外，国内了解他情况的人并不多，另外他会帮助毕加志在中途退出。禁不住同学的劝说，也是为了报答同学的知遇之恩，他最终还是答应了。

孙仲荣有三个女儿，二女儿和小女儿常年生活在国外，只有大女儿孙颜愿意留在父母身边，接管家族企业。

日记里详细记录着选婿的流程，以下是毕加志第一人称的书写：

……

第一轮是入围赛。

通过三位形象顾问面试之后，我被带到一个专业机构检查身体状况，从身高到三围，从肌肉含量到基因排查，分数低于90者，直接淘汰。我拿到了92分。

第二轮，公司聘请的心理专家对所有入围者进行从性格到心理健康指数的测试和分析，总评分在95以下淘汰出局。

题目很刁钻，包含心理双向性（精神分裂）测试题。在这场测试中，我拿到了95分，险胜。我突然感觉这个选婿活动还挺有趣。

一周之后，在第三轮筛选中，我被带到一间布置了风水阵的房间。

房间的墙壁上有黑白暗条和星座，屋里摆满大块水晶，分别由命理师、星座专家和我面谈。她们在面相、骨相、属相以及其他方面进行综合打分。这轮我也通过了。

第四轮是个人才艺和文化测试环节。

原本同学安排我在第四轮出局，没想到我竟然拿到了孙颜发出的晋级卡，在这个环节直接通关了。

进入第五轮，他们从国外请来的爱情顾问和我进行了沟通。

他们提出了很多私人问题，比如是否处男、谈过几次恋爱、分手原因。我对这类谈话很反感，胡乱回答，可是在评估时，还是拿到了及格分数。

闯过这些关之后，只剩下包括我在内的五名候选人。

……

你永远也搞不懂有钱人的想法！富人都有自己的个人癖好，和我面对面相亲之前，孙颜要看看入围者的详细资料，又提出要求：有三次以上恋爱史的淘汰，不会做家务的淘汰，学历不够的淘汰，痣长在某个部位的淘汰。站在我旁边的混血男就因为鼻子太尖被直接淘汰了。

……

原来有钱人的生活是这样的，没想到我可以距离这种生活那么近。终于要见到孙颜本人了，我还有些激动。

为防止意外发生，决赛的举办地点只能提前一天通知。决赛当天，很多富豪还带了保镖过来。我们入场时，甚至有专业保镖对我进行搜身。好在这次是秘密选婿，只有选中后，双方父母才能见面，否则真就露馅了。

孙颜和我想象中不同，长得很漂亮，楚楚可怜的样子，不像同学说的那样尖酸刻薄。她穿着紫色的礼服，好像对我微微笑了一下。那一刻我觉得自己的心跳都在加速。

决赛现场，男嘉宾们使尽浑身解数，大胆求爱。孙颜坐在台下像女王一样，没有任何表情。

……

我真的很幸运！孙颜和我说，从一开始她就知道我是冒名顶替的，不过她觉得我的整体条件还是不错的，学的专业也很好。她说服了她爸，让我参加到了第四轮，然后又给我发了晋级卡，最终让我成为胜利者。感谢上苍让我们终成眷属！

……

从日期看，后来毕加志和孙颜很快便举行了婚礼。

三

回到局里，我计划找毕春红了解一下毕加志和孙颜相约探视孩子的那家民宿的情况，之后再安排时间，和孙颜见见面。

没想到孙颜居然主动找上门来，说毕加志要强奸她。

孙颜中等身高，很瘦，留着齐肩发，皮肤很薄，薄到可以清晰地看到手臂上蓝色的静脉血管。皮肤薄的人通常会比较敏感和神经质。

她和大众印象中的女强人截然不同，给人的第一印象是弱不禁风，会让人产生一种保护欲。可是她的目光很犀利，容易给人造成一种强烈的压迫感。

我提醒自己，无论一个人的外表多么具有"欺骗性"，都不要忽略他们内心深处那个"真实的自己"。人是社会动物，展现在人前的形象和社交时的言谈举止，与面对真实自我时可能是完全不同的。所以，测谎师在"解读人心"时，必须抛开一切偏见和主观臆想，捕捉一切真实的信息，只有如此，才能作出准确的判断，这也被称为测谎师的中立能力和中立态度。

孙颜看到我，轻轻动了动嘴角。

"你就是刘警官吧？他们说你负责毕加志失踪案。我先声明，毕加志失踪和我没有任何关系，我们只见了一面，谈了孩子的事，但是毕春红不停地打电话骚扰我，污蔑我软禁了她哥，还威胁我说要报警抓我，所以我今天特意过来说明一下情况。"

我点点头，示意她讲下去。

孙颜的坐姿优雅而规范，双手握在一起，双腿合拢微微右倾，这是保守和防守相结合的姿势，也被称为"标准淑女坐姿"。这个姿势往往会给对方留下一个良好的印象，但实则是让自己保持警惕和戒备。身体语言大意是"我会保守自己想保守的秘密，外界的干扰对我无效，也伤害不到我"。

"事情是这样的，一周前，毕加志要求探视孩子，当天我女儿有点发烧，可是毕加志不相信，觉得我在找借口不让他看女儿。我们在电话里吵起来了。我实在被纠缠烦了，就和他约在一家民宿谈判，解决探视的问题，可是……"

孙颜皱着眉，皮动肉不动，一副很为难的样子——表演状态。

真实情绪是由内而外慢慢展现出来的，比如，真正的笑是慢慢绽开的，持续一段时间之后，再慢慢收回，这是身体反射弧的完整过程。如果一个人突然大笑，突然停下，那么情绪就是假的。此刻孙颜也出现了类似的不自然的表情，她在表演。

"毕加志先到了民宿。我进去之后，他质问我为什么没把女儿带来，我告诉他女儿不太舒服。他不听我解释，我们吵了起来。我要走，他拉着我不放，把我推倒在床上，扯我的衣服，还把我弄伤了，说如果不让他见女儿，就拿我当补偿。"

这是一个很聪明的女人，她的眼睛会说话，也善于运用自己的节奏来主导别人的注意力，还会用语气掩饰真实情绪。

孙颜拉高自己的右袖口。我看到在她的手腕上有两条青黄色的伤痕，看上去像用手捏出来的。

"你们约见的那家民宿距离市中心很远吗？"

"是有点儿远，不过民宿是毕加志选的，房间也是他预订的。你们可以去查，叫东郊民宿。"孙颜的语气很肯定。

"为什么会选那家民宿？"

孙颜苦笑了一下："那里算是我们离婚之前的秘密基地吧。度蜜月的时候，我们撒谎说去了国外，其实一直待在那里。因为隐蔽，不会招来记者，不会影响我们的二人世界。"

"毕加志强奸你了吗？"

"没有，我用烟灰缸砸伤了他，之后离开了。"

"你走之前，毕加志还是清醒的？"

"是的，他捂着头，一直骂我。"

"之后，毕加志和你联系过吗？"

"没有。他就是个人渣，他这个凤凰男贪得无厌。我们结婚之后，他先是利用我们之间的关系进了我父亲的公司，拿到了经营权，之后又安排了一堆乱七八糟的亲属进来，架空了我们的管理层。离婚的时候，他还把女儿的抚养权卖了一千万。"

"你们离婚的时候孩子才两岁，原则上由母亲直接抚养，为什么毕加志会觉得自己的胜算更大？"我在这个问题上存有疑虑。

孙颜犹豫了一下："他用公司出现的一些小瑕疵威胁我，我不想影响公司运作，所以把钱给他了。离婚之后他被清除出公司，又打着探视权的幌子来干扰我的生活，真是太无耻了。"

如果真如孙颜所说，毕加志掌握的一定不是什么"小瑕疵"。孙颜很会转移话题，避重就轻。

最难破解的谎言往往就是真中有假，假里藏真。孙颜在说谎方面无疑是个高手。因此，测谎师更要时刻保持清醒，最大程度地感知谎言。测谎师才是真正的测谎仪。

"他的失踪与我无关，如果真的涉及法律上的问题，你们可以联系我的律师。"

"你觉得毕加志会去哪儿？"

"我不知道！刘警官，我了解的情况都告诉你了，我还有事，先走了。"

我点点头，目送她离开。

四

我们决定去孙颜提到的东郊民宿看看。

东郊民宿的地理位置很偏僻，位于国道分支，丁字路口的尽头。民宿是一栋二层小楼，盖得很别致，像是用积木一块一块垒起来的。

这里环境不错，依山傍水，可惜曾经是本市的老墓地，虽然坟已经迁走了，但出于忌讳，还是没有开发商涉足。民宿再向东几百米便是东湖，那里的草高得能把我埋了。

民宿老板是个五十多岁的男人。我向他出示了证件之后，先询问了一下附近是否有监控。他告诉我，民宿的大门口有一个监控，但是经常出问题。

调取监控后，监控显示周一上午 9 点 50 分，毕加志出现在民宿门前。他应该是在停好车之后进入了民宿。之后的视频出现了问题，没有看到孙颜来民宿的画面。下一段监控录像已经是周四凌晨 1 点 10 分，一个黑衣人在监控的右上角一闪而过，手里拖着一个旅行箱。

我定格了黑衣人的画面：中等身高，很瘦，从身形上看，像孙颜。

虽然黑衣人出现不到两秒，我还是注意到她是用两只手一起拖着旅行箱。黑衣人还出现了一个转动右手手腕的动作。我清晰地记得孙颜说自己被毕加志弄伤的就是右手。

我问老板是否见过监控里的黑衣人，老板把脑袋晃得像拨浪鼓一样。我又把孙颜的照片拿给老板看，老板说这个女人在毕加志入住之后来过，她把车停在民宿门前，大约停留了两个多小时，就驱车离开了。

"你还记得她来的时候，带了什么东西吗？"

"好像提了一袋子食材。"

我又问老板："你确定她没有再回来过？"

老板挠着秃头，歪了一下嘴角说："没有。"

我让同事和交管部门沟通了一下，看他们能否帮忙调取到孙颜驱车离开的监控录像。交管部门反馈，由于东郊这一带树木过于茂盛，大部分监控头都被树枝挡住了，并没有拍到相关画面。

我只好先让老板带我到毕加志预订的 201 房间。

进去之后，我发现房间已经被打扫过，厨房的烤箱和咖啡机有使用过的痕迹，灶台上还残留着几滴姜黄色污渍。我凑近闻了闻，好像是咖喱的味道。

我问老板："有没有看到毕加志离开房间？"

老板说："不知道男人什么时候离开的，他只预订了一天。第二天一早，我进来检查房间的时候，发现人已经走了，室内很干净，正好省得我打扫了，之后我就再没进来过。"说完又挠了挠光秃秃的脑袋。

"那个女人在离开时，是不是又续订了房间，并且给了你好处？"

老板半张着嘴："警……警察同志，没……没有，绝对没有。"

人一说谎就会紧张，一紧张就容易造成神经、血管或肌肉的收缩痉挛，这种痉挛集中到某个部位，比如头顶或者鼻尖，人就会感觉痒。身体为了调节，又会加快血流速度。此时身体燥热，容易出汗，他额头上慢慢渗出的汗珠恰恰佐证了这一点。

老板挤出一副讨好的笑容对我说："警察同志，我这人记性不好，你一提醒，我想起来了。其实那个女人给得也不多，她说不用退订金，另外又给了我五千块，说是要续订一周。她还嘱咐我不要进房间，不用清理房间，以免打扰她丈夫休息。她还借走了后门的钥匙，说是取车方便。"

"后门钥匙？"

"后面有条防火通道，是坡道，直通停车场。"

我让老板再想想还有什么事情没有交代，然后打电话给刘队，让他派人过来。

五

很快，痕迹科、检验科的同事都到了。

郑爷先是提取了厨房的痕迹，之后又从工具箱里拿出他的"超级手电筒"——生物检材发现仪（用于现场大范围搜索血斑、精斑、尿液斑、唾液、阴道分泌物等，可以提高现场物证提取率和鉴别能力），打开紫光灯的开关，开始室内探查。

当拉开卫生间的隔门时，一个案发现场出现在我们面前。

墙壁上、地板上、浴盆里，甚至天花板上，都发现了血迹残留。

各种各样的血迹将揭露凶手的种种行为：在被害人意识不清的情

况下，凶手割开被害人动脉，会形成点状抛射状血迹；凶手举起刀，血从刀尖滴落到地面，会形成滴状血迹；被害人死亡后，凶手在处理尸体的过程中将死者翻转、拖拽，会形成撞击状血迹；之后凶手在打扫、擦拭现场时，又会在地面的瓷砖上留下扇形接触状血迹。

郑爷说，以失血量判断，被害人已经死亡。每一种血迹都暗示着卫生间是一个毋庸置疑的杀人分尸现场。李时认为，从血液凝固状态结合痕迹看，杀人和分尸时间不同步，也就是说，在杀害死者较长一段时间后，凶手才回到民宿分尸、运尸。

痕迹检验科给出的报告也证实了这一点。报告确定血迹属于毕加志本人，在房间里只提取到毕加志遗留的痕迹，凶手作案可能全程戴着手套，没有留下任何指纹线索。在厨房污渍的分析报告中，除了检验出污渍是咖喱和咖啡，还检验出一种含有阿曲库铵成分的助眠药物。这种药物无色，有轻微味道，在人体内分解速度很快，超过七十二小时很难检测出来。

孙颜去民宿时带着食材，也许是她将药物放进了味道浓重的咖喱和咖啡中，以此来掩盖药物的异味？看来我们要请孙颜接受正式讯问了。

我带队去孙颜的别墅让她协助调查。

孙颜的女儿在家，她瞪着大大的眼睛看着我们。考虑到当着孩子的面给妈妈上铐会给孩子留下心理阴影，我决定先把孙颜带出门，再上铐。

孙颜穿着很单薄，她说要去拿件衣服，我同意了。她转身时，脸上出现了一个一闪即逝的表情，左右脸颊表情不对称——制造谎言或者产生反侦查行为之前的生理反应。我忽然意识到自己可能疏忽了，她会钻空子，出现反侦查行为。

在我思考的同时，孙颜已经开始翻衣柜。我反应过来，冲过去，紧紧扣住她刚刚抬起的右肩胛。一部男式手机掉在地上。

后面的同事赶紧按住她的胳膊。为了防止再出意外，我们立刻给她上了铐。

控制住孙颜后，我们开始搜身。

我翻了翻她藏手机的地方，是个暗层。这部手机可能是毕加志的。

孙颜冷冷地盯着我，脸上挂着嘲讽的笑。

我上下打量她，注意到她右脚微扣，显得比左脚紧张。

我蹲下身，抬起她的右脚，明显感觉到她身体的抗拒。把她的丝袜脱下，我看到她的脚心处用双层胶布贴着一枚刀片。

孙颜被带到警局之后，拒绝交代一切和毕加志有关的问题，并且坚持说自己没有杀人。她声称自己什么也不知道，还解释说那部手机是她不小心放进包里的。其实孙颜保留毕加志手机的真实目的很明显，就是为了给毕春红发短信，让其无法立案，以此扰乱警方视线，为证据的消失争取时间。

一个女人能冷静地杀害自己的前夫，等药物分解后又回到现场分尸、抛尸，还没有留下痕迹，这一切都证明对手很难对付。

我们决定启动测谎程序。为了证明自己没有说谎，孙颜签下了测谎协议书。

在确定被测试者孙颜心理、身体状况良好，无心脏病、癫痫等特殊病史，当日无感冒、发烧等症状，无吸毒、酗酒史之后，我带她进入测谎实验室。

"姓名？"

"孙颜。"

"年龄？"

"三十岁。"

"我们在距离民宿五公里处的一家超市，找到了你购买清洁用品和刀具的监控视频，时间是毕加志失踪三天后的下午。我们还在周围进行了地毯式搜索，但是没有找到毕加志。"

"你们掌握的这些都不属于直接证据，并不能证明我和毕加志的失踪有关。更何况你们还没找到毕加志的尸体。"

"你怎么确定我们找到的是一具尸体？"

"你们不是说民宿里有大量血迹？所以，我以为……"

孙颜做了个耸肩的动作——招牌式的掩饰性动作。孙颜习惯耸肩，当她意识到自我叙述产生矛盾或者出现漏洞时，都会使用这个动作来遮掩，试图转移对方的注意力。同时这个动作也是一种自我安慰，潜台词是"没关系，她不会发现"。

"还有，我只是去那家超市买东西，没有杀他，真的没有。我怎么可能杀人，我连杀鱼都害怕。"

撒谎的人要使人信服，需要编造、强调信息，在编造、强调信息时，习惯使用简单的句子。她一再强调，只是为了增强语言的可信度，同时给制造谎言争取更多时间。

"我也觉得你这么瘦弱，肯定杀不了一个男人。"

当我说完这句话，微表情抓拍仪捕捉到孙颜的脸部肌肉出现了0.5秒的放松。

"但是，如果分别在咖啡和咖喱中下药，把毕加志迷晕之后再动手，就容易多了。"我话锋一转。

孙颜的皮电反应出现了波动。

"我没有下药，更没有杀人，你们弄错了。"

"你把约见地点选在民宿，还让毕加志去预订房间。你带了食材和药品，将毕加志迷晕之后杀死，然后从老板那里拿到后门钥匙，三天后将毕加志分尸，再直接拖到停车场，开车抛尸。当你了解到毕春红跑到警局来报警，你冒充毕加志给她发信息拖延时间，还先发制人来说明情况。"

"你们不要吓唬我，嗯……我要打电话给我的律师，嗯……"

她的回答里出现了"嗯"这类的拖延词，以换取更多的时间。这类词语像一种镇静剂，一旦使用频繁，反而会起副作用，让她的回答听起来很慌张，充满不确定性。

"为什么要杀他？"

"我再说一遍，我没有杀人！我从不做违法的事！"孙颜提高了声音，心电反应值波动很大。

"从不"是个否定词，它和"不"在语感上相似又不同。"不"和"从不"都表示否定，但用"从不"逃避不诚实，比用"不"要真诚，更容易让人接受，所以说谎者们往往更喜欢用"从不"。

"你从超市买完东西之后，去了哪里？"我决定换个话题找突破口。

"我回家了，之后一直和老公在一起。"

"我们还没有找到毕加志，如果他真的遇害了，你觉得他会在哪里？"

"我怎么会知道？就算他出事了，也和我没有任何关系。"

她没有重复我的"遇害"，而是用"出事"，这种委婉的表达方式会削弱现实性和对自身的冲击。"遇害"在人的脑海里意味着现场重现，残忍血腥；"出事"则柔和得多，是对自己的一种安慰。

我看到呼吸传感器输出的蓝色曲线有波动。呼吸传感器会将人的呼吸频率转换成可读信号，在电脑屏幕上显示出来。呼吸波值在人的情绪紧张时，变化非常显著。

"你能猜测一下毕加志现在会在什么地方吗？水里、土里，还是火里？"测谎仪上没有出现明显波动。"房间里？"我追加了一个地点，心电反应值出现了起伏。

从现场的出血量看，毕加志不太可能还活着，目前最关键的问题就是，孙颜究竟把他的尸体藏在一个什么样的房间里。

"我不知道！"

"房间的面积很小？"

心电反应值再次出现起伏。

"我不知道！"

"他现在穿什么衣服？蓝色、白色、条纹，还是赤裸着？"

"你不要再问了。毕加志最喜欢白衬衫，以前他的衬衫都是我买的，是从国外进口的……"

脉搏波和皮电波在"赤裸"这个词上有变化，意味着孙颜将衣物和尸体分别处理了。在"房间面积"这个词上，心电反应值也有波动，她可能把毕加志藏在一个面积很小的房间里。人对自己亲身经历的事情会有明显的、很难隐藏的直观反应。

不能再对孙颜进行问题轰炸了，更不能让她主导谈话。

我决定先结束测谎。

孙颜被带走的时候忽然转过头对我说："我身体不好，容易生病。你们没有直接证据，只要过了四十八小时，我的律师就会来保释我的。你们最好抓紧时间找到毕加志，还我清白。"

看来她对藏尸的地方很有信心，认为我们不可能找到毕加志。

我们接下来的任务就是找到毕加志的尸体。毕春红那双恐惧的眼睛又一次从我脑海里飘过，我决定再找她谈谈。

六

毕春红还是坐在椅子一角。

我开门见山地问她："你是不是亲眼看到孙颜把黑色的袋子装到后备箱里了？"

毕红春一时手足无措："我……我……"

"不用害怕，这里是警察局，你提供的信息对找到你哥很重要。"

毕春红哭了。

"我哥失踪的第三天，晚上十一点多，我收到一条信息，是我哥发来的，说他在民宿受伤了，让我去接他。我给他打电话，可是一直没人接听，我很着急，担心他出意外，赶紧出门打车。司机都不愿意拉我，说东郊以前是墓地，晚上出车不吉利。好不容易有一个司机愿意拉我，但是在距离民宿几百米的地方就让我下车了。我只能自己走过去，路边都是树林，我吓得要死。

"快走到停车场时，我忽然看到孙颜穿着一身黑色的衣服，正往后备箱里塞黑色的塑料袋。我躲在树后，过了一会儿，她又拖着个大皮箱出来，我还认出那辆车是我哥的。"

"孙颜穿着黑色的衣服，又遮着脸，你是怎么认出她的？"

"她拖箱子的时候，好像弄伤了手，'哎哟'了一声。我一下就听出来了。"

"你为什么一开始不告诉我们？"我对她的回答提出了质疑。

她下意识咬了咬嘴唇，又摸了摸自己的腿。

"你的腿伤和孙颜有关？"我又追问了一句。

沉默了大概一分钟，毕春红吞吞吐吐地说："我躲在树丛后面，总觉得那个箱子里装的是我哥。我害怕要是被她发现，她会把我一起杀了。我想逃跑的时候，一不小心掉进旁边的排水沟里，把脚崴了。她家有钱有势，真的会把我灭口的。我不敢直接报警，只好说我哥失踪了。"

"孙颜的车朝哪个方向开了？"

"好像是东边。"

难道是东湖？从民宿向东只有一条路。

我马上向队长汇报，警局立即组织人力去东湖方向搜索。很快，毕加志的车在东湖里被打捞上岸。

车的驾驶室里有一根木棍。我们在车的后备箱里发现大量血迹和几个黑色塑料袋，袋子里装着毕加志的衣服和鞋子。

没有尸体，没有凶器，也没有发现指纹。

看来孙颜在抛尸的过程中也戴着手套，她很可能先把车开到河堤上，然后用木棍顶住油门，发动车子，直接让车开进河里。

我再次提审孙颜。

孙颜轻蔑地说："毕春红也不是什么好人，他们毕家都是吸血鬼，那种人说的话你们也信？"

"我们已经找到毕加志的车了。"我没有让她主导谈话，而是直接进入正题。

"那又怎样？"孙颜显示出了一种不耐烦。

"只要证据链完整，零口供也可以定案。"

"连他的人都找不到，还算证据链完整吗？"

"你现在说出藏尸地点，我们可以在量刑时酌情考虑。"

"少和我来这套，我没杀人，不知道他在哪儿。"

孙颜拒绝配合，以沉默来对抗。

案件陷入僵局。

此时，技术科的鉴定报告出来了：毕春红手机里收到的"在民宿受伤了"的信息的确是由毕加志的手机号码发出的。但如果孙颜真的去民宿处理尸体，不可能发这条信息让毕春红过去。看来还有第三人存在，他是知情者，还是涉案人？

我忽然想到，一直没有正面接触过孙颜的现任丈夫曲林杰。在测谎时，孙颜曾把曲林杰推出来做时间证人。

在同事之前核实情况时，曲林杰的回答有些模棱两可。他说周三晚上因为出去应酬喝了太多的酒，和孙颜分房睡下了。

孙家出了这么大的事，孙仲荣自然没有心情管理公司。他忙着为孙颜请最好的律师团队，已经把公司交给曲林杰打理了。

这次我直接去了曲林杰的办公室。

看到曲林杰的第一眼，我感觉他和毕加志有些神似。曲林杰的办公室宽阔明亮，在办公大楼顶层，可以俯瞰全市。

我先向曲林杰介绍了孙颜的情况，曲林杰似乎不太在意，说了些"妻子是无辜的""相信警方"之类的客套话。

我发现他的办公桌上摆着一张小男孩的照片，小男孩三四岁的样子，嘴角边有两个小酒窝。

"这张照片上的孩子是谁？"

"是我儿子仔仔。"

曲林杰告诉我，这是他和前妻的儿子。他和前妻离婚后，孩子的抚养权判给了他。

"孩子和你们生活在一起吗？"

曲林杰叹了口气："孙颜喜欢安静，她觉得两个孩子在一起太调皮，所以仔仔一直寄养在我妈家。"

我注意到照片的相框有点别扭：乌木黑的相框配白底，右下角刻着一朵彼岸花。彼岸花象征着灵魂引渡。难道这是一张遗像？

"仔仔……不在了？"

曲林杰点点头。

"孩子是怎么去世的？"

曲林杰显得很悲伤。他说和孙颜结婚三个月的时候，曾经把孩子带回别墅一次。晚上孙颜和女儿睡在楼上，他和儿子睡在楼下。第二天早晨起床，他发现孩子蜷在被子里一动不动。一开始他以为孩子贪睡，没在意。等他洗漱完掀开被子一看，仔仔脸色铁青，已经没了呼吸。他赶快叫了救护车。医生在检查过孩子身上的尸斑之后，认为孩子用被子蒙头睡觉时，曲林杰在睡梦中不慎用手臂压住了孩子的面部，导致孩子窒息死亡。

三四岁的孩子，被捂住口鼻，一般两分钟之内就会陷入昏迷，4~6分钟后造成的大脑损伤是不可逆的。120跟车医生尸检后，在家属没有异议的情况下，一般是不会立案进一步查验的。

曲林杰说："我后悔死了，为什么要带仔仔回别墅？"

在诧异的同时，我忽然被一种"杀人灵感"唤醒。就像毕春红说的，所有影响孙颜生活的人都是障碍，她一定会想办法除掉。

我问曲林杰："平常的睡眠状况怎么样？"

曲林杰说："我工作比较忙，经常失眠。"

"是否有服用安眠药物的习惯？"

"没有。"

"你压住孩子的时候，没感觉到孩子的挣扎吗？"

"没有，我当天晚上睡得特别沉。醒来的时候，我还记得孩子脸上蒙着被子，我的胳膊正压在被子上面。"

"是否还记得孩子出事的前一晚吃了什么？"

曲林杰脱口而出："是孙颜……亲手煮的咖喱饭。"

又是咖喱。如果孙颜用同样的手法，在饭里加入药物，趁曲林杰和孩子熟睡之后，再用被子盖住孩子的脸，将曲林杰的手臂压在被子上……

当然这只是猜测，我没有证据。让我觉得奇怪的是，曲林杰在说"孙颜"的名字时用了重音，并且停留了一拍。这是一种语言暗示，他暗示的对象是正在向他问话的我。他究竟想表达什么？

曲林杰接着告诉我，仔仔去世之后，他特别伤心。孙颜让人封了仔仔出事的房间，还请了法师，在墙壁上贴满了符咒一样的东西。孙颜打算卖掉别墅，说房子不吉利。

我问曲林杰："孩子被葬到什么地方了？"

曲林杰说："我本来打算把孩子葬到孙家的家族墓园，没想到孙颜坚决不同意。她说外姓夭折的孩子不能葬到她家墓园，会影响祖宗的风水。"曲林杰轻哼了一声，"孙家的墓园确实不是我们普通人能进去的。孙家的祖坟每年都要用金沙泥浇灌一次，还要举行祭祀仪式，说这样对子孙后代有利。"

墓园？不在水里、土里、火里，面积小的房间……难道孙颜把毕加志的尸体藏在她家的墓园里了？我的思维突然一下子被打开了。

把尸体存放在尸体应该存放的去处，正中人们的思维盲点，这样就永远也找不到了。难怪孙颜那么自信。

离开曲林杰的办公室，我直奔孙家墓园。

孙家墓园占据了整座东山，有几百座墓。她最有可能把尸体藏在哪里？我想一定是风水最不好的地方——所有祖宗的脚下。

我沿着墓园的小路，逆时针找过去，果然在后山的东北角发现一座没有任何装饰、只有大致墓形的墓穴。我马上给局里打了电话。

警员们赶到现场，撬开石板，发现里面躺着一个黑色的旅行箱。李时打开旅行箱，一股恶臭扑面而来。里面确实是一具尸体，尸体已经开始腐烂，下面还有一把匕首。

我们还在墓室里找到一部小型切割机，法医在凶器上提取到了孙颜食指的半枚指纹，可能是因为切割尸体时用力过猛，造成食指处的手套破裂，从而遗留了指纹。后经法医的 DNA 对比，确认死者就是毕加志。

在所有证据面前，孙颜仍然故作镇定，她嚣张地说："我没有杀毕加志，你们不能仅凭半个指纹就让我当替罪羊。毕加志也不是什么好东西，他就是我养的一条狗，要是想杀他，根本不用我自己动手。围着我的那群人都是吸血鬼，只要有钱，任何人都愿意替我杀了他。可能是毕春红杀了她哥栽赃给我，因为他们是同母异父，根本不是亲兄妹，也可能是那个秃头的民宿老板。"

"曲林杰的儿子仔仔也是你杀的吧？"

当我问完这句话，暴躁的孙颜突然停顿了一下。

"我……我不知道，曲林杰的儿子和我没有关系。"

"你杀了两个人，现在证据链形成完整闭环，你还天真地以为自己会脱罪吗？"

"我是绝对不会坐牢的，因为我是最不应该坐牢的那个人。"孙颜从牙缝里挤出这句话。

孙颜被带下去了，接下来一定是孙仲荣请的律师团和公诉人的一场拉锯战。

一星期后，我觉得是时候再去拜访一次曲林杰了。

七

曲林杰看到我时有些意外，手里的烟蒂错过了烟灰缸，直接掉到了桌面上。

"你早就知道是孙颜杀害了仔仔。虽然我不清楚你是怎么知道的，但有一件事我可以确定，你已经替仔仔报仇了。"

"刘警官，我不明白你在说什么？和我有什么关系？"

"在上次做笔录时，我问你仔仔出事前一晚吃了什么，你毫不犹豫地说是孙颜亲手煮的咖喱饭。你回答的速度太快，描述得太清晰，指向太明确，因为你用了重音，强调是'孙颜'煮的，这说明你事先已经彩排过。如果我现在问你昨天晚上吃了什么，你还能立刻说出来吗？"

"呃……"曲林杰迟疑了一下。

"你看，连昨天的事都忘了，仔仔出事那么紧张混乱的情况下，你怎么会记得晚上吃了什么呢？"

曲林杰沉默了。

"孙颜去和毕加志谈判，你比任何人都紧张，因为你的计划开始实施了。

"孙颜和毕加志见面，谈的并不是孩子探视权的问题，而是你们公司的'小瑕疵'。毕加志是化学生物学专业毕业，可能在婚后掌握了公司的'小瑕疵'，而离婚后一直在勒索孙颜。孙颜忍无可忍，最终下了杀手。孙颜杀害毕加志后，她怕马上搬运尸体一旦被发现，会在尸体中检验出含有阿曲库铵成分的药物，会牵扯孙氏集团的产品，因此才等了三天，待药物被人体内的酶分解完再分尸、运尸。你知道孙颜打算和毕加志见面，又发现了孙颜藏在包里的药物，猜测出她的行动计划，因此将计就计，利用这段时间克隆了毕加志的手机卡。等孙颜去民宿分尸、抛尸，你又用克隆的手机卡发信息给毕春红，让她撞见孙颜抛尸，成为目击证人。这样就能坐实孙颜的杀人罪，把她送进监狱。虽然警方也会追查给毕春红发送短信的人，但你自信就算被怀疑也抓不到你的真正把柄。"

"刘警官，我怎么会知道孙颜要在三天之后去抛尸呢？她完全可以当场处理掉尸体。"

"她给毕加志服用的助眠药物在人体内的分解时间最长为七十二小时，因为是酶代谢，不会存留在肾脏部位，也不会因为受体死亡而停止代谢。只要超过代谢时长，警方很难找出破绽。那种助眠药是你们公司的专利，声称连孕妇都可以安全服用。如果警方在毕加志身体里检测出来，很可能会连累到产品的销售。"

曲林杰笑着摇摇头："我真的不知道这些。"

"你制订这个计划的前提是毕加志必须死，你担心的是万一孙颜失手或者不动手怎么办。

"检验科除了在食物残留中发现了阿曲库铵类药物，还在毕加志的尸体里找到了另外一种特殊的物质。一开始我们不能确定，怀疑是杂质，后来化验结果显示是一种矿物晶体组合。毕加志的真正死因应该是服用过量矿物晶体导致过敏性窒息。也就是说孙颜在动手之前，毕加志已经死了。

"是你在孙颜准备的咖喱里提前加入了矿物晶体，一千二百倍的浓缩矿物晶体。"

"刘警官，你的想象力太丰富了。你一直在说毕加志掌握了'小瑕疵'，那个瑕疵到底是什么？"曲林杰盯着我的眼睛，他在试探我。

"这个瑕疵就是你们公司生产的保健品中矿物晶体含量问题。这种东西服用过量会损害人体器官，甚至导致死亡。毕加志不断用这个'小瑕疵'勒索孙颜，这才是孙颜除掉他的真正原因。"

"无稽之谈，这一切都是你的猜测。"曲林杰的脸色越来越难看，直接站了起来。

"如果毕加志真的死于矿物晶体，为什么不能是孙颜干的？"曲林杰反问。

"矿物晶体的问题一旦被查出来，对孙氏企业是灭顶之灾。孙颜为了维护家族利益，等到助眠药物分解之后才分尸、运尸。而矿物晶体不会分解，只要找到尸体，矿物晶体就会被检测出来。她怎么可能冒这个险？

"曲林杰，三个月前，药监局联合工商审计部门曾核查出启明集团整合资产在一亿八千万，这个数字足以让很多人铤而走险。孙颜出事后的最大受益人就是你。你不仅替仔仔报了仇，还顺理成章接管了孙氏企业。"

曲林杰慢慢坐回到椅子上，用眼睛直直地看着我。

"你没有证据！"

"我查过孙仲荣公司的监控系统，为了防止员工盗窃商业机密，公司安装了几百个摄像头，包括一些隐蔽摄像头。你设想一下，矿物晶体这种东西只有在公司的实验室里才能拿到，如果我顺着这条线查下去，结果会怎样？"

曲林杰的手有些抖，他慢慢瘫在椅子上，再没有发出声音。

……

从预谋杀人到故意杀人，曲林杰至少会被判处十年的有期徒刑。如果说毕加志成为赘婿还有巧合的成分，那么曲林杰在豪门里则是隐忍蛰伏、处心积虑，不过最终两人都败给了贪婪。

孙颜曾说自己是最无辜的，不知道她被执行死刑的那一天是否还会觉得自己是无辜的？

10 朴秀勤案：
一旦出现橡皮擦动作，
这个人一定在说谎

转眼间，我已经从警五年，在第五个年头，我经办了一起由于婆媳矛盾引发的血案。没想到的是，我居然在这桩案件中遭遇了职业测谎生涯中的第一个对手——一个连小学都没有读完的农村老太太。她的犯罪心理彻底颠覆了我对人性的认知。

一

转眼间，我已经从警五年，在这第五个年头，我经办了一起由于婆媳矛盾引发的血案。没想到的是，我居然在这桩案件中遭遇了职业测谎生涯中的第一个对手——一个连小学都没有读完的农村老太太。她的犯罪心理彻底颠覆了我对人性的认知。

2015 年 9 月 16 日，一位叫朴秀勤的老妇人来到警局，她是来自首的。

她说自己杀死了儿媳妇黄亦菲，据她交代，死者现躺在家中的客厅里。

朴秀勤方脸，眼睛细长，嘴唇很薄，唇边布满皱纹，脸色偏黄——消化系统应该有问题。

她穿着蓝底碎花上衣、深蓝色裤子、黑布鞋，坐在椅子一角，表情平静，两只手握在一起，指甲肚上结着厚厚的老茧。她还说今天是她的五十九岁生日。

案发现场是一栋普通居民楼的三楼，门牌是 306。

当我们打开房门，一股浓烈的汽油味扑面而来。死者倒在门后，身体蜷曲，颈部有大量血迹。

我和李时对视了一眼，身经百战的他皱了皱眉头。

白色的地砖上残留着大片血迹：拖拽痕、喷溅痕、滴坠痕、擦拭痕，可以想象当时的场景有多么惨烈。

郑爷开始进行现场勘查，他很快在厨房找到卷了刃的菜刀。菜刀已经被放回刀架，上面没有血迹。看来朴秀勤在杀人之后，清洗了凶器。

随后郑爷又在洗菜池里发现了被稀释的血迹，在垃圾桶里还找到了朴秀勤换下的血衣。

通过凶手留下的痕迹，我们还原了朴秀勤作案后的轨迹：在杀人之后，她换下染血的衣服，将双手和菜刀在厨房清洗干净，之后离开案发现场。

另外，李时判断，死者的死亡时间不超过四个小时。

二

我很快搜集到死者的基本资料。

黄亦菲，三十三岁，新海大学分校教师，父母同是新海大学教授，退休后住在邻市。

黄亦菲的家庭氛围很好，从小受到良好教育。博士毕业后，她进入父母任教的学校成为一名教师。在学生们眼中，她是一位认真严谨、有爱心的老师；在同事和朋友眼中，她不仅长相出众、待人真诚，还心胸开阔。

所有人对她的评价近乎完美。

黄亦菲出事后，我们第一时间联系了她的丈夫王雨泽。他说自己正在南京进行论文答辩，结束之后才能回来。

我们做周边调查时，从黄亦菲最好的朋友兼同事许春莹那里了解到了她的婚姻状况。

许春莹说，黄亦菲入职不久，在学校组织的一次活动中认识了同校教师王雨泽。王雨泽曾经是市里的文科高考状元，两个人一见如故，互生好感，很快便谈起了恋爱。

王雨泽比黄亦菲大六岁，两人相恋之后，开始考虑结婚。

"黄亦菲的父母对女儿恋爱是什么态度？"我问许春莹。

许春莹感慨地说："如果亦菲当时听两位教授的劝告就不会出事了。"

"亦菲向父母提起男友，本以为开明的父母会支持，没想到平常对女儿百依百顺的两位老人却对这桩婚事表示强烈反对。"

"反对的原因呢？"

这种特定问题应该向当事人求证，但自从独生女黄亦菲离世，黄家父母悲痛欲绝，黄妈妈两次被送进医院抢救。在这种情况下，只能等老人平复情绪之后，再进行调查。

许春莹说："我和王雨泽比黄亦菲先入校两年，都被分配到文史学院，所以我对他非常了解。王雨泽这个人性格孤僻，好高骛远，外表看起来很谦和，但骨子里非常大男子主义，遇到事情优柔寡断，还很小气自私。"

我希望她能具体说说。

"入职之后，凡是同事聚会，他都没有主动买过单，还经常私下偷拿学校的东西，连复印纸这样的耗材都不放过。

"身为老师，他太邋遢，甚至有点不修边幅，鞋底破了也舍不得买新鞋。学生们背后都笑他。他的所有衣物都是婚后黄亦菲给他买的。

"他的原生家庭有很大问题，他和我们聊天的时候提起过他在农村长大，家境贫寒，一个寡母独自抚养三个孩子。母亲叫朴秀勤，为人非常厉害，连街坊邻居都怕她。

"他还开玩笑说，他拼命学习就是为了躲避母亲。可是亦菲眼里只有他，根本听不进去两位教授和周围朋友的劝告。"

"难道黄亦菲不了解王雨泽的家庭情况吗？"

"亦菲太单纯，又太容易轻信他人，她总是被表面现象蒙蔽。她和我说，她去过王雨泽家，朴秀勤虽然没有文化，但对她非常好。因为亦菲眼睛近视，所以吃海鲜的时候，朴秀勤都是剥完海鲜壳，放到她碗里。

"我和亦菲说过，这种好她父母已经做了三十年，朴秀勤的这种好太廉价，是在讨好她。可是亦菲已经被爱情冲昏了头脑，根本听不进去，还说要是连我都反对他们，她就只能孤军奋战了。"

"既然大家都反对，他们是怎么在一起的？"

"亦菲平常特别温顺，没想到三个月后，她背着父母，偷了家里的户口本，和王雨泽领了结婚证。"

"黄亦菲和王雨泽结婚后幸福吗？"

"开始过得还算幸福，直到朴秀勤进城。"许春莹说到这里抓了抓脖子，表情有些为难。

"亦菲和王雨泽闹离婚的时候，才把朴秀勤进城之后的事告诉我。朴秀勤太离谱了。"

许春莹刚要说下去，我的手机就响了。李时打电话告诉我，从验尸结果上看，黄亦菲近期服用过大量安眠药，已经影响神经系统，生前应该出现过嗜睡、头晕、记忆力消失的状况。

"黄亦菲向你提起过她经常服用安眠药物吗？"我立即问许春莹。

许春莹的表情很诧异："没有。"随后又补充说，"亦菲不可能服用抑制大脑神经的药物。她生孩子的时候痛得要命，因为对麻醉药的忌惮，还是放弃了无痛生产。她经常说让她骄傲的只剩下脑子了，万一坏掉，怎么教学生。"

"你刚才说她婆婆奇怪，是怎么个怪法？"我回到刚才的问题上。

"亦菲嫁给王雨泽后，王雨泽买不起房，他们住在教师宿舍，那是学校为年轻教师提供的福利。宿舍面积不大，只有五十六平方米，一个卧室，一个客厅。朴秀勤进城之后，坚持要和儿子睡到一起。"

我注意到许春莹在"睡到一起"四个字上用了重音，还皱了一下鼻子——人感到不可思议时才会出现这种表情。

我问："睡到一起是指住在一个屋檐下吗？"

许春莹摇摇头："不，是睡在一个卧室里，挤在一张床上。"

"一张床上？"

"对，但是具体细节亦菲从来没提起过。以她的性格，这种事应该说不出口吧。"

此时，郑爷的电话打了过来。

"我们找到了黄亦菲的日记。"

笔录做得差不多了，我给许春莹留下联系方式，让她有情况及时联系我。

回到局里，郑爷把黄亦菲的日记本放到桌面上，那是一本牛皮纸封面的备课簿。

三

我拿过来翻看，上面字迹清秀、整齐，字间距匀称，看来黄亦菲是个认真、责任感很强的人。

备课簿里的内容很零碎，备课重点穿插着一些注意事项，只有几页记录了个人心情。在记录个人心情时，她的笔迹有些潦草，大概是当时比较烦躁。

婆婆来了，三个人挤在一张床上特别不方便。我希望王雨泽能让婆婆住到客厅或者在外面找个旅店，费用我来出，没想到第二天下班，婆婆已经在我们的大床边支起了一张小床。太尴尬了，我理解不了这种亲密无间的母子关系。

我们是新婚燕尔，本以为王雨泽会反对，没想到王雨泽对母亲言听计从。他把我拉到卫生间，私下和我说母亲养育他不容易，让我忍耐。吃完晚饭，他便独自到客厅看书去了。

日记后面夹着一张购物清单，上面记着拖鞋、洗面奶之类的小东西，应该是黄亦菲打算买给婆婆的生活用品。从这张明细上可以看出黄亦菲是个很包容、有涵养的人。

翻到后面一页，上面非常潦草地写着：

他的呼噜声和婆婆身上的烟草味让我一夜未眠。他一再地默许、遇到问题马上就回避的态度让我对他很生气，可是我不想因为这件事和他起争执。我不想让他为难，也不想让自己成为一个不懂事的儿媳，所以只有忍耐。我只能把这种情况叫作爱的妥协。

"妥协"两个字力透纸背。

后面没有其他内容了。在最后一段话中，黄亦菲用了太多的"不"，是一种强烈的主观抗拒。

三天之后，我们准备对朴秀勤进行第一次讯问。没想到黄家父母主动找到警方，提供了他们了解的情况。两位老人希望我们严惩凶手，尽快给家属一个交代。

　　我和刘队将黄家父母请到会议室，一眼便看出黄妈妈的教师身份——虽然很悲痛，但她衣着合体，白发整齐，努力克制着自己的情绪。

　　黄妈妈说黄亦菲的教养和共情能力让忍耐成为她性格的一部分，不允许她向自己的父母诉苦。黄妈妈了解情况已经是半年之后，黄亦菲实在受不了，才向妈妈吐了苦水。黄妈妈说："亦菲说婆婆和她们住在一个房间。我特意去拜访了朴秀勤几次，委婉地和她说过，小夫妻需要独处的空间。可是朴秀勤当耳旁风，岔开了话题，不是说地里的庄稼，就是抱怨生活开销。秀才遇见兵，有理说不清呀！"黄妈妈无奈地摇着头，捂住胸口。

　　黄爸爸说："我们不想让自己的孩子受委屈。他们两个人刚参加工作，没多少存款，所以我们和女儿商量了一下，由我们出资给他们买了新房。办房产证的时候，亦菲怕王雨泽觉得没面子，说服我们在房产证上只写了王雨泽一个人的名字。"

　　黄亦菲对王雨泽这种没有保留的爱让我有些吃惊。黄家父母认为没有什么能比女儿的幸福更重要，也就没有过多追究房产证的问题。

　　和我们谈话期间，两位老人数次因为怀念女儿失声痛哭。其间黄妈妈两次含服硝酸甘油缓解心绞痛。白发人送黑发人的痛只有亲历者才能体会。

　　谈话结束后，刘队和我亲自将两位老人送到车站。

　　回来的路上，坐在副驾，看着不停向后倒退的树木，我思索着，会不会是黄家父母的识大体和黄亦菲的体谅反而让朴秀勤觉得黄家认输了，低自己一头？

　　我还记得朴秀勤在自首时脸上一副鄙夷的表情。她对我们说："他们又不是傻子，甘愿吃亏，那是一套大房子，值两百多万呀。说不定黄小丫在嫁进我们家之前做了见不得人的事，要不然她父母怎么会对我一个农村老太太低声下气？"

这些话，她应该对王雨泽也说过。从王雨泽后来的表现看，他非但没有维护妻子，反而起了疑心。

刘队看我神情凝重，安慰我说："世界三大难题，房贷、难民和婆媳关系，我们家就是典型代表，房贷还有十五年，我妈和我媳妇永远合不来，而我成了难民，经常住宿舍。"

我挤出一个无奈的笑作为回应。

刘队又说："别小瞧这个农妇杀手，她有一套自己的理论体系，你不一定是她的对手。"

四

刘队果然没有猜错，这也正印证了测谎中那条不成文的规律：高智商的人更容易暴露，反而对于那些看起来平平常常、遵纪守法的普通人来说，谎言如同生长在他们身体上的一个隐形器官，看不到，却成为一种本能的保护色。

我面对过无数犯罪嫌疑人，但是面对这个老妇人时，我第一次觉得，她在心理上占了上风。她有自己的一套道德标准，而且不受外界干扰。她觉得自己是正义的一方，做什么都对，杀掉儿媳只是"做了应该做的事"。

更麻烦的是，我有人性，所以会愤怒，可是她没有，她甚至也没有恐惧。

接下来，我见证了这个老妇人的三次翻供，每一次她都层层递进，有理有据。

第一次审讯她时，我问她："还记得第一次和儿媳发生矛盾的原因吗？"

她说："刚搬进新房之后，我把我大儿子李刚带进城。因为是黄亦菲买的房子，我只能让大儿子受委屈，住在车库里。我还想让黄亦菲给李刚找份工作，可是她一直拖着，也没办成。我觉得她是故意的，对自己大伯的事一点儿都不上心。"

朴秀勤家在陇西，黄亦菲管丈夫的哥哥叫大伯。

朴秀勤还提到，有一天，在饭桌上吃饭的时候，她又开始埋怨黄亦菲。黄亦菲解释说："大伯文化水平不高，想找工资在五千元以上、包吃包住的工作，很困难。"

听完这句话，朴秀勤就把黄亦菲打了。

"婆婆要有婆婆的气势，我把筷子摔到她脸上，大声骂她。她肯定觉得理亏，没胆和我吵，跑回自己的房间。我追到房门口，在门外骂了半个小时才解气。我们家怎么娶了这种没用的女人？"

朴秀勤的强盗逻辑和气势汹汹的表情表明她完全沉浸在自己的淫威里。很明显，黄亦菲的涵养在朴秀勤眼中成了"理亏"。

"黄亦菲承担了你大儿子的生活费，还把车库装修了，配置了家具和电脑。"我提醒她。

"她哪有那种好心？她用的是我儿子的钱，还在背后欺负我儿子。那个女人很能装的，你们都被她骗了。"

"你对她还有什么不满？"

"雨泽娶的女人是个变态。"

"怎么讲？"

"她不许我进她的房间，不让我用她的东西，还喜欢乱花钱，买条裙子好几百。我提出让她把工资卡交给我保管，可是她说什么也不愿意。那个女人还懒得要死，做人媳妇就得操持家务，伺候丈夫，可是她呢？只顾自己，每天吃完饭只刷自己的碗，衣服都堆到房间里，到周末才洗，脏得要命。她娘家妈妈来了，也不知道说说自己女儿。

我经常指点她，可是她脾气大得很。"

朴秀勤歪着头，认真列举儿媳的罪状。

"因为这些琐事，你就想到要杀死黄亦菲？"

朴秀勤抿了抿嘴："主要是家丑呀，要是在过去会被装在麻袋里打死的。她在外面养野男人。我看到她和那个男人又搂又抱，我不能眼看我儿子戴绿帽子。我儿子那么老实，我要替他报仇。"

朴秀勤越来越激动，嘴唇发抖。

"那个男人是不是长得很高，左脸颊上有颗痣？"

朴秀勤瞪大眼睛："就是，就是，你们也查出来了吧？"

"我们已经核实过了，那是黄亦菲的系主任。黄亦菲在学校扭伤左脚踝，系主任送她回家。当时送她回去的还有她的另外一位同事许春莹，她可以作证。"

"不可能，我儿子也知道她和那个男人有问题。"

"你看到过几次黄亦菲和那个男人在一起？"

朴秀勤未必亲眼看到过，很明显是王雨泽告诉她的。

"一次还不够吗？是不是黄亦菲的父母给了你们钱，你们才向着她说话？"

朴秀勤瞪着眼睛盯着我。她的嘴唇本来就薄，当她质问我的时候，嘴唇变得更薄。收敛部分唇部表示抗拒，她在表达自己的不屑和不满，同时也在炫耀自己的洞察力。她觉得自己了解并且掌控了一切。这种人通常很主观、执拗，他们认准的事很难改变。她的表情很认真，眼神犀利。在她眼中，我们是偏袒黄亦菲的骗子。

"哎呀，我的胃不舒服，我坚持不了了。"

朴秀勤突然按住自己的腹部，脸色越来越黄，看样子不像装出来的。我们马上把她送往医院。

医生检查之后，发现朴秀勤患有老胃病和十二指肠溃疡，幸亏送医及时，否则有穿孔的危险。

输液一周，朴秀勤的身体恢复得差不多了，我们开始了第二次录口供。

在朴秀勤的同意下，我们走进了测谎实验室。

"这是要给我上刑？"朴秀勤微张着嘴，第一次露出胆怯的表情。

我一边给她戴感应器，一边向她解释："这是仪器，和在医院给你检查身体的差不多。"

"不会过电吧？"

"不会。如果你觉得没问题，我们可以开始了。"

朴秀勤犹豫了一下，点点头。

测试实验室和审讯室不一样，比较像家中的客厅，本意是希望被测试者可以放松，没想到朴秀勤反而觉得不自在。她东张西望，不停扭动身体。

"我们继续上一次的谈话。你觉得王雨泽和黄亦菲感情好吗？"

"我儿子对她可好了，她睡不着觉就给她买药，就是那种白色的小圆片，还把水端到床边。是那个女人不知好歹，在外面养野男人。"

王雨泽给黄亦菲买过安眠药。朴秀勤供述的细节情况和实验室的尸检报告吻合。

我继续提问："如果你儿子对她很好，可见他们夫妻之间的误会已经解开了，那你为什么还要杀黄亦菲呢？"

朴秀勤绷着脸："她虐待我，我才要杀她的。"

她的头部不自然地向左偏了两次，这是人在准备说谎之前，试图抹去说谎痕迹的动作之一，也被称为"橡皮擦动作"。一些人在说谎之前，潜意识会安慰自己：我没说谎。这个时候就会出现类似动作。

在我们第二次审问朴秀勤时，王雨泽在妻子被害、母亲病重的情况下仍然没有从南京赶回来。他给朴秀勤请了一位律师。朴秀勤在和律师沟通过一次之后，突然改口了。

"你们看，我身上的这些伤都是被她打的。"朴秀勤把袖子拉高，指着身体上一块块紫色的瘢痕。

我没有急于拆穿她的谎言，而是问："她为什么虐待你？"

"她第一次打我是因为我节俭，用桶接水。"朴秀勤的指尖有节奏地敲动，是回忆和提醒，接下来她要表述的应该是属于她记忆的一部分。

指尖有节奏地敲动除了证明人在思考，还是一种提示性动作，提示着人在从过去的记忆里提炼出自己需要的部分。这种动作通常会出现在手部，比如塔状手势、弹琴状手势、内扣状手势等。

朴秀勤那一代人很节俭，会过日子。黄亦菲和朴秀勤的生活环境完全不同，黄亦菲家里条件很好，不会在这种小事上浪费精力。

朴秀勤来了之后处处节俭。她心疼水费，于是买了一个最大号的红色水桶，将水龙头拧到最小，一滴一滴地存水，这样水表就不会转了；她还把牙签插进电表的空隙，这样电表也不会动了，水电费就省了下来，结果被查表员发现，罚了款。

"黄亦菲因为罚款的事打我，说我让她丢人了。"她努着嘴看我，想得到我的认同。我看到在图谱上心电和血压都有变化，呈阶梯形上升。

如果说谎是一种退缩行为，那么努嘴就是一种贴附行为。人希望得到别人认可时，身体会主动倾向对方，这种意愿越迫切，身体就靠得越近。

就虐待朴秀勤的问题，我问过许春莹和黄妈妈。她们的叙述一致，婆媳之间有矛盾，有争执，但是黄亦菲不可能虐待老人。

我们还走访过黄亦菲的邻居和社区，他们说从来没听说过黄亦菲虐待婆婆。

许春莹说，黄亦菲和她提起过，黄亦菲在家里备课，滴答滴答的水声不停地吵，让黄亦菲心烦意乱，想要休息的时候更是无法入眠。房间的每个角落都存着垃圾袋，里面残留的食物生了小虫子，房间里永远弥漫着垃圾的味道。那段时间黄亦菲刚好检查出怀孕，对环境非常敏感，闻到异味会呕吐。房间里还总是摆满了水盆和水桶。有一次，黄亦菲不小心被水桶绊倒了，下身出血，幸好送医及时，在医院住了半个月安胎，才没有造成流产。

在无数的生活琐事里，婆媳之间的关系急剧恶化了。

朴秀勤没有等到我的认可，于是又说："黄亦菲是杀人犯，她差点杀死我的孙女，她不想给我们老王家生孩子，假装被水桶绊倒。"

朴秀勤歪着头，斜着嘴。黄亦菲已经去世了，但朴秀勤的怨气仍在。

五

我们了解的事实是，黄亦菲没有虐待过朴秀勤，但是朴秀勤却虐待过黄亦菲。

黄亦菲在2014年4月生下一个女儿，朴秀勤和请来的金牌月嫂闹了矛盾。

朴秀勤不仅偷偷给孩子喂老家的土药，还给孩子洗"开智澡"，在洗澡水里放了银镯子、鸡蛋和一些采来的中药。月嫂阻止时，朴秀勤给了月嫂一记耳光。月嫂一气之下连工资都没要就走了，黄亦菲只能自己照顾孩子。

黄亦菲是新手妈妈，面对整天哭闹的孩子非常焦虑。王雨泽又经常去外地，家里只有她们母女和朴秀勤。

朴秀勤将黄亦菲母女反锁在房间里，说女人坐月子不能出门。内急的时候，黄亦菲只能在房间的桶里上厕所。

半个月后，朴秀勤说自己身体不好，带不了孩子，让王雨泽同母异父的姐姐过来帮忙，但不是白白照顾，工资要由黄亦菲支付。姐姐才来了几天，朴秀勤就得了胆结石。姐姐去医院陪护她了，又剩下黄亦菲独自面对孩子。

孩子满月后，黄亦菲把孩子送到了父母家。女儿工作很忙，亲家母又带不了孩子，女婿为了躲避家里的嘈杂，选择读博，经常不在家，黄家父母就承担下养育外孙女的责任。

朴秀勤觉得儿子不在家，自己就是一家之主，一定要拿捏住儿媳，给儿媳立规矩。她对黄亦菲的惩罚更加肆无忌惮。

她时不时在晚上突然拉掉电闸。黄亦菲怕黑，受了不少惊吓。她还经常把晚归的黄亦菲锁在门外，不让回家。一开始黄亦菲以为婆婆不小心锁了大门，打电话让她开门，结果发现电话是忙音。

"我早就把家里的话机摘掉了。"朴秀勤在说到把儿媳关在门外时，得意地笑了一下。

"她在家里备课，我把电视音量调到最大；她带回家的本子被我偷偷当废品卖了；她晒在阳台上的衣服，被我移到不见光的地方去啦。小树不整齐就得修剪，这咋能叫虐待呢？"

"你不觉得自己的行为很过分吗？"

这句话是我职业生涯中的一个败笔，通常情况下我绝对不会说出这种带有主观情绪的话。

朴秀勤诧异地看着我，皱着眉头："俺真没虐待过她，俺也没说假话。媳妇就得这么治，你咋不信呢？"

在表情抓拍仪上，她的瞳孔突然放大又迅速缩小，瞳孔的迅速变化证明她的情绪非常亢奋。

朴秀勤摘下测试仪连接器："俺不戴这玩意，快点把我送回去吧，我又不舒服了。"

上次胃痛之后，医生对朴秀勤进行了全面检查，发现她患有过敏性紫癜症，皮肤会呈现大块的紫色斑，上面还有疤痕一样的纹路。她身上的那些痕迹是病，并不是殴打造成的。

我们还在案件调查过程中向黄亦菲的同事和朋友了解过情况，他们都愿意为黄亦菲的人品作证。而当我们向此案的关键人物王雨泽核实时，王雨泽在电话里说自己在家的时间很少，并不了解情况。不过从我们掌握的证据看，已经足以证明黄亦菲并没有虐待过朴秀勤。

朴秀勤第三次翻供时，我们已经不需要测谎仪了，只要确认部分细节，证据链完整，就可以移交法院。

"是黄家父母先给我下毒的，他们要害死我。父债子还，我就杀了他们的女儿。"朴秀勤歪着脖子，瞪着眼说。人在认真思考的时候会伴有额头紧皱和歪头的动作。

"详细说说。"

警方了解到的事实是，黄亦菲的父母看女儿生完孩子之后婆婆帮不上忙，小夫妻的感情也受了影响，商量了一下，在朴秀勤出院之后，带她出去旅游了半个月。

旅游途中，他们不但给朴秀勤买了衣服、鞋子和一对银镯子，还带她去眼科医院医治了眼睛，给她配了两副老花镜。

可是这段经历从朴秀勤嘴里说出来又是另外一个版本。

"一开始我还以为他们是真心对我好，挺感动的。没想到他们是黄鼠狼给鸡拜年——没安好心。他们虚情假意地讨好我，把我带到当地的餐厅吃饭。当天晚上，我开始发高烧，又吐又拉，折腾了大半夜。我记得，我去上厕所的时候，看到他们给我水里放东西了，肯定是想毒死我，好让他们的女儿不用给我养老送终。"

黄家父母告诉我们，他们带朴秀勤去了西安。黄家父母饮食清淡，知道朴秀勤老家在陇西，喜欢面食，为了照顾她的口味，他们选择了当地口味较重的面食。

朴秀勤节俭，坚持把剩下的饭菜带回宾馆当夜宵，结果因为饮食过量引发了肠胃炎，在医院输液三天。

于是，这成了朴秀勤口中的"下毒"。

测谎进行到这里，已经没有必要继续下去了，我在测谎意见书上给出的结论是：被测试者对于涉案问题存在80%以上的说谎反应。根据敏感性与特异性的平均值，通过公式计算，皮肤电阻特殊反应值40%，呼吸、脉搏和血压共占20%，语言分析仪反应值6%，表情抓拍15%。

六

这个案件并没有完结，我们终于等到了所有矛盾的中心人物：王雨泽。

王雨泽从南京答辩回来之后，并没有主动联系我们。相反，几经周折之后，我们在学校图书馆找到了他。

我问王雨泽是否知道黄亦菲为了避开婆婆，每天早出晚归，一日三餐在学校食堂吃，除了上课，大部分时间都在学校图书馆里度过。

王雨泽表示，他并不清楚，因为黄亦菲从来没对他说过。

"你觉得黄亦菲是个称职的妻子吗？"

王雨泽垂着眼睛，不停揪着脑袋后面的一撮头发——这属于实体回避动作。

有些人在回避问题时表现得很明显，会有伴随动作，比如转头、揪头发、玩手指。王雨泽的动作就属于此类，而用语言搪塞之类的回避属于虚拟回避。

"她很任性，不太顾及别人的感受。"王雨泽终于开口了。

"我们了解到黄亦菲给你的母亲办过生日宴，她订了最好的饭店。"我提醒他。

王雨泽踟蹰了一下："对，那天，她是最后一个来的，说什么'工作晚了'。亲戚们都到了，她才来。我妈觉得她是故意给我难堪。"

"之后发生了什么？"

王雨泽咽了一次口水，瞥了我一眼，眼神马上溜开，半天才开口："我妈觉得受到了怠慢，很生气，从酒店跑回家。等我到家，她正在哭，还骂我娶了媳妇忘了娘。"

"黄亦菲回来之后，你做过什么？"

王雨泽听到这个问题，又开始揪头发。

"我们吵架了，我埋怨她怠慢婆家人，对我母亲不够尊重和包容。她解释工作忙，我认为是借口。她觉得我不体谅她，说了我妈很多坏话，我根本不相信。"

"黄亦菲说了什么？"

王雨泽犹豫了一下："她说我妈把她关在门外，她只能睡在旅店或者车里，这怎么可能呢？"

"黄亦菲还说了什么？"

王雨泽低下头，沉默了很久才说："她骂我是凤凰男，骂我们全家都是吸血鬼。我妈扇了她一巴掌。

"我妈一发脾气就控制不住自己，我拉也拉不住。当时，她们俩厮打在一起。当天晚上黄亦菲就向我提出离婚。我要去南京做博士论文答辩，答应回来之后去办。"

王雨泽离开之后，黄亦菲并没告诉父母自己打算离婚，而是开始租房子。提出离婚之后，黄亦菲一定感觉放下了负担，终于轻松了，但她不知道的是，危险正在向她靠近。

其实朴秀勤自己也离过婚，还是三次。虽然她百般刁难儿媳，却不允许儿子和儿媳离婚。面对执意要离婚的儿媳，她坚信儿媳一定是有了外遇。

朴秀勤在最后的口供里说："黄亦菲提出离婚不久，我提着塑料桶去附近的加油站买汽油，准备烧死这个不要脸的贱货。她生是我家的人，死是我家的鬼。"

我们去加油站调查过，工作人员出示了监控。当时他们告诉朴秀勤，买汽油要用铁桶装，所以没有卖给她。等她买好了铁桶，加油站的人员觉得她很可疑，还是没有卖给她。

最后，朴秀勤花了两百块钱，从路边雇了一个陌生人，替她买了汽油。

"9月9日，我儿子第二天出差不在家，我想用汽油烧死她，没想到那个贱人命大，当天晚上回娘家了。

"一个星期之后，我儿子又出差去南京。贱人当天下午要去参加考试，早上起来在家复习，让我安静一些。我提前把汽油倒在一个塑料盆里，藏在阳台上。"

"黄亦菲没有发现吗？"

"家里到处都是大大小小的盆，她能发现啥？"

"中午十一点多，黄亦菲换好衣服，准备出去吃饭。看她打扮得花枝招展，我把一盆汽油都泼到她脸上。"

"黄亦菲有没有反抗？"

"她反抗啥？眼睛被我泼瞎了，捂着眼睛，蹲在地上。"

"接下来你做了什么？"

"我就从厨房拿了菜刀把她砍了。"

"一共砍了多少下？"

"十几下吧，记不清了。"

236

……

她还清晰地描述，将儿媳杀死之后，她去了距离家里很近的米粉店，点了一碗米粉，还让后厨加了料。吃饱之后，她逛了附近几家店铺，之后来到警局，其间甚至没有过多的思想斗争，这种冷静让我感觉已经堪比职业杀手。

我问朴秀勤："你在动手杀黄亦菲之前，还记得黄家父母带你旅游时，你说过的一句话吗？"

"我记得，刚开始旅游的时候，黄妈妈给我买了银镯子。当时我对黄妈妈说：'你对我这么好，我没办法报答，这辈子不能报，下辈子再报。'后来才发现他们是在哄我，想趁我不注意的时候，给我下毒。第一次见黄小丫我就不喜欢，长得柔柔弱弱，戴那么厚的眼镜，会不会影响下一代哟。一个女子读那么多书，心眼多得很！"

朴秀勤在交代完所有事实之后，还在喋喋不休地数落黄亦菲。

……

此时，我的思绪又回到面前的王雨泽。他和朴秀勤抱怨的样子极像，有些焦躁，嘴角泛着白沫："我怎么知道她们之间有这么多矛盾！和我有什么关系？我人在外地，根本不知道发生了什么。"

"你不觉得是自己一再默许，纵容了母亲对妻子的伤害吗？黄亦菲在受到你母亲威胁和伤害时，你无动于衷。这种行为是在怂恿，给了你母亲一种暗示，黄亦菲可以随便欺负。"

"刘警官，我母亲六十岁了，她是一个老人，能打得过黄亦菲吗？"

"黄亦菲有服用安眠药的习惯吗？"我问。

王雨泽的表情停滞了一下，身体后仰，舔了舔嘴唇说："她偶尔会吃。"

停滞表示他没预料到我的问题，身体后仰是回避，舔嘴则是为自己争取时间。

"黄亦菲的安眠药是你买的吗？"

"怎么会是我买的？你们有证据证明是我买的吗？没有证据就是诬赖。"

本来用一个"不是"就可以回答的问题，他解释了三句话。他的回答太复杂了，复杂是为了让谎言听起来更可信。一个人在说谎的时候，为了让自己的谎言更有说服力，在措辞上会变得详细而强烈。其实这个解释他是说给自己听的，是在安抚自己，潜台词是：没关系，我不会被发现。

"我们有证据，你母亲已经亲口告诉我们，你帮黄亦菲买治疗失眠的药，还帮她倒水。她说是一种白色的药片。"

"那不是安眠药，是维生素。老年人，脑子糊涂了，再说我和朴秀勤并不是正常的母子关系。"

人的脸部变化是分区域的，变化最明显的是眼睛。此时王雨泽的眼睛从最初下垂的绵羊眼变成了上挑的狼眼。

"我小时候，有一次家里着火，朴秀勤自己先跑出去，我差点被烧死。还有，我长这么大，她从来没让我叫过妈。她生我的时候是难产，算命的说我会要她的命，所以不能叫妈，要叫婶子。家家都有本难念的经，她们女人之间的纠纷，我也没办法。"

王雨泽的表情随着叙述慢慢恢复到原来的状态。他在转移话题，并且觉得自己成功了。他将婆媳矛盾转移为母子矛盾，意思是他和朴秀勤的关系没有想象中亲密，发生的所有事情都是黄亦菲和朴秀勤之间的事情，与他无关。

做笔录的最后，我问王雨泽："有什么想对朴秀勤说的吗？我可以帮你传达。"

王雨泽摇摇头，急速起身，走出图书馆，步伐没有一丝拖沓。

七

三个月后，我和刘队去调查一起幼童被泼硫酸案。经过凯旋大厦时，一楼婚礼城正在举办婚礼，大条幅上写着"新郎：王雨泽"。

一开始我以为是重名，此时距离黄亦菲去世还不到一百天。

礼炮声中，穿着婚纱的新娘从车上走下来，相貌竟然和黄亦菲有几分相似。接着，我见到了出来迎接新娘的王雨泽。

我走过去，把他叫到礼堂侧门，他一脸警惕地看着我。

"新婚快乐！"

他没有回答。

"希望你能善待新娘。"

"你什么意思？"

"黄亦菲被害原本是可以避免的，你一直在旁观，不但没有调解，反而激化了矛盾。"

"刘警官，案子已经结了。我不想再提，我总要开始新生活，我要回婚礼现场了。"王雨泽说完转身就走。

他说话时我一动不动地盯着他，他脸色泛红，眨眼速度很快，左手情不自禁地揪起脑后的一撮头发，甚至没有觉察到自己嘴角还残留着白色的唾沫。他连说了三个"我"，一再强调主观意识——不是只有出轨才叫渣男，极度自私也是。

刘队走过来，拍拍我的肩膀。我们转身离开。

我觉得王雨泽在黄亦菲被害案中扮演着隐秘而重要的角色。他一直在逃避矛盾和责任，本应该作为润滑剂的他最终成了命案的导火索。

他是旁观者，也是最大的受益者。房产证上写着他的名字，他是孩子的唯一监护人，财产最终都会落到他手里。

朴秀勤在一审中被判处死缓，没有上诉。王雨泽也没有探监。

11 灭门案：
睡眠检测是一种
更高端的"测谎"

男孩儿的卧室在最里边，按照正常逻辑，凶手应该会先杀死大人，然后再往里走杀死两个孩子；如果是同一个凶手行凶，因为高度紧张，会产生一种杀戮惯性，进而变得越来越残暴，下手越来越重，不会轻易改变作案方式。所以综合分析，应判定为两人或两人以上作案。

一

在我的从警生涯中，命案遇到得不少，但灭门案比较罕见，至今只遇到过两起。一起是 2012 年高语堂家的灭门惨案，另外一起就是 2016 年这起。

2016 年 5 月 2 日下午一点半，接警台接到一个女人的报警电话。

她说自己是保姆，主人家里发生了灭门惨案：一家四口，一对夫妻加上一双儿女，全都死在家中。

案件发生在郊区的一栋自建六层楼，四名死者死于六楼相邻的三个房间。主卧是夫妻两人，两个次卧分别是一儿一女。

主卧现场比较惨烈，连办案多年的警察都感觉难以接受。

主卧室中，夫妻两个双双死在床上。凶手杀人后，用被子将两名死者的尸体蒙住，被子已经被鲜血浸透，床头还残留了大量喷溅血迹。

次卧中，女儿同样被凶手用被子蒙住全身；儿子虽被凶手蒙住了头部，但小腹以下裸露在被子外面。两个次卧的喷溅血迹不明显。

李时初检之后，根据死者伤口形状推断，凶器应该是锤子一类的工具。

根据死者伤口部位和数量来看，凶手下手时稳、准、狠，是身强力壮的男人的可能性较大。除了小儿子被砸了两次，其余三名死者都是一锤毙命。

案发在深夜，死者在熟睡中被杀害，根本没有任何反抗的迹象。我推测凶手从一开始就是奔着灭口而来。

郑爷详细排查了整栋楼，没有发现任何攀爬或者撬门的痕迹，也就是说，门锁是凶手用钥匙打开的，或者有同伙在楼内帮忙打开的。

被害的男主人叫周星华，四十六岁，是本地律师事务所所长。妻子凌甫丽和丈夫同岁，是云天建筑材料公司董事长。两个未成年的孩子，姐姐周音十六岁，弟弟周迪十五岁，都是市第二中学学生。

我初步了解了一下案发现场的情况：楼里住着六个人，除了死者四人，还包括报案的保姆，以及周星华的母亲。

保姆告诉我们，为了方便照顾，她和老太太住在同一个房间。她们的卧室在一楼，保姆习惯在睡觉前反锁房门。我猜测很可能是这个习惯让老太太和保姆躲过一劫。

二

保姆叫周青，三十六岁，是周星华家的远房亲戚，已经在他家工作八年了。

根据她的描述，案发第二天，她和周母大约在早上七点半起床。当天要举行周星华侄女的二婚婚礼，周母知道平时儿子儿媳有晚起的习惯，自己起得早又没事干，便没有打扰他们，让保姆直接带她去婚礼现场了。

办婚礼的酒店距离案发地很近，周母和保姆到了婚礼现场后便和一些亲友聊天。

下午一点多，婚礼马上要开始了，还是不见周星华一家人到场，周母便让保姆回家去催一下。

保姆上了六楼，打开房门，这才发现一家人已经倒在血泊之中。

我问保姆案发当晚是否听到什么动静，保姆回答说没有。

周母在得知儿子一家惨死之后，突发心脏病，被送往医院抢救，还不能做笔录，因此暂时无法证实保姆笔录的真实性。目前，保姆被列为嫌疑人。

周家所住的房子是一所独栋别墅，院墙很高，上面还有防护网。想要进入别墅首先要打开院门，之后是一楼大门，想要进入死者所在的六楼还要打开四楼客厅的门。所以凶手手上必须有周家的全套钥匙，没有全套钥匙，无法做到无声无息地作案。

经过调查，保姆说周家一共有五套钥匙，男女主人各一套，两个孩子各一套，周母一套，加起来一共五套。

我们很快将五套钥匙全部找齐，郑爷开始提取指纹，但未提取到外人指纹。

保姆是没有钥匙的，也就是说，很可能还有第六套钥匙的存在。

凶手只有认识死者才有机会复制第六套钥匙，因此熟人作案的可能性更大了。

周家紧邻钥匙一条街，从街头到巷尾到处是钥匙铺，我们决定先从配钥匙的线索下手。警方对附近所有钥匙铺一家一家地排查，却没有收获。

我们把注意力又放回到死者的社会关系上。

案情分析会上，我指着投影仪上的周家图谱说："周星华方面，父亲去世，母亲和他住在一起，还有两位哥哥在本地，亲戚比较少。据调查，大家反映周星华和本家的亲戚关系都不错。案发当天，周家人都在筹备婚礼，可以互相作为时间证人，他们没有作案时间。周星华虽然从事法律工作，但为人低调、稳重，比较老实，人缘很好，有仇家的可能性很小。

"凌甫丽方面，兄弟姐妹众多，再加上兄弟姐妹的孩子，我们只能一一摸排。"

郑爷在案情分析会上提出，两名成年死者和女儿是被凶手用锤子一击致命之后再用被子蒙住的，儿子则是被凶手用被子蒙头之后击打两次致死的，其中一处伤口较浅，作案手法与前面三名被害人不同。凶手杀人后，给尸体覆盖被子的行为是潜意识中对死者有敬畏感，不愿意直面对方，因此熟人作案的可能性大。而在杀害男孩儿时，男孩儿年龄较小，凶手却击打了两次，一次较浅，说明凶手的击打力度减弱或者心理准备不足。男孩儿的卧室在最里边，按照正常逻辑，凶手应该会先杀死大人，然后再往里走杀死两个孩子；如果是同一个凶手行凶，因为高度紧张，会产生一种杀戮惯性，进而变得越来越残暴，下手越来越重，不会轻易改变作案方式。所以综合分析，应判定为两人或两人以上作案。

参与人数众多，却没有留下足迹，郑爷认为这与凌甫丽家是水泥地面有关，地面干净无水渍灰尘，因此不容易提取到痕迹。

郑爷还提到，尽管死者家里非常富有，但是现场的现金和首饰没有任何损失。抽屉里放着很多现金，首饰盒里还有很多名贵的珠宝、玉器、饰品。

既然凶手不是为财，作案手法又非常残忍，那么就应该是仇杀或者情杀的范围了。

刘队将我们分成两组，一组警员继续负责周边调查；另外一组由郑爷带队，开始第二次现场勘查。

周家别墅的面积很大，需要多次筛查。

本案是灭门案，周星华又是本地有名的律师，这让案件更加神秘。在老百姓当中，各种小道消息越传越玄乎，什么律师勾结法官作恶多端、吃回扣、欺压百姓……谣言传得满天飞。

据我们了解，周星华只是名誉所长，手下有四名律师，他并不负责实质工作，平常只负责接案、分派给下属、整理文件、接待客户等，并不是多么有权力、有能力去勾结法官，因此由身份引发的矛盾基本不存在。

就在案件马上要陷入僵局时，死者凌甫丽的妹妹凌甫芸给我们提供了一条线索。

三

凌甫芸和姐姐长得很像，她穿着普通，气质更清秀、温婉，是个本分的家庭主妇形象。她摸着左手上的一块创可贴，吞吞吐吐地告诉我们，姐姐的死可能和情人有关。

凌甫芸说，凌甫丽和周星华的感情并不好。凌甫丽的公司走上正轨之后，夫妻关系迅速恶化，姐姐嫌弃姐夫窝囊，没能耐。他们经常吵架，前段时间，姐姐还用烟灰缸砸伤了姐夫的头。姐夫也觉得姐姐霸道，无理取闹，不像妻子，更像是个领导。

两个人为了孩子才勉强生活在一起，偶尔一起参加亲戚聚会也只是营造出恩爱的样子。

"我姐和姐夫都有情人，日子过得井水不犯河水。"凌甫芸说完，叹了口气。

我问凌甫芸："两个人既然已经各自有了感情生活，经常吵架的原因是什么呢？"

凌甫芸说："我姐夫比较小气，我姐去参加同学会，玩到夜里一两点钟回家，他都会和我姐冷战。最长的一次达到一个月，两个人谁也不理谁，需要沟通就相互发微信。这是我姐亲口告诉我的。"

看来虽然两个人都有外遇，可偏偏周星华"小肚鸡肠"，我玩我的可以，但是你玩，不行。

我们找到周家的保姆周青，她也证实了这一点。

她说夫妻两人感情不好，经常吵架、砸东西。凌甫丽随手拿东西扔周星华，周星华的额头还被烟灰缸砸伤过。在两个孩子不在家的时候，周母曾经劝说过他们很多次，但他们根本不听。

我们分别找到了两个人的情人。

周星华的情人是事务所外聘的一名三十多岁的女公关，叫孟露。

据孟露说，她和周星华是在应酬的时候认识的。两个人虽然保持着情人关系，但是感情一般。她还有一个六岁的女儿，他们都不想破坏对方的家庭。

而凌甫丽的情人是她公司的秘书杨安。

杨安比凌甫丽小七岁，为了把这碗软饭吃长久，他对凌甫丽言听计从，生怕自己的利益会有损失。我们判断他没有作案动机。

夫妻两人的地下情都不足以发展到灭门的程度。

排除了情杀疑点之后，我们开始转向经济纠纷。

毕竟凌甫丽是一个身家千万的女富豪，而且在当地知名度很高，警方怀疑会不会有人欠账不还或者是她欠别人的钱没有还清，因财生恨。

在调查的过程中，我们发现凌甫丽公司的账目没有问题。在调查凌甫丽时，杨安主动交出一个账本，说是凌甫丽平时用来记账的。

打开账本，我发现凌甫丽是一个对钱财极为敏感的人。

账本上面的字比较小，字迹清秀，字体的结构偏紧凑。我注意到，即使只买了一公斤牛奶、半个西瓜，她也把日期、金额清清楚楚地记在上面，细致到不可思议。

郑爷一边提取账本上的指纹，一边感慨道："所以说不是谁都能发财的。"

凭借着这个账本，警方对和凌甫丽有财务来往的人一一进行了排查。三个月后，他们的嫌疑全部被排除了。

在排查当中，我们了解到，无论是员工还是客户，对凌甫丽的口碑都极为一致：为人小气、霸道、傲慢，但是没有人否认她的工作能力和工作态度。

就在案件再次陷入僵局时，郑爷那一组又有了新的发现。

郑爷在六楼无人居住的房间发现了一枚脚印。房间是锁着的空房。这枚脚印很奇怪，在靠门位置，不属于周家人，很可能是凶手留下的。我推测过程应该是这样：凶手用钥匙打开房门，进入房间，又退出来，再用钥匙锁上房门。

凶手为什么要来无人居住的房间踩一脚呢？

根据这个脚印，郑爷估算出凶手之一为男性，身高应该在 160cm 到 170cm 之间，体重在 70 公斤以下。我们在嫌疑人名单里，终于发现一个非常符合的人：凌甫丽的妹夫李林。

四

李林也在凌甫丽的公司工作，是凌甫芸求姐姐让他进公司的。

我们在给李林做笔录时，发现他也清楚凌甫丽和杨安的情人关系，并且对凌甫丽的作风颇有微词，说凌甫丽人品不好。

李林性格懦弱木讷，和人接触的时候很腼腆，眼睛总是看着脚，说话容易脸红，但态度诚恳。

他说自己找工作一直不顺心，妻子也是希望姐姐提携一下自家人，所以跑去帮他托关系。

"有这么一个有钱，但是把钱当命的姨姐，太气人了。我正打算辞职，不在她那里做了。"李林不停抠着指甲里的淤泥。

"辞职原因？"我问。

李林嗫嚅了半天："我媳妇觉得我们和她姐是实在亲属，她姐会多加照顾，结果凌甫丽在我进公司之后，为了避嫌，说要公私分明，而且她分明到了过分的地步。"

"具体说说。"

李林涨红了脸，"嗯"了一会儿，开口说："她从来不把我当亲信，什么事都让我干，把我当成了打杂的，连办公室的厕所堵了都让我去疏通。最关键的是，她说要单独给我发工资，而不是走公司财务，但她经常不给我发工资。"

李林的说法倒让我有些意外。

"凌甫丽自己身家千万，她们姐妹感情又很好，可是她对我非常苛刻。一开始说让我来公司学习，每个月只给三千多块，后来又说我做事不认真，降到了两千，每个月到发工资的时候还拖欠着。我们家连孩子的牛奶都订不起了。"

李林情绪很激动，他身体前倾，渐渐向我靠近。这是一种强烈的倾诉欲，像李林这样不善言辞的人，委屈久了，会突然爆发，这属于正常的情绪宣泄。

我抬起左手，掌心朝向他，示意他坐回去。

李林长舒一口气，又靠回椅子上。

"凌甫丽为什么会这样？"

李林放低声音："我偷听到凌甫丽和情人说，给我一分钱她都心痛，还说我愿意干就白干，不愿意就滚。她不想养闲人，不想把公司变成家族企业。"

李林的杀人动机有了。更重要的是，据李林说，在案发前一天晚上，凌甫芸还打电话向姐姐要过他的工资，结果凌甫丽以忙为由，还是没给。

李林的嫌疑在不断增加。

随后在警方测量身高和核对鞋印的时候，测量出李林的身高是172cm，比估算的高了一些。李时估算的身高上限几乎从来没有超过预期值。在核对脚印的时候，也没有与李林的对上——他的鞋码比现场的要大两码。而且李林说自己当晚在家睡觉，妻子可以为他作证。

案子到这儿，似乎又卡住了。

五

考虑了很久，我准备找保姆周青再次核实一些细节。

此时周母已经出院，周青把周母暂时接到自己家里照顾。

我们前面调查过，周青没有凌甫丽家里的钥匙，但是因为特殊的身份，她偷拿周母的钥匙配一套或者帮忙开门是最方便的。

周青和周家人到底有没有过节呢？

经调查证实，周青和凌甫丽有过矛盾。

凌甫丽不喜欢周青经常把自己的孩子带到家里，还诬赖过孩子偷拿家里的东西。她骂过周青，埋怨家里的调料消耗太快，怀疑是周青监守自盗，背着她偷偷往自己家里搬东西。

不过周母的证词很快排除了周青的嫌疑。周母证明那晚周青一直和她睡在一起，没有作案时间，而且说周青的右手在打工时受过伤。

李时核验之后认为周青很难做到提锤子杀人，而且是一锤致命。

案件又陷入了僵局。

根据凌甫丽的为人，我觉得还是要从她的亲属那边了解情况。出乎意料的是，我在凌甫丽母亲那里得到一条线索：老人家说自己早年在周家住过一段时间，那时候她手里有一套钥匙。

凌甫丽的母亲满头白发，穿着儿女们剩下的衣裤，极不合体，她的语气中充满了人到老年的谦卑和无奈。

她说，因为子女比较多，所以实行轮流养老。凌家是三姐妹，大姐凌甫春，二妹凌甫丽，幺妹凌甫芸。凌甫丽工作忙，母女感情也不太好，她在凌甫丽那里过着寄人篱下的日子。亲家周母没有讨厌自己，反而是凌甫丽经常提起旧事，嫌她偏心，对妹妹比对自己好，还说以后不让她来家里养老，也不会出钱。

老人只住了三个月，便被气得跑回凌甫芸家。她将钥匙交给了凌甫芸，让她回头把钥匙还回去，表示自己以后就算饿死，也不会去凌甫丽那里了。

根据凌母的讲述，凌甫芸经手过一套钥匙，但是在我们最开始调查的时候，她对此事只字未提。

我数次接触过凌甫芸，对她一直没有产生过怀疑。

虽然姐妹俩在李林的事情上闹得有点儿不愉快，但所有人都说她们的感情非常好。凌甫芸外表看上去很坦率，是个很实在的人。案发后，她的情绪极其不稳定。李林说过，凌甫芸非常伤心，不吃饭，晚上经常痛哭，这都属于受害者家属正常的居丧反应。而且她还为我们提供过线索，所以我之前没有怀疑过她，因此也放松了对她的调查。

但我还记得她的一个动作。她每次在说"我姐，我姐"的时候，会出现一个用手抚摸脸颊的动作，这是掩饰谎言的一个表现。不过说谎动作需要成组出现才能认定为存在说谎事实，仅凭一个动作，我没产生太大疑心。

然而，现在线索指向了她。

刘队马上出发，去调取凌甫芸的通话记录。他一回来就把记录单摔到桌面上，并用食指关节敲了敲，看来是有了重大发现。

不看不知道，一看吓一跳。通话记录单上显示，在案发当天，凌甫芸和一个号码联系得特别频繁，晚上八点多，凌晨两点多、三点多、四点多、五点多，有多次通话。

这足以引起怀疑，我们很快查到了凌甫芸频繁联系的人。

他的名字叫刘天饶，也是凌家的直系亲属，是凌甫丽的大姐凌甫春的儿子。

六

我们又从外围调查得知，凌甫春早年患病，曾经向凌甫丽借钱做手术。可是凌甫丽说救急不救穷，凌甫春是个穷教师，根本不可能还她钱，所以她没有借。

因为治疗不及时，凌甫春在半年后离世，从此她的两个孩子——儿子刘天饶、女儿刘天丽再不和凌甫丽家来往。那时候才十一岁的刘天饶曾说过，以后凌甫丽是他们家的仇人。

随着时间的推移，人们已经把这件陈年往事慢慢淡忘了。

案发那天晚上，凌甫芸和一直不联系的外甥打了半夜电话，太不正常了。

我们再次对现场的脚印进行对比时发现，刘天饶的身高、体重和六楼空房的脚印极其吻合，但在警方试图传唤刘天饶的时候，他和自己的妹妹一起失踪了。

刘天饶的父亲在他十七岁时去世，家里只剩下他和妹妹，两个人相依为命，再没有其他亲人。警方暂时没有找到他们。

两个年轻人，身上钱不多，又刚刚成年，他们靠什么为生？我推测他们在服务行业的可能性最大。

警方开始在市内排查刚入职的服务人员，终于在新开的水晶宫桑拿城发现一对化名男女，经过调查，是刘天丽和她的男朋友苏腾。

我们没有找到刘天饶。

面对警方的讯问，两个年轻人编了很多理由，说辞明显不一致。

对苏腾进行讯问时，我问他："你认识凌甫芸吗？"

"不太熟悉。"

说话时，苏腾的双腿不停抖动，膝盖朝向门的方向——表示随时想逃跑。

"我们在你的手机通讯录里找到了刘天饶的联系方式，也找到了凌甫芸的联系方式，并且发现在5月1日，也就是灭门案的前一天，你和凌甫芸有过联系。"

苏腾显得非常吃惊，身体频繁换了几个姿势。

"凌甫芸在案发当晚十点左右给你发过信息，信息内容是：'过来了吗？准备好了吗？'她让你准备什么？"

"就是……就是和我女朋友一起去小姨家吃饭。"

"晚上十点去吃饭？"

"不行吗？"苏腾挺起脖子。

说谎的人为了证明自己的清白，会出现挺起脖子、提高音量、直视对方等动作，给对方威慑的同时，也为自己壮胆。

在对刘天丽的讯问中，我问她："你男朋友苏腾和你小姨熟悉吗？"

"嗯，见过几次面。"

"你小姨在5月1日请你们吃过饭吗？"

"没有。"

"你知道你哥在哪儿吗？"

"不知道。"

"最近你们见过面吗？"

"没有。"

刘天丽嘴唇微微颤抖，头部轻微晃动，仿佛在点头，还吸了吸鼻子。吸鼻子通常是一个掩饰性动作，发生在说谎后。她在试图抹掉自己说谎的痕迹。

"你和苏腾在证词上不一致。"

刘天丽低下头。

"只有说实话才能帮你男朋友和你哥，如果我们没有掌握足够的证据，也不可能找到你们。"

终于，在第二次审问时，刘天丽招供了。

"作案的都有谁？"我问刘天丽。

"我小姨，还有我哥。"

"还有谁？"

刘天丽的眉毛向上一挑，是惊讶的表现，她侧过身体对着我："没有了。"

"你要说实话！"我盯着她的眼睛。

"还有我男朋友。"刘天丽低声说。她本人没有参与作案，但是她的男朋友为了她，也加入了。

……

得到刘天丽的口供后，刘队立刻布置行动，在水晶宫附近的画框店里抓住了刘天饶。

凌甫丽的死是妹妹凌甫芸伙同外甥、外甥女的男朋友一起作案，为什么曾经最亲近的人会齐心协力做下这么残忍的事？

当我们审问嫌疑人凌甫芸时，她一口否认，说自己什么也不知道，还痛哭流涕地说，她不可能杀人。

就在我们准备进一步讯问时，李林向警方提供了一些线索。

李林坚持说，凌甫芸患有梦游症，很可能在梦游中杀人，她自己完全不知情。还说她有梦游症已经很多年了，只不过最近五年发作比较频繁。

李林说，他和凌甫芸是高中时代的恋人。刚结婚的时候他还不知道妻子有这种毛病，直到大女儿出生，他才发现凌甫芸不太对头。

有一次李林半夜醒来，发现凌甫芸不见了。他下楼一找，看到她正在冰箱里翻吃的，还去厨房做了饭，又坐在沙发上帮孩子缝补衣服，整个过程仿佛他不存在一样，之后又回到床上倒头大睡。第二天，李林问她，她完全不知道发生过什么。

我问李林："怎么确定凌甫芸在梦游？"

李林说："她梦游的时候动作很笨拙，半眯着眼睛，会回答问题，如果突然被叫醒，攻击性很强。我试着叫醒过她两三次。有一次，她打了我一拳，劲儿非常大，然后她就从二楼窗口跳出去了，倒是没怎么受伤，只扭到了脚。"

"凌甫芸知不知道自己有梦游症？"

"她早就知道了。一开始她还不相信，但是看到我拍的视频，她也吓到了。"

我们查看了李林保存的多段凌甫芸梦游的记录。

其中有一段完整的视频：凌甫芸在看电视，看着看着垂下了头，似乎睡着了。五分钟后，她忽然起身走出房间，视频上显示的时间是凌晨 1 点 12 分。凌甫芸从仓库拿出一把镰刀，一直走到距离自家 1.5 公里的地里，开始干农活儿。李林一直跟在她身后，之后叫了两声她的名字。见她没有反应，李林用手碰了碰她。她立刻陷入狂暴状态，挥刀砍向李林。

最后李林的手机掉在地上，视频结束。

李林说，他差点被砍伤。直到把凌甫芸按倒在地，她才清醒过来。她一直喊头痛，最后被李林背回了家。

梦游症在我国被认定为一种精神疾病，患者属于无刑事责任能力人，不用承担刑事责任。我反复观看这段视频，无法判断凌甫芸是否有梦游症。

在校学习期间，我接触过梦游犯罪。梦游者表现出的复杂行为与一种奇特的睡眠模式有关，是微快速眼动睡眠之后的睡眠阶段。微快速眼动睡眠是美国哈佛的一位睡眠教授马思·华特提出的概念。他也是一位催眠师。

微快速眼动睡眠分为两个阶段：

第一阶段，大脑产生 β 波，处于轻度睡眠状态；

第二阶段，人的心跳和呼吸频率极低，身体进一步放松，脑波幅度变大，波长增加，处于深度睡眠状态。

微快速眼动睡眠之后的睡眠阶段是更深度的睡眠，被称为"慢波睡眠"。在此阶段，负责高级思维和自我意识的表层大脑处于睡眠状态，停止接收外界的信号。但是对梦游者来说，大脑的下半部分会醒来，如果用一个简单的词来形容，应该是"平行空间"。这种分离会促使梦游者下床活动，但第二天醒来，他们什么也不记得。

怎样才能判断凌甫芸在作案过程中梦游症是否发作呢？如果凌甫芸真的患有梦游症，那么判决结果会完全不同，她甚至会被无罪释放。

我们只能求助警校里有这方面经验的教授。在教授的安排下，我们把凌甫芸送到睡眠异常中心。

梦游症会随着压力的增加而加剧，任何程度的睡眠缺乏、药物和酒精也都会导致症状加剧。凌甫芸说她在案发当天确实喝过酒，李林也证实了这一点。

我们安排凌甫芸做睡眠检测。她会在实验室过夜，我们负责观察她在睡眠时发生的所有活动。

这种睡眠检测是一种更高端的"测谎"，是通过脑电波、心脏活动、呼吸系统和肌肉反射观察人的生理变化，进而了解人的心理变化，因为是在无意识的状态下进行的，所以比常规测谎更直观和精确。

我在凌甫芸身体的多个部位贴上电极，然后在隔壁的观察室严阵以待。

第一夜，凌甫芸一直辗转反侧，难以入睡，午夜 2 点 16 分，她终于进入睡眠状态。

我们在仪器上看到，进入深度睡眠的她脑波越来越长，频率越来越慢。

第二夜的情况与第一夜基本相同。

第三夜，凌甫芸在入睡十五分钟后开始活动，她猛地把电极从头上和身体上扯了下来，似乎失去了判断力，在房间里走走停停，自言自语，伴有痛哭、慌张、躲避等行为。十五分钟后，她回到床上再次陷入睡眠状态。

在凌甫芸的梦游过程中，监视器对她的各种行为进行抓拍和生理数据采集。行为分析仪再对这些数据进行识别，选取一些行为片段，导入系统中的高级分析模块和视频模块，再次过滤相关数据，和基础参数进行对比，从而得出结论。结论是凌甫芸处于梦游状态。

第二天早晨，我问凌甫芸记得自己拉扯过东西或者身体上有疼痛感吗，凌甫芸摇摇头。

通常情况下，贴在她身上的电极贴要用溶剂才能取下来，她剥的时候用了很大力气，却没有疼痛感，表示她确实有梦游行为。行为分析仪也证实了这一点。

但是，即使她有梦游行为，也不代表她犯罪时处于梦游状态。

我决定做一次细节测谎，把所有细节串联起来，一一提问、分析。

七

……

"是否记得案发当晚做了什么？"

"什么也不记得。"

我让她仔细回忆一下。

她挠挠脖子，说："好像换过衣服。"

"为什么要换衣服？"

她避开我的眼神，摇摇头。

如果她不知道自己的衣服染血，为什么要换掉，而不是直接上床睡觉呢？

我还记得案发第二天我向凌甫芸核实情况时，看到她的左手贴了一块新的创可贴，于是我问她："还记得手是怎么弄伤的吗？创可贴是什么时候贴上的？"

凌甫芸摇摇头，说："我只是模糊记得，晚上手有点痛，就贴了一块创可贴。"

如果她记得那个伤口，说明她是在清醒时段受伤的；如果她完全不记得，表明那个伤口可能是在梦游中形成的。梦游者是没有痛感的，根本意识不到自己受伤，也不知道要清理伤口。

"世界范围内的所有异眠者资料都显示，梦游者是不会有梦游记忆的。如果像你说的，杀人的过程都不记得了，怎么会模糊记得处理伤口？这些和梦游是矛盾的。你在案发后确实采取过一些措施来掩盖罪行，包括隐藏罪证、换血衣、处理伤口。你说谎是想让有罪和无罪的界限变得模糊。你虽然患有梦游症，但你在杀害你姐姐一家的时候是清醒的。"

凌甫芸哑口无言，终于低下头，她说："一切都是因为我恨她。"

按凌甫芸的说法，痛恨凌甫丽的人不止她一个。在她们这个家里，所有涉案人员都痛恨凌甫丽。

而这一切都是因为钱。

凌甫芸说，早年她们姐妹俩的经济条件差距没有这么大。当年凌甫丽要创业，凌甫芸为了资助姐姐，把自己的全部积蓄都借给了她。凌甫丽很精明，有商业头脑。当时房地产行业正值顶峰，她代理的建材很快打开市场，迅速完成了资本积累。

"凌甫丽发财了，她除了把钱还给我，还应该给我相应的股份，起码应该对我有所回报吧？可是她没有，甚至连本金都是用三年时间分期还清的，没多给我一分钱。她太在乎钱了。

"生意越做越大，她成了富婆，盖了大房子，可是她的真面目也露出来了。钱就是她的命，比亲妈还重要。"

凌甫芸痛恨的眼神让我想起了凌甫丽那个精细的记账本。

"我老公进入她公司，按理说我们家对她有恩，回报在我老公身上也行。可是她让我老公干最累的工作，呼来喝去，什么都让他做，甚至让他用手擦地上的黑点，做清洁工的工作。这些我们也没有埋怨，但是她居然还不给工资，本来说好的钱又减少了一千。我就更不明白了，她都已经是富婆了，还会差我老公那点儿工资吗？"

凌甫芸似乎忘记了自己杀人犯的身份，向我倾诉着一点点积累起来的仇恨。

"大姐去世之后，她对两个孩子不闻不问。不管外甥、外甥女也就算了，她连我妈的赡养费都不想掏，还跟我说：'我不出力，也不出钱，你看着办吧！'这还是人说的话吗？

"你都不知道她对我妈有多吝啬。她家六层楼，居然让我妈住在储藏室，她还说我妈腿脚不好，是方便我妈。我说她不孝顺，她反驳我说，她结婚的时候家里给的嫁妆太少了，让婆家人瞧不起，所以她不管我妈。逢年过节她也不回家了，亲戚家办喜事她也不往来了，把所有的亲戚都当成乞丐，生怕别人向她乞讨。亲戚对她的怨恨越来越多。"

看凌甫芸的情绪有些失控，我提醒她："你为什么一定要杀了她？"

凌甫芸咬了咬嘴唇："那天，我准备给自己的孩子订牛奶，看看手里只剩下五十块钱了，又到了月底，就给她打电话，催她给我老公发工资。没想到她不仅不发工资，还讽刺我说，'你家孩子喝什么牛奶呀？我家孩子还没喝牛奶呢！'那天我听了之后，恨不得从电话里冲过去掐死她，太欺负人了！"

妹妹终于爆发了，决定马上动手，但考虑到只靠自己力量不够，就想到了大姐家的两个孩子。这些年来，她和两个孩子一直有联系，虽然自己手里不宽裕，但过年过节的时候都会给两个孩子压岁钱。并且她知道，两个孩子也和凌甫丽积怨已深，所以一提出要杀掉凌甫丽，两个孩子立马响应。按照计划，她本要将周母和保姆一起杀掉，一个活口也不留。可是案发当天，保姆反锁了房门，周母和保姆这才捡回一条命。

"为什么要把你姐全家灭门？周家和你并没有恩怨。"

"可能是这么多年的恨一起爆发了吧，就是杀红了眼，觉得都杀了心里才痛快！"

凌甫芸承认自己杀了人，还摆出一副坦诚的样子，可是这一次我找到了破绽。

每次开口之前，她都会歪一下头，像是说谎前的热身，这种动作被称为"非自主动作"——有些人在说谎之前会给自己一个暗示,这个暗示会通过表情、动作反映出来,但说谎者本人意识不到,也没办法控制。

"你杀人不完全是出于仇恨,也不完全是突发的激情杀人。你认为只要杀了他们一家,凌甫丽的财产就会被自己的母亲继承一部分,你们就可以拿来花了,对大家都有好处。"我分析道。

凌甫芸张了张嘴,没有说话。

"你们是怎么分工的?"

"我和刘天饶去杀了我姐和姐夫,还有我外甥女,苏腾去杀了我外甥。"

此时,我想起刘天饶曾经在审讯中提道:"我妈走了,我和我妹妹成了孤儿,受尽了苦。是凌甫丽害得我家破人亡,我要用她一家人的命来偿。"

"我好奇的是,为什么在六楼的空房间,刘天饶会留下一枚脚印?你们去空屋做什么?"

"刘天饶想去六楼看看,凌甫丽的婆婆和周青是不是躲在那个房间。"

至此,脚印之谜也解开了。

由凌甫芸策划组织,由刘天饶、苏腾参与动手的这起灭门案件终于真相大白。大部分作案动机是仇恨,小部分动机是金钱。因为手段恶劣,社会影响巨大,三名罪犯很快被判处死刑。

郑爷整理卷宗的时候感叹:"都是有钱惹的祸。"

我说:"钱能有什么错?还不是背后的人在作怪。"

每个人看事情的角度不一样,结果自然不同。在凌甫丽面前,利益是一切,亲情比纸薄。妹妹凌甫芸则认为血缘等同于责任,有能力就意味着有义务去帮扶亲人。在利益中的冷漠和在索取中的贪婪,让妹妹对姐姐衍生出越来越深的怨恨。刘天饶兄妹则是因为失去母亲后，将所有的仇恨都算在了为富不仁的凌甫丽身上，一直也没有走出仇恨。而这些怨恨、仇恨最终以杀戮的方式结束了，当然结束的还有那些实施杀戮的人。

12 张小丽案：
从伴随性移动，
发现对方是否在说谎

2017年4月11日，案发地点，高新区。

我们赶到现场的时候，翠岩村的很多村民都站在远处围观，有些村民正在调侃报警人王健国："这人身上的阴气重得很，专招女鬼！"

"女鬼让他帮忙申冤呢！""难怪打了四十多年光棍，会不会每天晚上……"

一

一进办公室，我就看到李时挥舞着手里的红色请柬说："富翁同学二婚请帖，交了份子钱，这个月又要喝西北风了。"

我瞥了一眼请柬上的照片："你这同学长得可不怎么样，又黑又矮，比你差远了。"

"那是，咱上学的时候好歹也是校草。不过，人不可貌相，我这初中同学上学时因为家境不好，经常被欺负，现在也算是一步登天了。功成名就之人必有雷霆手段，我还记得有一回，班里的大个儿故意往他饭盆里扔沙子。当时，他捧着饭盆盯着我们的眼神，现在想想都不寒而栗。多谢同学不杀之恩啊。"

"你当时没欺负过他吧？"我问。

"没有，我觉得他挺……无助的，不想落井下石。"李时怅然地回答。

"其实友谊这东西挺怪，两肋插刀的少，通常都是我希望你过得好，但不希望你过得比我好。"我感慨。

"这也许就是人性吧。"李时推推眼镜说。

2017 年 4 月 11 日，案发地点，高新区。

我们赶到现场的时候，翠岩村的很多村民都站在远处围观，有些村民正在调侃报警人王健国："这人身上的阴气重得很，专招女鬼！""女鬼让他帮忙申冤呢！""难怪打了四十多年光棍，会不会每天晚上……"

还有村民调侃报案人确实有"特殊体质"，说两年前的烧烤女尸案就是王健国报的警，同样是在晨起散步时发现尸体，只不过发现尸体的地点不同，上一次是在大坝，这一次是小树林。

此时，老王（王健国）正委屈巴拉地和我的同事做笔录。他告诉我们，早晨五点多，他出门溜达，走到小树林附近，发现林子里有一个小土包，感觉还挺新，好像是有人在那里埋了什么东西。出于好奇，他想走近看看。树林里的光线比较暗，走到距离土包五米远左右，他突然看到土包里露出半张人脸，一双眼睛半睁半闭，似乎正盯着他。

老王吓得大叫一声，转身跑出小树林，赶紧报了警。

我看到李时正蹲在土包旁查看尸体，便走过去。李时见到我便说："死者是一名年轻女性，年龄在二十八到三十五岁，身高 165cm，从死者手脚上的茧判断，可能学过舞蹈。死者身上穿着一款黑色的塑身内衣，看样子是高档货，内衣有多处破损。"

"既然是埋尸，是什么原因让尸体从土里露出来了？"我问。

郑爷正在旁边勘查痕迹，听到我的提问接话说："尸体埋得不深，看上去凶手很慌张、匆忙，有可能是首次作案。土堆周围有大量动物足印，应该是附近的流浪狗闻到血和肉的味道把尸体拖出来了，脏器很可能已经被动物吃掉了。昨天夜里下了一场小雨，周围的痕迹已经很模糊了，我只提取到一枚鞋印，从纹路看，应该是运动鞋。"

现场条件有限，李时只能把尸体带回去做进一步检验。

刘队认为想确定死者的身份，可以先从失踪人口开始排查。根据死者的特征，我们暂时把演艺行业纳入优先排查范围。

二

三天之后，我们确认了死者的身份。死者名叫张小丽，是我市天上人间小剧场的演员。天上人间的老板告诉我们，本来演员去留是很平常的事，可是张小丽是剧场的台柱子。老板发觉近期张小丽话里话外有辞职的意思，为了留住摇钱树，他提前预付了张小丽十万块定金，与她续签了一年演出合同。可是钱打过去之后，最近人却一直没来上班。老板曾经找到张小丽居住的出租屋，敲了半天门，也没人应答；打电话，显示对方已关机。

我们开始调查死者的生活轨迹，发现张小丽还有一个同居室友叫吴音，也是天上人间的女演员。多次拨打吴音的手机，对方一直处于关机状态。

我们决定先对张小丽的出租屋进行搜查。

出租屋位于车站附近的新华大厦，属于旧屋翻新公寓，有保安，有监控。张小丽和吴音合租了四楼的一套三室一厅。

打开房门，我们吓了一跳，正对着房门的是一幅张小丽跳芭蕾舞的巨幅照片，和真人的比例是一比一。我们开始对张小丽的房间进行搜查。张小丽住在主卧，打开卧室门，空气中混合着一股血腥味。房间有些凌乱，室内有被翻动过的痕迹。死者的钱夹是空的，现金和银行卡都不见了。床上撒着大量食盐和辣椒，在床和窗户之间的夹缝里还发现了凝固的血迹。看来出租屋是第一现场。

在洗手间的洗衣机附近也有血痕，包括喷溅状血迹和拖拽痕迹。郑爷在洗衣机机身上提取到两枚血手套的痕迹，还发现抽水马桶被清洗得很干净，于是提取了马桶里的液体样本。

吴音住在次卧，室内整洁干净，衣橱里的服装摆放有序，连包装袋都叠成一沓放在衣橱一角，没有发现被翻动过的痕迹。郑爷在枕头上提取到两根带毛囊的长发。

当天下午，局里召开了案情分析会。

李时的验尸结果出来了：张小丽的死亡时间在一周之前；死者的脖子上缠着丝巾和塑料袋，死因是窒息；体内提取到了男性精液，死者在生前曾经遭受过性侵犯；脚腕和脖子上都有被捆绑的痕迹，左侧大腿内侧有数处刀伤，头部和背部有多处被殴打的伤痕。

"死者在被害之前有过激烈的反抗？"我问。

"不，这些伤大部分是在死者被束缚后甚至死亡后造成的。"

"凶手是男性的可能性比较大，因为体力上的悬殊，女性犯罪很少使用扼死的方式。凶手和被害人可能有个人恩怨，仇视被害人。"刘队说。

"床上的盐和辣椒怎么解释？"郑爷质疑。

"从凶手处理尸体的痕迹看，应是先将死者制伏，然后实施强奸，再扼死死者，最后进行殴打、刀刺，对死者进行辱尸。在逃离之前他还到厨房拿调料，撒到床上想遮掩味道，拖延死者被发现的时间。之后不知道出于什么原因，他又把死者拖到洗手间，但并没有分尸，而是直接带走了尸体，最后来到树林进行掩埋。"我分析了一下作案过程。

郑爷补充："被害人有财物遗失，通过痕迹看，凶手作案后，直奔主题，好像事先知道死者藏匿财物的地点，没有四处乱翻。熟人作案的可能性比较大，并且凶手还知道死者近期的财务状况。"

"也可能是凶手逼迫死者说出了藏匿财物的地点，或者死者为了保命自己说出来的。"我补充道。

刘队说："我们通过调查死者的银行卡，发现有一个戴口罩和帽子的男人分五次提走了银行卡里的十万元。"

"死者小区的监控设备老旧，画面不清晰，质量很差。而且公寓的三楼以下是宾馆，出入人员复杂，提着旅行箱的就有十几个人。有些旅客没登记身份信息或者登记了假的信息，一时很难锁定嫌疑人。但是保安记得，在死者死亡当天，下午四点半左右，同租室友的吴音穿着淡紫色风衣，戴着墨镜和口罩离开了小区，走的时候拉着一个行李箱。而且保安肯定地说那人是吴音本人，因为当时吴音还和他打了招呼。吴音是苏州人，遇到儿字音时会吞音，保安印象特别深刻。"我把手里的调查报告递给了刘队。

"我将案件发生前和案件发生后疑似吴音的监控录像进行过比对，从体态和行动习惯以及步幅频率看，应该是同一个人。"我补充道。

"检验科的报告说洗衣机附近的血迹属于两个不同的人，除了张小丽的血迹，还有另外一个人的喷溅状血迹。一开始我们以为是凶手受伤了，可是根据从吴音卧室中提取到的 DNA 检测结果看，血迹是吴音的。"李时把他的报告放在了桌面上。

郑爷说："我在厨房外墙找到了几枚脚印，有人踩着三楼广告牌从厨房的窗口爬进了室内，并且二楼拐角和三楼都有相同的脚印，经过核对，与埋尸现场的脚印一致。根据脚印的大小和着力点看应该是男性，身高在 175cm 以上，体重 160 斤左右。"

是熟人作案还是抢劫杀人，是吴音和其他人合伙作案还是另有嫌疑人，我们一时无法确定。从室内门窗没有被破坏的痕迹看，应该是熟人入室，可是窗户上有脚印；吴音的出血量不大，受伤之后居然玩起了失踪，这些线索太矛盾了。为什么要从窗户入室？如果是随机性入室，那么为什么房间的翻动痕迹又不明显？我一时也理不出个头绪。

但我们都认为，无论是哪种推测，目前吴音的嫌疑都最大。

三

通过天上人间的老板，我们了解到吴音和张小丽的关系非常亲密。她们曾经在同事面前炫耀说她们是大学同学，从毕业直到找工作几乎没有分开过，还提起上大学时，她们和学校里的一个叫王燕妮的女生被同学们戏称为"三仙女"。老板也认识王燕妮，说是自己发小的上任女友。

我想起保安也提到过半年前有一个女人和张小丽、吴音合住过一段时间，后来搬走了。保安也听说过她们是大学时代的同学。

于是，我们找到了王燕妮。

王燕妮和张小丽、吴音不同，如果说张小丽和吴音属于小家碧玉型，那么王燕妮则多了一丝高冷、一丝骄傲。王燕妮经营一家健康食品专营店，她告诉我们，她们几个是表演系的同班同学，大学时代三个人住一个寝室，关系非常要好。几个月前因为店铺装修，她在张小丽和吴音的出租屋借住过一段时间。

王燕妮回答问题时落落大方，语言逻辑性强，会下意识转动左手食指上的银戒指。她说话的语速有些慢，吐字清晰，像在台上说台词。

听说张小丽被害和吴音失踪的消息之后，王燕妮显得很震惊，表情合理，脸上肌肉的瞬间运动也没问题，但是那个转戒指的动作几乎持续了调查的整个过程。

她说半个月前三个人还一起聚过餐，当时吴音提起认识了一个男人，想和男人一起出国创业。因为吴音性格内向谨慎，很少谈及自己的私生活，只提到这些，其他情况她并不了解。

王燕妮还说："小丽性格外向，认识的人挺多的。她谈过一个男友，但两个人没有领证，还有一个私生子。

"小丽这个前男友叫徐鲲鹏，也是我的大学同学，是系里的校草。

小丽和徐鲲鹏谈恋爱的时候，她的妈妈对徐鲲鹏很不满意。他虽然长相帅气，但是除了油嘴滑舌，没有别的本事。小丽她妈强烈反对两个人交往，可是他们还是偷偷同居了。同居之后，徐鲲鹏经常换工作。这个人有些好高骛远，总是不能脚踏实地地工作。特别是在孩子出生后，他们经常吵架。

"后来小丽受够了徐鲲鹏，提出分手，孩子被寄养在徐鲲鹏母亲家。他们分手后，徐鲲鹏不死心，一直想和小丽复合。我听小丽说，他经常跟踪、威胁小丽，想跟她正式结婚。最后逼得小丽没办法，只能从老家逃到东北。小丽现在的工作还是我帮忙介绍的。"

王燕妮在叙述张小丽的经历时有一种居高临下的感觉，但是提到徐鲲鹏的名字时，她的表情更显得自然随意，看来她和徐鲲鹏之间应该没有瓜葛。

我问她："吴音和徐鲲鹏之间有什么特别关系吗？"

王燕妮沉吟了一下回答："徐鲲鹏和吴音是老乡，吴音喜欢过徐鲲鹏。徐鲲鹏和小丽在一起之后，吴音退出了。小丽应该也知道这件事。"

看来三个人之间有感情纠葛。

我注意到王燕妮忽然咬了一下嘴唇，一副欲言又止的表情。

"关于张小丽，你还了解什么情况？"

王燕妮有点吞吞吐吐："我……不太确定，前段时间小丽告诉我，她认识了一个富二代，叫伞志杰。两个人的关系进展很快，已经开始谈婚论嫁了。小丽还说要辞职做全职主妇。可是……"

"可是什么？"

"我们上一次聚餐的时候，吴音偷偷跑到包间外面接了一个电话。我无意中看到她的来电显示，上面有一个伞字。这个姓氏太少了，所以我觉得……会不会是同一个人？"

我看着王燕妮，点点头。她挤出一个得体的微笑，迎向我的目光——暗示型讨好。当一个人想取得别人的信任和好感时，不一定会直接用语言表达，他们会通过一些连贯性的取悦动作传递给别人，比如伪装微笑、身体靠近对方、让自己的视线在对方的视线之下等。此时王燕妮的目光变得很柔和，一直盯着我。她试图用眼神取得我的认可，她很聪明！

四

找过王燕妮之后，我决定先从张小丽的周边关系开始调查。富二代伞志杰很好找。据伞志杰描述，他去看过张小丽的几次表演，送了几回花篮，打赏过几次之后，两个人便认识了，关系进展神速。两个人的确有结婚的打算。可是张小丽被害的时间段，伞志杰在海南和两个朋友在一起，有不在场的时间证人。

当我问伞志杰是否认识吴音时，伞志杰撇嘴一笑："那个女人表面看一本正经，其实挺'三八'的。前段时间，她给我打过电话，把张小丽有孩子的事儿告诉我了。我和张小丽大吵了一架，提出分手，之后就去海南散心了。"

他的回答让我很意外。

看我盯着他，他赶紧举手发誓："警官，张小丽可不是我杀的。虽然她骗了我，但她这个人没什么城府，傻乎乎的，属于刀子嘴豆腐心那种，我还是挺喜欢这种性格的，一眼到底，不用费心。可是我们这种家庭条件是绝对不会要一个二手女人的，特别是有私生子的二手女人。我没亏待她，给她卡里打了五十万分手费。"

伞志杰说完这些，突然沉默了，脸上玩世不恭的表情消失了几秒钟，眼睛下垂，双颊紧绷——是怀念和悲伤。

我们在张小丽手机的黑名单里找到了前男友徐鲲鹏的电话，徐鲲鹏的手机一直关机。我们已经查到徐鲲鹏来本市有三个多月了，开一辆黑色的二手桑塔纳。徐鲲鹏租住的新华宾馆和张小丽的出租屋直线距离不超过二百米，从宾馆后窗可以看到张小丽卧室的窗口。4月15日，早上八点多，徐鲲鹏离开宾馆，一直没有回来。

警方在各大车站和高速出口设置了巡查岗，堵截徐鲲鹏，在宾馆也布置了便衣，但他一直没有出现。一周之后，徐鲲鹏居然回到了新华宾馆，被守在那里的同事抓获了。

徐鲲鹏长相帅气，但是精神状态不佳，胡子很久没刮了，穿的T恤已经起了绒球。

讯问期间他一直不承认杀害了张小丽。

我问他："手机为什么一直关机？"

"工作不顺，最近又被人骗了，张小丽也不理我。我买了不少酒，开着车跑到南山借酒消愁去了。"

"这个星期一直住在车里？"

"是。"

"为什么不接电话？"

"手机没电，自动关机了。"

"你最后一次见张小丽是什么时间？"

徐鲲鹏忽然激动起来："我不会杀张小丽，要杀也是先杀了自己。"说完这句话，他的眼泪控制不住地往下掉，鼻涕流出半尺来长也顾不得擦。

徐鲲鹏还说："要不是我自己没出息，养不起老婆孩子，也不会闹得家破人亡。"

徐鲲鹏虽然是学表演的，但感觉他现在的样子不是演出来的，应该是真的伤心了。

经过 DNA 检测，徐鲲鹏的与张小丽体内的精液样本不符，而且鞋的尺码也不对。徐鲲鹏只有一双皮鞋，在皮鞋底部我们提取到了南山附近的泥土样本，他没有说谎。

案件又回到了原点。

五

两天之后，徐鲲鹏给我打电话，他说突然想起来，他跟踪张小丽时发现另外一个男人似乎也在跟踪她，并且那个男人还在张小丽家附近转过。他以为是张小丽新交的男朋友，又偷偷对那个男人进行了跟踪，发现那个人住在宾馆隔壁的安居小区。男人每次出门都包裹得很严实，戴黑帽子和黑口罩。他没看清长相，只知道男人身高在185cm左右，戴眼镜。

我们马上对安居小区进行了搜查，一名同事在垃圾箱的草丛附近发现了半张被烧焦的银行卡，经核查是张小丽被盗的银行卡。我们调取小区监控后，终于找到了扔卡的嫌疑人——秦嘉林。

秦嘉林和张小丽是同乡，也是高中同学，班上的学霸，当年以理科第一的成绩考上一所名牌大学。他性格内向，目前在本市高新区的一家信息公司工作，薪水优厚，工作体面，并不缺钱。我们再把银行监控进行比对，发现取钱的就是秦嘉林。最终我们在一家地下网吧抓获了秦嘉林。

秦嘉林也不承认张小丽的死和自己有关。在我们出具了 DNA 比对报告、现场提取的鞋印，以及精液化验报告都与秦嘉林吻合的证据之后，他还是拒绝承认自己是凶手。

秦嘉林性格内敛，说话的语气有些低沉，越是这种性格的人，越容易积压情绪，诱发激情犯罪的可能性越大。

受我处刑警中队委托，在收到心理测试委托登记表后，我开始对犯罪嫌疑人秦嘉林进行测谎。

整个测谎过程由我负责，我分别给秦嘉林连接呼吸传感器、脉搏传感器、皮电传感器以及血压传感器。

每个传感器都连接着测谎仪，在测试过程中会有图谱显示在我的手提电脑上，蓝线代表呼吸，绿线代表皮电，红线代表血压，黑线代表脉搏，这四条曲线将会诠释出身体密码之中隐藏的人性密码。

测谎正式开始。

"我不是来审讯你的，我是技术部门的测谎师，来帮助你自证清白，回答问题时请用是或者不是。"

秦嘉林点点头。

"姓名秦嘉林？"

"是。"

"今年二十八岁？"

"是。"

"你和张小丽是同乡？"

"是。"

"你和张小丽是高中同学？"

"是。"当我问到这个问题时，秦嘉林有了肢体变化，两脚后退，一前一后，由外开转为内合——"无花果"式防守。顾名思义，他的姿势像无花果果实。无花果的果实是圆的，从外面看没有破绽，底部却有一个小孔。从我的角度看，秦嘉林将自己包裹严实，但一前一后的双脚却给他圈出了空间范围，保护住只有他自己知道的秘密，并且对这个秘密有所顾忌。

"你一直喜欢张小丽，暗恋她？"

沉默三秒后，秦嘉林回答："是。"

"因为张小丽漂亮，追求者众多，所以你觉得自己配不上，只能默默努力，想让自己变得优秀之后，再追求张小丽。"

秦嘉林边舔唇边回答："是。"

"没想到大学毕业后，张小丽和徐鲲鹏同居了，还生了一个孩子，你失望极了。"

"是。"声音又低了一度，秦嘉林显示出了沮丧。

"你毕业后放弃了极好的工作机会，从外地回到老家，就是为了守在她身边。"

"不是。"秦嘉林低下了头。此时蓝色呼吸线有起伏，超过正常情绪波动值。

"你终于等到张小丽和徐鲲鹏分手，觉得自己的机会来了。可是没等你表白，张小丽为了躲避徐鲲鹏，一年前又跑到东北打工，所以你马上辞了工作追了过来。"

"不是，我过来是个巧合。"在一连串的问题后，秦嘉林的掩饰性意识开始觉醒。当人意识到自己将陷入危险，会不自觉地将自己的语言模糊化。秦嘉林觉察到我在向涉案问题不断靠拢、深入时，他在心理上提升了防御级别。

"因为性格内向腼腆，你还是没有开口表白，结果张小丽很快又认识了富二代伞志杰。当你看到他们两个人卿卿我我，你气疯了，觉得张小丽是个轻浮的女人。"

"我没有。"秦嘉林提高了声调。脉搏传感器的显示值登顶。谎言被识破时，大部分说谎者不但不会流露出沮丧、颓废的情绪，相反，他会用比较强硬的态度和提高声调来证明自己的清白。而脉搏传感器标示的是人的血压，一个人在焦虑、紧张的瞬间，血压便会飙升。

"张小丽的窗户上为什么会有你的脚印？"

"我……我想看看她。"

"张小丽的体内为什么会有你的精液？"

"我……我们约会……"

"她既然同意和你约会，为什么你要偷看呢？而且张小丽的手机里根本没有你的电话号码。"

"我……"皮电反应图谱高峰迭起，有冲击极限的趋势。和基线问题相比，他在生理反应上的对应率达到了80%以上——他在说谎。

"张小丽一直在忽视你的存在。你为她付出了很多，你因爱生恨，从厨房的窗口爬进张小丽家，看到张小丽一个人在床上睡觉。这些年积攒的情绪爆发了，你强奸了张小丽。"

听到这些，秦嘉林顾不得手上的传感器，捂住了头。

"既然已经得手，为什么要杀人？"

"我不是故意杀她的。我当时喝了酒，强奸她之后，才意识到自己干了什么。我本来想逃走，可是她突然认出了我，还叫出我的名字。她说不会报警，让我放过她，还说给我多少钱都行。我很害怕她反悔报警，用皮带把她的手脚绑了起来，找到银行卡，逼她说出银行卡密码。其实我根本不想要她的钱，我也不知道当时为什么那么做。她可能觉得我嫌钱少，突然说她未婚夫特别有钱，如果我觉得钱少，她可以让未婚夫打钱给我。听到她提起那个富二代，我一下被激怒了，随手拿起桌子上的塑料袋勒住她的脖子。可是塑料袋不结实断了，我又找来丝巾勒她，直到她不动了。想起这些年我对她的感情和付出，觉得特别堵心，我又拿起桌子上的修眉刀在她大腿上划了几下。

"等我清醒过来，才意识到自己杀了人。我吓坏了，想逃跑，又怕别人闻到尸体的味道，就到厨房拿了盐和花椒撒在她身上。我怕我强奸她的时候可能留下了证据，想把她拖进卫生间进行冲洗，可是刚拖到卫生间，就听到楼道里有脚步声，还听到有人敲门的声音。我吓坏了。等敲门的人走后，我觉得把她放在出租屋太容易被发现，我看到厨房墙角有一个很大的编织袋，就把她塞了进去，正好和一群外地打工仔混在一起，出了大厦。"

秦嘉林讲完吞咽了一次口水，这是恐惧的一种表现。人在害怕时，胃液会出现异常分泌，感觉口干舌燥，喉头发紧，说不出话来。

"之后呢？"

"我开车把尸体运到高新区的小树林里埋了。"

"敲门的人是不是和张小丽合租的吴音？"

"我不知道，当时听到有人敲门，我躲在门后。"

"吴音是不是你的同谋，她是被你灭口了还是绑架了？"

"没有，我不认识什么吴音，敲门的人敲了几下就离开了。"他一边说话，一边不断改变身体的重心——伴随性移动。这种动作翻译过来就是一边说谎，一边抹掉自己说谎的痕迹。

"你说谎，你不是听到有人敲门，而是发觉有人进入房间。你不是藏在门后，而是藏在洗衣机和墙的夹缝里。我们在洗衣机的背后发现两枚手套痕，只有藏进那个缝隙里，才会不小心碰触到那个位置。你没想到，正要处理尸体时，有人直接闯进了卫生间。"

"我……我……"口吃是谎言的断续，他没有时间编造了。

"你觉得杀一个人比杀两个人的罪行轻。"

此时屏幕上呼吸、血压、皮电反应的数值此起彼伏，呼吸波出现密集锯齿状上扬反应，表明他很紧张。血压上升是焦虑感增加；皮电值升高是被揭穿谎言后的应激行为。所有变化都显示秦嘉林正处于一个心理斗争状态，不过最终他还是放弃了抵抗。

"那个女人突然打开洗手间的门，我一害怕，用力把她推倒了。她的头正好撞在地面上，我又用力掐住她的脖子，她就不动了……"

"为什么只带走张小丽，没有处理吴音的'尸体'？"

"我毕竟喜欢过张小丽，人死了要入土为安。另外那个女人我不认识，同时带走两具尸体也没办法，所以……"

数据曲线恢复了平静，秦嘉林的语调渐渐恢复了正常。表情抓拍仪上，他的面部肌肉开始放松，属于叙述状态，在这个问题上他应该没有说谎。

一小时三十五分钟，测谎结束。

六

从去年9月起，局里已经批准将测谎和口供作为合并项。我结束测试之后，隔壁的刘队带同事对嫌疑人秦嘉林进行突审，核实细节。测谎为突审打开了突破口，在秦嘉林心理防线最脆弱时很容易拿下口供。

可是现在张小丽的案件只破了一半，吴音又去了哪里，后面又发生了什么？

秦嘉林认罪一周后，郑爷兴冲冲跑进办公室，举着证物袋在我面前摇晃："看我发现了什么？"

"针孔摄像头？！"看到证物袋里的东西，我也有些惊讶。

"一休师傅，你猜猜这个针孔摄像头是谁安装的？"不知道从什么时候起，郑爷不再叫我的绰号"六一"了，而是改为"一休"。

"王燕妮。"

"你怎么知道的？"

"你先说这个'针孔'是怎么找到的？"

"昨天半夜，月黑风高之时，我又去查了一次现场。我打开手机扫描了一下房间，结果在客厅的钟表里发现了一只红色的小眼睛。我在摄像头上提取到一枚指纹，送到检验科那里，比对后发现指纹是王燕妮的。"

"发现也没用，她在那里住过，她会说是自己擦钟表的时候不小心留下的，总之没有实质性证据。或者说哪怕你抓拍到那个女人举着刀正在杀人，她也有办法为自己辩解为正当防卫。她是上帝视角，我们从一开始就被她牵着走。"

"所有线索都是她提供的。"郑爷若有所思，"那个女人那么厉害？你从什么时候开始怀疑她的？"

"做周边调查的时候，虽然一部分是推测，但她假扮的吴音几乎以假乱真，唯独忘记了自己摸戒指的习惯。从出租屋出来的吴音，向保安打招呼的吴音，给伞志杰打电话告密的吴音都是王燕妮扮演的。"

"你不是说出门的应该是吴音本人吗？"

"我在监控里看到假吴音在和保安打招呼的时候左手大拇指一直在抚摸食指，虽然王燕妮细心到摘掉了食指上的银戒指，但是习惯性动作摘不掉，可是这不能作为证据。"

"我们只能先找到吴音在哪儿。你找到针孔摄像头的时候，王燕妮肯定看到了。现在她会把吴音藏得更隐蔽，或者说她很自信，她确定我们永远不可能找到吴音，吴音应该已经被害了。"

"吴音一直没有消息，包括她的家里人我们都联系了，也没有查到吴音的出境记录。"

"出什么境，吴音认识别的男人应该也是王燕妮编造的。她一说谎就转戒指。三仙女之间肯定有个人恩怨，而且这个结应该藏得很深。我打算再去见见王燕妮。"

七

我站在王燕妮的店里，打量着展示柜上的商品。店铺装修得很漂亮，到处是闪闪发光的镜子，水晶货架上摆满了女孩子们喜欢的东西——精致的化妆品、减肥食品、智能塑身衣、洗漱用品，琳琅满目。王燕妮开的是手工作坊，大部分商品应该都是她亲手制作的。

王燕妮穿一件乳白色华夫格半身裙，淡妆，外貌确实出众。她把刚泡好的咖啡放到我面前，浅浅一笑。

"我在知道你们三个人是同学之后，去过表演学院，了解到你过去的一些事。"我开门见山。

"你说的是什么事？"王燕妮深呼吸，收紧下巴——深呼吸可以增加血液携氧量，让大脑更活跃，注意力更集中。收紧下巴是一种自制行为，代表着积蓄力量，它属于一种自我保护动作，提醒自己不要冲动。这些补充能量的姿势可以起到镇定的作用，让她冷静下来。

"狐臭手术！"

"嗯，过去的事了，大一的时候。"王燕妮的脸上有些不自然。

"因为手术失败，你还在寝室自杀过？"

"没有，是同学们乱八卦的，不过那种味道确实让人嫌弃。"

"不是普通的嫌弃吧，听当时的宿管老师说，你曾被张小丽和吴音关进卫生间一夜，内衣被她们挂在男生宿舍楼外面，还失去了试镜的机会。"

"那时候年轻，都不懂事。我做过两次狐臭手术，都失败了，是命吧！"王燕妮放下咖啡调羹，把手放在桌子下面。她在回避。

"张小丽曾经当众说过，你比不上她的一根脚趾香。"

王燕妮的身体抖了一下。

"年轻的时候，说话没遮拦，再说小丽是刀子嘴豆腐心，我没记恨过她。我们三个的关系很好的，要不然她和吴音也不会大老远来东北投奔我。"

"你并不是真的想帮她们，你只想扯平当年的羞辱。你告诉她们，你嫁了富商，还帮她们找工作，租房子。可惜，天不遂人愿，很快她们就发现了你的秘密。

"你根本没嫁给富商，不过是那个男人众多情人中的一个，而且很快被甩了。更糟糕的是你的铺子还着了火，连装修的钱都没有，甚至失去了住的地方。我不知道她们是不是又嘲笑了你一次，嘲笑之后还主动提出资助你的铺子，又羞辱了你一次。"

王燕妮的肩膀有点抖，脸色越来越难看。

"那也不至于杀了她们吧？"

"案子不是已经破了？是秦嘉林杀了她们，和我无关！"

"我们没有对外公布案件审理细节，你怎么知道凶手一定是秦嘉林？你从客厅的摄像头里看到的？"

"我不知道你在说什么，我只是推测。"王燕妮侧过脸。

"你等这个机会很久了。张小丽是秦嘉林杀害的，但吴音不是，吴音是你杀的。"

"我没有。"王燕妮下意识将右手放在颈窝上，几秒钟之后又把手搭在左手手腕。当说谎者感觉受到威胁时，会试图遮盖自己的颈窝。颈窝是身体中非常脆弱的一部分，呼吸、说话、吞咽时都会用到这个部位，为大脑供氧的颈动脉也在这里。一旦脖子受袭击，会有生命危险，所以当人意识到危险时，会下意识保护自己的"七寸"。

女人在说谎时与男人不同，男人更喜欢抓头发、摸鼻子或者眼神错位，女性通常会下意识将手放在颈窝、手腕、腹部、腹股沟上来掩饰自己的谎言。同时这也是一个隐藏动作，隐藏真相，隐藏情绪和事实。

"秦嘉林说他把吴音推倒，又掐住她的脖子，袭击吴音的整个过程，吴音都没有出血，可是我们在洗手间的地板上发现了吴音的喷溅状血迹。

　　"我想过程应该是这样的，你的店铺失火后，无处可去，只能投奔张小丽和吴音。她们的工作还是你介绍的，看她们的事业风生水起，张小丽还找了个富二代，你的心里越来越不平衡。虽然你不知道自己想做什么，但还是在客厅里安装了摄像头。客厅摄像头的位置选得很细心，除了对客厅里的情况一览无余，还可以同时看到张小丽的卧室和洗手间。

　　"这个机会终于来了。看到秦嘉林入室后，在强暴张小丽时，你突然有了计划。你马上给吴音打了电话，随便找了个借口，比如张小丽不舒服，让吴音回去照顾她。

　　"你的本意是把吴音推进案发现场，借刀杀人，让秦嘉林杀了她们两个，但是透过摄像头你发现秦嘉林并没有杀死吴音。

　　"秦嘉林带走张小丽的尸体后，你潜回出租屋。吴音此时已经醒过来了，只是失去了反抗能力。你把吴音的头按在马桶里，捡起掉在地上的剃眉刀，杀害了吴音，喷溅的血液和张小丽的血液部分重合。作案的整个过程你戴着手套，所以我们没有找到你的指纹。

　　"我们的探测仪没有在马桶里发现吴音的大量血迹，因为你用漂白剂清洗过马桶。吴音死后，你把她的尸体装进旅行箱，穿上吴音的衣服，假扮成吴音的样子，故意和保安打招呼，伪造吴音还活着的假象。你和吴音身高相近，你们认识这么多年，再加上专业功底，把吴音模仿得惟妙惟肖，轻松骗过了保安。我注意到你货架上的漂白剂和出租屋卫生间的一模一样。"

　　"刘警官，你的想象力太丰富了。如果真的是我杀了吴音，吴音的尸体在哪儿？"王燕妮抿嘴摇头，一脸无奈。

　　"你已经告诉我了。"

"我？"王燕妮诧异地睁大了眼睛。

"因为这个。"我从货架上拿下一款塑身内衣，"让吴音穿上这款瘦身衣之后，将智能面料连接 App，设置为跑步模式，就会知道吴音的运动轨迹了，还有专属定位功能。所以她在哪儿，我们很容易找到。张小丽的尸体被发现时，她身上穿的就是这种内衣。我们在勘查现场时，我发现吴音的衣橱下面也放着这款内衣的包装袋，可是我们并没有找到内衣，她应该穿在身上。你送了她们每人一件，目的就是掌握两个人的行踪。"

王燕妮的身体突然一僵。

"就算你卸载了手机上的 App，历史数据也很容易恢复。"

"那只是我送给她们的礼物。"王燕妮的声音忽然低了下来，并且把重音落在礼物两个字上。

能掌控好自己声音的人是经过专业练习的，她懂得怎样让自己的话更有说服力。比如强调关键词"礼物"，降低音调，会更容易让人记住她想让对方记住的部分。之所以会降低而不是升高音调，是因为高音调会让人的声音变得脆薄，甚至失真，是没有安全感和紧张的表现，而低音调更容易提升说话内容的可信度，更容易让人信服。我不得不佩服，她的演技真好。

此时，王燕妮的左脚尖呈 45 度角指向库房门，上半身却转向相反的方向。这是一种掩饰动作，脚尖泄露了秘密。

"吴音就在这儿？"我问。

王燕妮突然用手按住招财猫不停摇晃的爪子。人在有压力时会释放肾上腺素，表现在身体上是心跳加快、血压上升、能量速增；另外一种是去甲肾上腺素，会让人注意力集中，感觉变得敏锐，比如他会让正在运动的物体保持静止状态，因为运动的物体或者声音会打扰她的思路。

沉默了很久，王燕妮忽然开口说："她们让我失去了一切，名誉、机会、健康和爱情。"

她深深叹了一口气："上学的时候，她们嫌我有狐臭，弄来一种草药，说是不用手术也能治好。一开始我不想喝，她们就把我反锁在卫生间里，还把我没洗的内衣挂到男生宿舍。她们每天讽刺我，嘲笑我，孤立我，再加上接连两次手术失败，第一学期还没结束，我就得了抑郁症，差点从楼上跳下去。后来，我妥协了，吃了她们给的药，结果因为过敏引发了子宫腺肌瘤和免疫系统病变，全身起疹子，像只癞蛤蟆。医生还说这会导致受孕率降低，因此我还休学了半年。

"没想到毕业多年后她们会主动来找我。一开始我想，算了吧，让过去的都过去吧，我还帮她们找了工作。有一次，我和男朋友请她俩吃饭时，张小丽借酒装疯，把我上大学时的事当成笑话说出来了，最后还嘱咐我男朋友，说我精神状态不稳定，让他多当心。当天晚上我男朋友就和我提出分手。我知道所有主意都是吴音出的，张小丽没有那个心机。"

"远离她们就好了，何必把自己逼上绝路。"

"是她们不想远离我。吴音和张小丽经常来我的店里玩，说白了是来占便宜的。她们在试用一款美体机时插错了电源，电路被烧引起火灾，把我的店也毁了。我不明白，为什么只要遇到她们就那么倒霉。"王燕妮的眼角、嘴角下垂，眼睛俯视地面，用右手抓住左手——表现出了沮丧。

"那个摄像头是我安的，我想掌握一些她们的隐私，没想到让我发现了秦嘉林强暴张小丽。我觉得这是天赐的机会，于是给吴音打了电话。后面的，你都知道了。"

警车的笛声由远及近，我来之前已经佩戴了胸摄——一种便携式出警记录仪。此时，刑警一队已经到位了。

在王燕妮的指认下，同事们刨开库房的水泥地面，挖出了吴音的尸体。她里面穿着的正是王燕妮送的那件塑身内衣。

王燕妮被带走的时候，她忽然回头看着我说了一句话："我不后悔。"

坐在警车上，看着飞速后退的槐树，我在想，秦嘉林本来前途光明，却为情所困，一步失足，万劫不复，这个学霸后半生算是彻底"挂科"了。张小丽和吴音的死更像一种因果报应。而王燕妮呢？即使没有办法选择宽容，至少可以选择远离，可能她心里的怨恨一直都在。当张小丽和吴音找到她的时候，那份深埋的"旧怨"终于破土而出，最终结出了一个让所有人沦陷的恶果。

我想，无论是亲人还是朋友，想要维持"关系"的平衡都需要把握好自己的底线，把握好"金钱""口舌""距离"，坚守住尊重、平等、双向的原则，自然远离是非，保持长久良好的关系。平衡一旦被打破，关系发展的方向便会失去控制。

13 姐妹花案:
报告警察,
我背后粘了一具尸体

10月2日凌晨2点20分,110报警服务台接到报警电话,打电话的男人叫胡烁。民警见到报警人后大吃一惊:胡烁,二十二岁,长发不羁,留着胡子,半裸上身,身上、脸上、手上沾染了各色颜料。他双手叉腰,身子半弓,后背上背着一具腐烂的女尸,此刻他的表情很复杂。

一

我家算是警察世家。2018 年 9 月 24 日中秋节，我爸在分局值班，我妈在派出所留守，我在刑警队待命，一家三口，三个地儿，好在共享一个月亮。我搅着泡面，看着窗外圆圆的月亮，心里想：但愿人长久，千里共婵娟，希望今晚是个月圆人团圆的平安夜。没想到就在那个月圆之夜，香云山发生了一起命案，而死者是在一周之后才被发现的。

10 月 2 日凌晨 2 点 20 分，110 报警服务台接到报警电话，打电话的男人叫胡烁。民警见到报警人后大吃一惊：胡烁，二十二岁，长发不羁，留着胡子，半裸上身，身上、脸上、手上沾染了各色颜料。他双手叉腰，身子半弓，后背上背着一具腐烂的女尸，此刻他的表情很复杂。

凌晨两点十分，胡烁打开头灯，开始在香云山西双桥上做涂鸦桥绘。他自己也不知道怎么会不小心踢翻了强力胶桶，之后一脚踩空，背朝下从桥上掉了下去。巧的是胶水正好洒在桥下躺着的一具尸体上，结果胡烁和桥底下的那具腐烂女尸粘到一起。胡烁的身体和尸体的黏合度很高，几乎是头碰头，脚挨脚，好在桥高不足两米，他并没有受伤。

为了不破坏尸体，胡烁也被当成证物送上了验尸台。

经法医检验，死者为一名年轻女性，年龄在二十五岁左右，通过
X光片检测，死者曾经做过三次腿部手术——这个线索对于获得死者
的身份信息很有用。在弃尸现场，死者头南脚北，全身赤裸，面部化
过妆，手指新做了美甲。一件牛仔连衣裙被扔在尸体附近，裙子上有
大量血迹。脖子上有掐痕，头部有粉碎性骨折，死亡原因为颅脑损伤，
没有被性侵的痕迹。另外，被害人已经怀有两个月的身孕，这个案件
是一尸两命。

为了让胡烁和死者分离，李时用了绝缘油和丙酮。李时在胡烁和
尸体之间的连接处先倒上混合溶液，在浸泡了半个小时后，让胡烁双
手抱头，然后他抱住死者的头颅，轻轻晃动，慢慢地将整颗头颅完整
分离下来。

刚把死者头部放在检验台上，从头骨里便涌出无数蛆虫，我和郑
爷不约而同后退了一步。胡烁用余光扫到了蛆虫场景，开始大声呕吐。
从蛆虫的生长程度判断，死者的死亡时间已经超过一周。

用同样的操作方法，四个半小时后，李时终于从胡烁身上扯下了
全部尸体。胡烁恢复了自由。

李时拼凑好尸体，发现女尸的骨骼和正常人有很大区别，下身发
育不良，左腿很细，右腿比较粗。他怀疑死者很可能是残疾人。根据
腿骨的弯曲程度判断，死者生前很可能一直坐在轮椅上。

我现在还记得当时胡烁欲哭无泪的表情。做笔录时他告诉我，他
是自由画家，他选的涂鸦地点是香云山附近的一座废桥，在电子地图
上根本找不到，他只是想在没有人打扰的环境下创造一个属于自己的
艺术奇迹。事实证明他的确做到了"创造奇迹"。

那么偏僻的地方，荒草丛生，乱石密布，轮椅根本不能通行。郑
爷勘查现场时没有发现任何有用信息，也没有提取到轮椅胎痕。他认

为那里应该不是第一现场，只是凶手抛尸的地点。警察以抛尸地为圆心在周边一公里内进行搜查，并未发现其他痕迹。

死者的脸部已经开始腐烂，损毁严重。从女尸的修复头像看，她应该是外来人口——面部比较扁平，颧骨高而宽大，骨骼结构符合苏北人的特点。我在失踪人口数据库里没有查到吻合对象。

我拿起死者的固定照片仔细观察，虽然尸体已经腐烂，仍旧可以看出她打扮得很精心：牛仔裙是新的，上面有大片蝴蝶图案的手工刺绣，应该价格不菲。如此隆重的打扮似乎是要赴一个约会。我又盯着死者手部固定照看了一会儿，发现美甲也是新做的——在指甲里没有提取到其他人的DNA。

"死者本人会不会从事美甲行业？"我自言自语地嘀咕。

"何以见得？"刘队问。

"首先，这种工作适合残障者。其次，从细节上看，如果死者是顾客，她做美甲时，会把手平放在美甲垫上，手背朝上，方便美甲师工作；如果自己做，会出现弯曲手指，掌心朝向自己的情况，这样的话，指甲油很容易沾染到掌心。死者的掌心留下多个小月牙痕迹，鉴证科的报告里也证实那是指甲油。关键是死者不是随意涂了个指甲油，她做的是立体甲雕，右手的甲雕一致向左倾斜。她不仅是自己做的，还应该是专业人士或者曾经从事过这个职业。"

刘队点点头，开始布置工作方案。我和郑爷一组，把市区的美甲工作室作为重点排查对象，拿着死者的复原照片进行走访调查。

二

半个月后，我们在东龙河管区找到一家尚未开业的美甲店。因为一直联系不到店主，于是我们到隔壁的饭店打听情况。饭店的老板娘是个三十出头的美女，身材高挑，为人很热情。她告诉我们，一个多月前，曾经有两个南方口音的女孩子经常来她家饭店吃饭。两个女孩子长得很像，其中一个坐在轮椅上，另外一个经常穿白底粉花的睡衣。老板娘和她们聊过几句。穿睡衣的女孩子说她们是双胞胎，坐在轮椅上的是姐姐，因为小时候出过车祸，坐轮椅有十几年了。姐妹俩还说已经将隔壁的房子租了下来，准备开美甲店。老板娘还说最近这段时间再没见过她们。

我们认为坐轮椅的姐姐和死者的情况比较吻合，如果说妹妹经常穿睡衣推姐姐过来吃饭，她们的住处应该就在附近。

我们向老板娘打听是否知道姐妹俩的住处在哪儿，老板娘说她也不太清楚。

正当我们要离开的时候，老板娘追出来说，有一个经常来饭店吃饭的小卡车司机曾帮两个女孩子搬过家，他可能知道她们的住处。我们给老板娘留了联系方式，告诉她如果再看到司机请马上给我们打电话。

三天之后老板娘打来电话，说之前提到的那个卡车司机到店里来吃饭了。

我和郑爷赶到的时候，老板娘朝靠窗的位置指了指，一个三十多岁的胖男人正坐在那里吸烟。听说我们要找两名南方口音的姐妹，其中一个坐在轮椅上，司机马上说："是她们呀，我对那两个女孩子印象还挺深的。"说完，他还不屑地撇了一下嘴。我感觉他和姐妹之间一定发生过什么。

我给他看了死者的还原照片，司机说："长得挺像坐轮椅的那个。"

司机姓王，他和我们沟通时，把已经按灭的烟头捏了又捏，很明显地表现出郁闷的情绪，欲言又止。

我问他："你是不是还了解一些其他情况？"

司机叹了口气："我和坐轮椅的姑娘吵了一架。"

"能详细说说吗？"

"两个女孩一开始住在租下的美甲店隔间，可能觉得不方便，又另外租了房子。我帮她们两个搬家之前已经讲好价钱。到了地方之后，我和那个妹妹一起把轮椅抬下车，不小心刮了一下姐姐的玉镯子。当时那个姐姐特别生气，说那个镯子是她未婚夫送的订婚礼物。她抓着我的衣服，非让我赔偿，还说不赔就不给工钱，把我气得够呛。最后还是妹妹通情达理，偷偷把搬家费塞给我，让我走了。"

"你知道那对姐妹叫什么吗？"

"公司要求雇主必须出示证件，我记得那个厉害的姐姐叫……好像叫徐爱文，妹妹叫徐爱丽。"

徐爱文对手镯那么珍视，可是我们在尸体上并没有找到那只手镯，看来镯子可能被凶手带走了。

在司机的带领下，我们找到了两个女孩子的住处。姐妹俩租住的房子是 20 世纪 90 年代的建筑，一楼的 101 室，应该是为了方便姐姐进出才租了最低的楼层。我们敲了半天门，屋内无人应答。郑爷是开锁专家，我们先打电话通知刘队申请用技术手段进入房间，得到批准后，我们打开了房门。

房间里的采光不好。打开壁灯，我们发现室内凌乱不堪。房间是两室一厅，客厅里摆了不少美甲材料、用具和衣物。主卧比较干净，床上放着两套被褥。次卧放着两个旅行箱，半敞着，看起来还没有好好整理过。衣橱里只放了几件内衣，地板上和桌面上都是灰。垃圾桶里的快餐包装中已经生了小虫子，房间里充满食物腐败的味道。这里应该有一段时间没人居住了。找遍了整个房间，我们没有发现轮椅。

我在次卧的枕头下面找到一个绿色的腰包，里面是姐妹两人的证件和五千多元现金，不过在房间里没有找到她们的手机。身份证上显示，姐姐徐爱文，二十六岁，妹妹徐爱丽，二十六岁。从出生日期上看，她们确实是双胞胎。

我们联系了房东。房东告诉我们，这对姐妹在两个月前租下房子，已经交了一年的房租。房东只知道她们打算在附近开美甲店。

姐姐被害，妹妹失踪，我们手里的线索少之又少。刘队去联系调取周边监控，郑爷开始做第二次勘查。主卧的桌子上摆着一台笔记本电脑，郑爷开机之后，听到光驱里不停发出奇怪的"咔哒"声。打开光驱，里面是一张名片，上面写着：富国强，宏星酒店厨师长。

"名片为什么会放在光驱里？"郑爷很是不解。

我思考了一下，分析道："死者是残疾人，习惯把重要或者经常使用的东西放在最方便的地方。光驱这个地方既隐蔽又方便，所以富国强这个人对死者来说很可能非常重要，或者是关系比较特殊的人。"

三

当天下午，我和郑爷穿便装进入宏星酒店，先找到经理，向经理了解情况后，他带我们去后厨找富国强。刚走到传菜室的转弯处，一个高大帅气的男人迎面向我们走来。我在员工登记手册上看过富国强的照片，眼前这个男人就是我们要找的人。和我们对视一秒之后，富国强转身就跑。刚跑出后门，他就被早已埋伏在那里的同事制伏，随后被带回了警局。

富国强身上只携带了一部手机，我们将他的手机转交给技术科做分析处理。技术科的同事在手机里找到了富国强和徐爱文的合影，时间是一个月之前。

富国强坐在讯问室里，低着头，双脚不停在地面上"印脚印"，看来他急于脱身。

我问："富国强，为什么见到我们要逃跑？"

富国强眼神闪烁，眼睛眨动频率很快，他要开始说谎了："我打麻将欠了钱，以为你们是债主，怕被泼油漆，所以才逃跑。"

虽然他半握着拳，我还是注意到他左右两手小拇指的指甲上残留着红色指甲油的痕迹。我开门见山地问他："你认识徐爱文吗？"

富国强的双腿明显抖了一下，深呼吸了几次，才回答："我不认识。"

"可是我们在徐爱文家的电脑里找到了你的名片。"

富国强说："我经常随手发名片，不记得都给了谁。"

我提醒他："是一个坐轮椅的女孩子。"

富国强吞咽了两次口水，皱皱鼻子，挤出一脸无辜："没什么印象了。"

我指着他的小拇指说："上面的指甲油是徐爱文帮你涂的吧？"

富国强将两只手藏到桌子下面，急忙否认："是我在厨房做浆果酱时染上的。"

他一直沉浸在自己的惯性说谎里，我只能戳穿他："虽然你删除了徐爱文的微信，我们还是在你的手机里找到了一个月前你和徐爱文的合影。"

富国强终于低下头，他舔着干裂的嘴唇，低声说："我确实认识徐爱文，可是已经很久没见她了。"

"据你同事反映，上个星期还看到徐爱文来酒店找过你。"

他又吞咽了一次口水，不说话了。

"你和徐爱文到底是什么关系？"

富国强嗫嚅着说："我们属于网恋奔现。"

我指指他的手："指甲油到底是怎么回事？"

他摸了摸小手指："我和徐爱文约会时，她趁我睡着给我涂的。我当时还生气了，徐爱文埋怨我开个玩笑还发那么大脾气。"

此时富国强满头是汗，不停舔嘴唇。我接了一杯水，放到他面前。水对情绪紧张的人来说是一种安慰剂，可以适当平复焦虑情绪，也可以通过对水杯的抓握增加安全感。

"徐爱文死了。"我突然说。

"不是我杀的！"富国强瞬间回应，他的反应过程太快，少了惊讶和回溯两个环节，除非预演过无数次，否则不可能作出如此迅速的回应。

"我没有说人是你杀的，我只是想问你，你对徐爱文的情况了解多少？"

富国强突然变了声调，音质干燥嘶哑："我只知道她家里开工厂，挺有钱。一开始她没有告诉我她是残疾人，只是说她身体不好，不好找对象，还说自己有抑郁症要自杀什么的。我看她可怜，安慰过她几次，没想到她爱上我了。"

"你们网恋了多长时间？"

"有半年多吧，她坚持要过来找我，我只好告诉她我已经结婚了。一开始她骂我是骗子，删除了我的微信和电话，没过几天又加了回去，说她舍不得我，坚持要过来看我。"

"我劝她不要来，说我们是不可能的。可是徐爱文说，她只是想见我，不会纠缠我。"

"徐爱文来了之后呢？"

"见到她之后，我才知道她骗我，原来她坐轮椅，是个残疾人。我提出分手，以后只做朋友，她也同意了。

"可是没过几天，她突然打电话给我，说在我工作的酒店订了房间，威胁我马上过去和她谈谈，否则就自杀。我没办法……"

"你们在酒店里发生了什么？"

"我……我……"富国强有口难言的样子。

"你们发生了关系，之后你默认了徐爱文的情人身份。很快她还怀了孕，她威胁你离婚娶她，否则就告诉你老婆。你不愿意，所以杀了她。"

"我没有！"富国强张大嘴吸着气——因为说谎时气管收缩，容易造成缺氧。

我盯着他："如果你说的都是真的，愿意接受我们的测谎吗？"

富国强的额头又开始冒汗："我没说谎，我不接受测谎，我没杀人。"

四

与此同时，郑爷已经在富国强的宿舍里找到一件女式内衣，还有一张手镯的发票。很快，又在富国强窗台上的花盆里找到一只手镯，它很可能是徐爱文曾经戴在手上的那只，还在抽屉的角落里找到一瓶指甲油。所有证物都被送到了鉴定科，陆续搜索到的线索信息也都同步到了讯问室。

"不测谎也没关系，我们已经在你的宿舍找到了证据，送到鉴定科了。只要报告出来，在上面发现徐爱文的 DNA，就可以结案了。"

富国强突然抱住脑袋："我不是故意杀死她的，那是个意外，徐爱文是个骗子。"

据富国强交代，徐爱文虽然下身残疾，但眼光很高，因此一直没找到合适的男朋友。她在网上认识富国强之后，两人很谈得来。看到富国强很帅，怕富国强嫌弃她，所以她想出一个办法，让妹妹徐爱丽代替自己拍照、录视频发给富国强，制造自己是健康人的假象。

徐爱丽本来不愿意，可是自从姐姐在九岁时出了车祸，父母一直给她灌输要好好照顾姐姐、听姐姐话的思想。她禁不住姐姐的恳求，答应下来。

在徐爱丽的帮助下，徐爱文和富国强两个人很快确定了恋爱关系。富国强为了表明心意，还快递了一只价值两万多块的玉镯子，作为两个人的定情信物。

半年之后，徐爱文觉得到了摊牌的时候，于是和妹妹一起来到北方，想和富国强奔现。

和富国强第一次见面那天，徐爱丽把盛装打扮的徐爱文先送到预订好的房间，将她从轮椅扶到椅子上坐好，又把轮椅推走了。

因为双胞胎姐妹长得非常像，富国强见到徐爱文之后没有丝毫的怀疑。

独处时间太久容易被发现，徐爱文把提前准备好的矿泉水递给富国强喝。富国强没有戒心，一口气喝了多半瓶，他并不知道里面已经放了催情剂。

富国强醒来之后才发现自己和徐爱文躺在床上，徐爱文还是个残疾人。

富国强想反悔，于是他把自己已经结婚的事实告诉了徐爱文，还说自己已有一个五岁的女儿。

徐爱文非常生气，她又吵又闹，骂富国强欺骗了她的感情，并且威胁富国强和妻子马上离婚，和她一起回老家举行婚礼。她还说自己家很有钱，富国强可以做上门女婿。

富国强不答应，徐爱文拿起电话威胁要报警，说富国强强奸她。

富国强没有办法，只能拖延。他答应会考虑尽快离婚，再和徐爱文结婚。可是和徐爱文接触下来，富国强发现，在父母的娇生惯养下，徐爱文飞扬跋扈，颐指气使，什么都要听她的。只要她想见富国强，他必须马上赶过去，无论他是否正在工作，否则徐爱文会来他工作的酒店找他。

最让富国强难以忍受的是，有一次富国强被借调去别的酒店帮忙，徐爱文以为是富国强找借口骗她，竟然跑到富国强女儿的幼儿园，要接走孩子。幸好幼儿园老师打电话给富国强核实。

富国强不堪其扰，一直在想办法甩掉她。

农历八月十五日晚上，两个人约好一起赏月。他们先在酒店吃了饭，临近午夜，富国强提出骑摩托车带徐爱文去香云山赏月。两个人来到香云山，徐爱文把头靠在富国强肩膀上看着月亮。环境很好，两个人动了情，富国强脱下了徐爱文的裙子。可此时徐爱文又旧事重提，让富国强马上离婚娶她。还说，她已经怀孕了，要给富国强生个儿子。

富国强一听怀孕两个字，烦不胜烦，以为徐爱文又来威胁他。两个人吵了起来。徐爱文警告富国强，如果不马上离婚，就和他同归于尽。富国强一气之下掐住徐爱文的脖子。徐爱文努力挣扎，还摸到一块石头要砸富国强。富国强又急又怕，抢过石头一下接一下向徐爱文头上砸去，直到对方没了动静。

五

把徐爱文砸死后，富国强吓得不知道怎么办好。他看到徐爱文手上戴着镯子，舍不得两万多块钱，于是将镯子取了下来；又想起远处有一座小桥，便把徐爱文背了过去，连同裙子一起从桥上扔了下去。他还拿走了徐爱文的手机，后来卖给了二手店，回去之后又将徐爱文的轮椅扔到了废品收购站的院子里。

刑警队带富国强去指认第一现场。香云山位置十分偏僻，很少有人来，这几天也没有下雨，因此第一现场保存完整，挣扎的痕迹和现场车胎痕都没有被破坏。郑爷还提取到了遗留在第一现场的血迹和死者的头发。之所以在第一次勘查时我们没有发现这里，是因为第一现场在距离抛尸地两公里外的半山区，超出了预设搜索范围。富国强在砸死徐爱文之后，用裙子包裹住徐爱文的头，所以沿途也没有发现滴溅血迹。

徐爱文案破获了，可是徐爱丽又去了哪里？

我们再次提审富国强，问他是否知道徐爱丽的去向。

富国强一脸惊讶，瞪大双眼，双手握拳——表明他很焦躁。

"你和徐爱丽也是情人关系？"我问。

富国强愣了一下，张了张嘴，又合上了，马上把身体靠到椅背上。

"你们一起策划杀害了徐爱文？"

"没有……没有……没有小丽的事。"

"小丽"这个称呼太亲昵，看来富国强和徐爱丽的关系不一般。

"说吧，到底是怎么回事？"

富国强沉默了两分钟，终于交代了。

"一开始我也讨厌徐爱丽，觉得她们姐妹俩就是一对骗子。每次我和徐爱文约会的时候，都是徐爱丽送徐爱文过来。时间长了，才发现虽然她们长得很像，但小丽的性格特别好，比她姐强一千倍。有一次，我发烧生病，还是小丽给我送的药。徐爱文可能感觉到我喜欢她妹妹，经常吃醋。为了试探我，她告诉我，以前和我在网上聊天的人大部分时间都是徐爱丽，因为她的腿不能长时间静坐。知道真相后，我特别生气。

"虽然我喜欢小丽，小丽也喜欢我，但我们没有过界。农历八月十五那天晚上，我杀了徐爱文，回去的路上接到小丽打来的电话，让我把她姐早点送回去。我有点心虚，告诉她我和她姐吵架了，她姐已经被我送上出租车，马上到家了。那之后我再没和小丽联系过。"

富国强没有说谎，我们之前已经在监控里发现了徐爱丽的身影，还是穿着那件粉花睡衣和拖鞋，应该是出来接她姐姐了，之后她的身影消失在花园路路口。

花园路通往城乡接合部，很多人离开那里到城市打工并居住，因此那里废弃的房子比较多。根据富国强的供述和监控视频，我们在搜索了两天之后，最后来到靠近果树农场的一栋废弃的二层楼里。

徐爱丽的尸体在二楼被找到了，粉花睡衣和拖鞋被扔在了一楼。

李时在尸检时发现徐爱丽的尸体上有被殴打和炙烤的痕迹，但是没有被性侵的痕迹。死者脸色青紫，口腔黏膜有出血点，致死的主要原因应该是窒息。

徐爱丽独自一人跑出来找姐姐，之后遭遇了什么？

进行现场勘查时，我无意中瞥到围观的人群外有一个年轻人，年纪在二十岁左右，染着海藻绿的头发。他站在比较远的半山坡上，嘴里叼着烟，和我的目光对撞了一下，马上转身离开了。

回到局里，我打开出警记录仪，找到我勘查过的路口、街道、广场，发现里面都出现过"海藻绿"的身影。

凶手再次返回案发现场的情况很多，我不想放过任何一个疑点。

通过走访，我很快查到该男子的信息。他叫许宸非，是"飞人帮"的老大，下面还有一男两女三个小跟班。男小弟叫吴四，绰号小四；两个女孩子，一个叫章敏，一个叫张欣美。许宸非和章敏是情侣关系，吴四和张欣美也是情侣关系。四个人的平均年龄才十九岁。他们的父母常年在外地打工，四个人只受过初中教育，都没有正当职业，经常干些偷鸡摸狗的事。

在三个小跟班中，纹花臂的女孩子就是许宸非的女朋友章敏。我们在她身上找到了徐爱丽的手机。

<h1 style="text-align:center">六</h1>

在审问过程中，章敏和另外一对小情侣很快供认了事实。他们的生活规律是昼伏夜出，晚上出来游荡弄点零花钱，白天睡大觉。农历八月十五晚上十点多，走到花园路路口时，正好遇到出来找姐姐的徐爱丽。章敏故意撞到徐爱丽身上，徐爱丽躲开她，想从旁边绕过去，被许宸非几个人堵住了。

"你们经常这么干吗？"

章敏点点头。

"为什么这么做？"

"一开始是因为无聊，后来是想搞点钱。"

"接着说。"

"我们让徐爱丽留下买路钱。她好像有事，很着急的样子，把身上的一百多块钱给了我们。我们打算把她手机也抢过来，可是那个女的不给，她说要和姐姐联络用。许宸非一看她居然反抗，带着我们一拥而上，把她拖到草丛里暴打了一顿。要是平常，打完人之后，我们就离开了。那天不知道怎么回事，许宸非说，没有尽兴，让我们把那个女的拖回据点乐一乐。"

"你们的据点在哪儿？"

"果树农场附近的那栋二层楼，那里很少有人去。"

"回去之后，你们对徐爱丽做了什么？"

"徐爱丽挺瘦的，被我们打得晕头转向，没怎么反抗就被我们带回去了。许宸非让我们把她的手脚捆住……他说玩个升级版的。"

"你们在据点待了多长时间？"

"有两三个小时吧。徐爱丽当时已经奄奄一息了，我有点儿害怕，劝许宸非赶紧走，别闹出人命来。可是他让我和张欣美去楼下等他，后面的事我就不清楚了。许宸非下来的时候表情很奇怪，催我们马上走。我也没敢多问。后来张欣美打电话告诉我，徐爱丽已经死了。"

三个人的口供基本一致，只有许宸非不承认自己杀人。

我们决定对许宸非进行测谎。他同意测谎后，又故意找麻烦。在给他连接测谎仪感应器时，他不停反抗，用愤怒的眼神盯着我。

测谎开始后，许宸非很不配合，对我提出的所有问题，除了摇头，就是坚持说案发当晚自己在睡觉，什么也不知道，要不然就冲我飞白眼。许宸非面对警察的镇定和表演式耍无赖倒是很专业。

测谎只进行了十分钟，许宸非扯掉了传感器，说自己不舒服，大吵大闹让我们放了他。许宸非强烈的抵触情绪影响了测谎的进行，第一次测谎被迫中断。

第二次测谎时，许宸非故技重施，用脚猛踢桌椅，还朝地上吐口水，甚至踢翻了面前的桌子。他每次回答问题都看向天花板，偶尔唱流行歌曲。

我调整好自己的情绪，抛出另外一套测谎题（在应急情况下使用）。

"许宸非，你喜欢和自己的朋友在一起吗？"我把他们四个人的合照摆到他面前。

许宸非听到这个问题愣了一下，腿上的动作也停了。他舔舔舌头，说："还行吧，谁让我是老大呢！"

"既然你是老大，能不能有点老大的气概？所有证据我们都找到了，你的小跟班们也已经供认了犯罪过程。即使你不承认，零口供也会定罪，我只是给你一次解释的机会。"

"都是他们做的，我不清楚。"

"他们三个证明你在场，并且说杀害徐爱丽是你出的主意。"

许宸非突然眯起左眼，做出一个用枪瞄准我的姿势。

"他们三个是叛徒，应该被枪毙。"

"既然你没有参与作案，为什么说他们是叛徒呢？"

"想拉我下水，没那么容易。"许宸非的反应很快。

"你认识被害人吗？"我把徐爱丽的生活照放在他面前，此时他的皮电反应出现高潮。皮电反应是人体大量分泌汗液时皮肤的电阻反应。人在说谎时皮电反应比较明显，通常会占其他反应的65%。这种反应证明他认识徐爱丽，并且很紧张。

"不认识，这女的挺正点。"许宸非调侃地说，可是他并没有看照片。

"这是她现在的样子。"我又把经过殡仪馆遗容师整理后的照片放在他面前——徐爱丽躺在冰棺里，面色惨白。

许宸非看了一眼，不再说话，看着自己的鞋，翘起的手指微微发抖。看鞋子是一种视线转移，表明他对照片很介意。手指微微发抖是担心和害怕的表现。

"你们没有证据。"许宸非突然说。

"现场提取到了你的DNA，还有你擦手的卫生纸。"

许宸非又不说话了。

"你不认识她，为什么要杀她？"

许宸非的手抖得很厉害："能给我支烟吗？"交感神经兴奋会引起手抖，通常在紧张、害怕的状态下身体会不自主地出现这些反应。

"测谎过程中不允许吸烟。"我盯着他。

许宸非吞咽了一下口水："没有，我一开始没有。后来觉得生活太无聊了，我想像游戏里一样，找点刺激的。"

"无聊就可以伤害一个和你素不相识的人？"

"怪她自己倒霉！我就是想找点乐子，找点刺激。"许宸非脱口而出。

许宸非承认找乐子，也就是说开始承认对本案知情。在日常群组问题中，抛出涉案问题，很容易引出惯性真相。直到此时，许宸非也没有意识到自己已经在叙述事实。

"你知道那样会致人死亡吗？"

"我不是真想杀她，就是想找点什么发泄一下。"

"许宸非，你在说谎！"我发起突然袭击。

许宸非的左膝盖条件反射性弹起。一个人处于高度紧张状态，当他突然被击中问题的关键点时，神经中枢受到刺激会导致身体出现这种反应。

"那天晚上，你就是冲着徐爱丽去的。"

许宸非沉默了。

"是谁让你杀害徐爱丽的？给了你多少钱？"

"我……"他抬起头斜眼看我，说，"你怎么知道的？"

"章敏说那天晚上你有点奇怪，你请大家喝了酒，本来大家有点喝高了，都不想出去，可是你坚持要带他们几个出去逛逛。你还说要带他们去个地方。平常抢劫之后，你们会马上逃跑，那一次你坚持带走徐爱丽。章敏还说，平常据点里没有棍棒、绳子、黑色塑料袋之类的东西，这些都说明你事先有准备。"

"是谁让你杀死徐爱丽的？"我步步紧逼。

许宸非咬了咬嘴唇："是她姐，徐爱文。"

其实这个答案我已经猜到了。

"你和徐爱文是怎么认识的？"

"徐爱文准备开美甲店的房子是我父母留下的，她给租金的时候很大方，还请我们四个吃了一顿饭，甚至还给了我们点儿零花钱。徐爱文说等店面开业了，让我女朋友去她店里帮忙。我当时只是觉得这个女人挺大方。"

"我们去查过和徐爱文签合同的房东，是一个年纪很大的老人，那位老人是你奶奶？"

"是。"

"徐爱文为什么会让你帮她杀死徐爱丽？"

"我也不清楚。农历八月十五前一天晚上，徐爱文给我打电话，她说想让我帮她一个忙，事成之后给我买最新款的手机，还发了一个五千块大红包过来。

"我问她什么事，她说让我们帮她收拾她妹妹。我问她为什么，她说妹妹抢她的男人。

"我问她怎么收拾，她说，随便，最好是永远不会再见到她，还说不要在出租屋弄，把她带到外面。我一下就想到了据点。

"那天晚上本来想去她家找她妹的，没想到走到半路正好撞上了，我就把她带回去了。"

"你是怎么杀死徐爱丽的？"

"我本来也没打算杀了她。开始让大家一起动手打她，是想以后被抓了，谁也跑不了。没想到让章敏用打火机烧她头发的时候，章敏开始哆嗦，还不停在我耳边啰唆，要我们快点走。我只好让两个女的先下楼，带着小四继续整她。"

"当时你感觉自己特别强大，可以主宰一切，就像游戏里一样……"

"其实我不是故意的，就是闹着玩儿。我把黑塑料袋套在她头上时她还在挣扎。没想到，她太弱了，一会儿就不动了。"许宸非说着低下了头。

"为什么没有处理尸体？比如将尸体掩埋或者抛尸？"

"把塑料袋拿下来的时候，她还睁着眼睛，正看着我，我……有点儿害怕了，后来我也跑了。接下来的几天，我不敢睡觉，一睡着就听到那个女的在大喊大叫。看到女朋友露在被子外面的头发也会吓一跳，耳边总听到那个女的在哭。实在没办法，我在家里贴了很多符。"

"我会被枪毙吗？"许宸非脸色惨白。

"你父母离家多久了？"我没有直接回答他的问题。

"三年前回来过一次，我已经忘记他们长什么样了。"

和基线问题相比，涉案问题的各种反应波动很大，就算没有测谎仪，我也可以断定许宸非是一个有严重心理缺陷的人。一个已经十九岁的成年人，真的不知道什么是死亡吗？还是他们对生活已经失去信心，对社会充满仇恨，因此对别人的死亡根本就不在乎？

七

在审完许宸非的那天晚上，我又复盘了一下整个案件经过——徐家姐妹一起长大，因为一个男人反目，姐姐雇凶杀人，这里面似乎漏掉了什么。

我再次提审了富国强。

"徐爱丽已经死了，是被徐爱文买凶杀害的。"

富国强听到徐爱丽已经死亡，两眼睁大，双手抱住头，表现出惊恐。

"你还隐瞒了什么？"

"你手指上的指甲油不是徐爱文给你涂的，而是徐爱丽，所以你不舍得擦掉。"

富国强的眼神里突然表现出了惊愕，然后他垂下了头："是，小丽说从小到大什么都是姐姐的，还要照顾她吃喝拉撒，做她的小跟班，她受够了，想过自己的生活。我们在一起的时候，她帮我涂指甲油，给我做记号，说以后我就是她的了。我们忘记擦掉，被徐爱文发现了。当时她说过徐爱丽是她的影子，就是为了照顾她才活在这个世界上，还警告我，会让我们付出代价。我没想到她真会杀了小丽。"

富国强红着眼睛说："两年前，我已经办理了离婚，只是孩子太小，没有告诉任何人。我和小丽相爱之后，打算离开这里，一起去别的城市生活。徐爱文偷看了小丽的手机，发现了我们的秘密。她大闹了一场，骂我们是奸夫淫妇，说要让我身败名裂，让妹妹不得好死。"

"为了稳住她，你才和她一起吃饭，然后带她上山？"

"是……她逼我们做个了断，我只好当着她的面假装和小丽分手，还答应马上和她回老家结婚。"

富国强双手抱头，很悲愤地说："同样是姐妹，性格差异怎么那么大？是我害了所有人！"

因为一个男人，一对姐妹花就这样在世界上永远消失了，涉案的四个年轻人也将受到法律的严惩。

这个悲剧的开始源于一个爱情的谎言，谁说谎言没有力量？

14 直播案中案：
震惊我三观的《罪典》

"为什么黄文文的表情看起来像一场意外？"

"那是我给她策划的剧本，我给她安排的设定是意外掉入虎池，这会吸引更多的粉丝。"

我拿起桌面上的《罪典》，晃了晃："杀死她的真正理由到底是什么？黄文文的'罪'你还没有写出来。"

一

姐妹花双双殒命的案件过去快一年了，姐姐的死亡原因我还能够理解，但妹妹的死亡确实太意外了。特别是杀人主犯许宸非，才十九岁。他的世界观和我不一样，我真有点儿搞不懂现在年轻人的想法。很快，又一起凶案震惊了我的三观。

2019 年 8 月 23 日，动物园的管理人员报案称，在狮虎山里发现一具被老虎咬死的女尸。我们立即赶到动物园，在案发现场找到一段视频。视频里是本市动物园的狮虎山，一个穿碎花裙的女孩对着镜头招了招手，远处依稀可以看到老虎的身影。紧接着，女孩费力地爬上护栏，探头向虎池里看了看。突然脚下一滑，她掉了下去。与此同时影像一黑，视频结束。

掉下去的这个人叫黄文文，十六岁，网络女主播。她是之前"5·13"案的重要线索人物。

我们赶到现场时，她已经被老虎咬死了。

有关这次狮虎山探险，一周前她就在网络平台上发过预告片。

我无数次放大她掉入虎池之前的表情，看上去有些紧张，但紧张得很自然，不像失足，不像有人胁迫，更不像是自杀。

技术科从动作的连贯性入手，也没有发现视频的剪辑痕迹。

可是李时坚持认为，黄文文是被人推下去的。

黄文文的尸体被发现时，除了老虎的齿痕、爪印和骨折外，在她后背上还有一条长约 15cm 的伤口。

一开始李时判断，黄文文在下坠过程中被假山石划伤，可是鉴定科的报告出来之后，我们看到上面写着伤口里有氧化铁成分，也就是铁锈。

同时，郑爷在一截有倒刺的围栏上找到了血迹，经 DNA 检测属于黄文文。

二

如果是他杀，我们推测作案过程可能是这样的：

黄文文的身上系了安全绳，所以她才会假装失足掉下去。

之后凶手推倒拍摄支架，造成黄文文失足跌落的假象。黄文文拍完视频之后爬出虎池，并不知道上面发生了什么，坐在围栏边缘，开始解安全绳。

凶手冲过去，准备将黄文文再次推入虎池。

她本能地抓住围栏边缘，后背抵在有倒刺的围栏上，不让自己掉下去。

凶手用力推她。最终她力量不足，被推了下去。

凶手随后处理了现场痕迹，将拍好的视频和拍摄设备留在现场，制造主播因为疏忽，意外落入虎池的假象。

以上推测就能解释为什么黄文文的背部会被围栏倒刺划伤。

郑爷问："凶手布置的现场自相矛盾。如果换成我，一开始在安全绳上做手脚或者干脆在黄文文跳下去之后弄断安全绳，设计成意外跌落，会显得更合理。"

"凶手应该和你想的一样。可能中途发生了意外，他不得不带走那条绳子。又或许，那条绳子能证明他的身份。"

刘队问："为什么视频里看不到你们说的安全绳？"

郑爷说："网上有一种拍视频专用的隐形安全绳，在拍摄过程中很难被发现。"

我们找到了负责虎池的王师傅。

他告诉我们，最近两年，经常会有年轻主播半夜翻铁门，来拍恶搞动物的视频。为了防止出现危险，动物园不仅换了大门，还加高了围栏，可还是防不胜防。

我们查找了监控，动物园的占地面积很大，监控有不少死角，没有拍到黄文文入园的镜头。

回到局里，我们开始查看黄文文在网上发布的多段视频。

从发布日期看，她属于定时更新的主播，每三天一次，但是从6月到8月她断更了。

我们联系到了网络平台，从网站后台了解到，主播自己删除了这段时期的视频。

我们在黄文文的粉丝团里找到几名热衷者，他们说黄文文在那段时间，做了好多场直播。

其中有一名粉丝保留了部分直播视频。

那名粉丝还说，以前都是黄文文单人出镜，但从5月中旬开始出现了一个戴蜥蜴头套的男人。自从蜥蜴男加入后，黄文文的热度增加了不少。黄文文一开始直播美妆带货，影响力不大，粉丝数量寥寥无几，在和蜥蜴男合作后，视频风格发生了很大的改变。

我们查看了他们合作的所有视频，以恶搞、让对方出糗为主。

为了获得可观的收入，他们会尽可能满足打赏者的所有要求。

剧本通常由两个人配合完成。

蜥蜴男会在黄文文身上涂辣椒酱、撒面粉，在她头上放活章鱼。随着时间的推移，普通的恶搞嬉闹已经满足不了粉丝们的要求，蜥蜴男开始对黄文文实施暴力和辱骂。与此同时，粉丝们的打赏也跟着不断上升。

喷射胡椒水、烧坏衣物、把黄文文浸泡在冰桶里……无论这些打赏者的要求有多么不可理喻，只要达到一定的金额，两人都会满足对方的要求。

在不间断直播中，黄文文也会强忍着痛苦坚持照做。网络警察曾多次追查禁播过这类视频，可是黄文文在反馈里解释他们拍的是搞笑视频，用的都是道具，并没有对表演者造成实质性伤害。她还上传了购买道具的电子发票，所以她的账号在禁播一段时间后很快被解禁了。

粉丝保留的视频显示，7月起，黄文文的粉丝团开始站队，直播现场变成了对抗剧本：一组支持蜥蜴男，一组支持黄文文。

他们还开启了分别打赏环节，比如一组要求放过女孩子，另外一组坚持让恶搞不断升级。

双方开始打赏 PK，因此黄文文可以赚到双份收益。

随着两队打赏金额的不断增加，蜥蜴男的行为更加疯狂。他开始用更激烈的剧本来吸引打赏者的眼球，以此拿到更多的钱。

在 7 月 13 日的一段视频里，黄文文自称已经怀孕三个月。宣布消息之后，她和蜥蜴男上演了一出吵架分手的戏码。

黄文文被绑着双手，戴着上锁的封口链，穿着黑色比基尼出场了。

她进入镜头时踉跄了两步，还回头看了看，似乎是突然被人从幕后推出来的。

她用双手护住微微隆起的孕肚，全身都在颤抖——这次出场的黄文文似乎没拿到剧本，是即兴表演。她恐惧的肢体反应非常真实。

接着，黄文文发出呜呜的声音，动作和表情是挣扎、后退、躲闪、慌张。

蜥蜴男开始对她谩骂，并进行殴打。黄文文跪在地上求饶。

蜥蜴男看了看打赏金额，自己一方比较高，于是突然一拳打到黄文文的鼻子上。

黄文文的鼻子瞬间出血。

有粉丝质疑，说他们用了道具血浆。

为了证明血是真实的，蜥蜴男用面巾纸擦拭着黄文文的鼻血，还拿出了紫光灯测试仪进行检验。

粉丝开始骚动，弹幕铺天盖地。

李时紧盯着屏幕说："这一拳下去，肯定会造成鼻骨粉碎性骨折。"

黄文文不断躲闪哀求，蜥蜴男完全没有停手的意思。

屏幕上炸开的各种礼物特效已经让蜥蜴男开始癫狂，为了讨好粉丝，蜥蜴男开始将暴力升级，从动作上看没有迟疑，没有心疼。

退到角落的黄文文又被拖回到镜头前。

她突然抓起桌上的酒瓶，开始反抗，似乎是想保护自己和腹中胎儿的安全。

留言区迎来高潮，有粉丝甚至打赏了一万块。

蜥蜴男用伪装后的低沉声音说："你想我做什么都可以。"

打赏者说："我不想看到这个女人在你身边，把她清除掉，清除掉！"

蜥蜴男没有犹豫，举起身旁的一桶液体，向黄文文身上淋去。

我们不知道那桶液体是什么，只看到黄文文扔掉酒瓶，抱住自己的头，蜷成一团。

蜥蜴男将她从地上拖起来，塞到身后一台冰柜里，用锁锁住柜门，接着把摄像头对准透明的冰柜门。里面起了一层水雾，隐约能看到黄文文的轮廓。她在不停拍打并撞击柜门。

半个小时过去了，冰柜里没有了动静。

蜥蜴男终于打开冰柜，将黄文文拖了出来。

李时指着屏幕说："这个女人被冻死了。"

蜥蜴男没有实施任何抢救，也没有关掉摄像头。他先将冻死的女人拖到玄关处，蹲在地上考虑了一会儿，又把死者放到沙发上，然后用毯子蒙住。

蜥蜴男回到镜头前，向网友们宣布——"她好像没有脉搏了"，甚至假装打电话要抢救。

我们向警务平台核实后，没有查到相关报警记录。

剩下两个小时的直播中，尸体完全暴露在镜头之前，网上的狂欢也达到了高潮，弹幕上流动着蜥蜴男和"僵尸"直播的字样。

让人匪夷所思的是，很多在线粉丝阻止报警，甚至有人开始教蜥蜴男如何处理尸体，在线教学怎么向警方隐瞒。

此时直播间有将近五千名观众，终于还是有网友报了警。

三

根据我们后来了解到的情况，警察赶到后，发现黄文文好端端地活着。

他们向警察展示了冰柜为魔术道具，房间里也没有发现尸体，而蜥蜴男向黄文文泼出的那桶液体确定为白酒。

"被冻死的女人不是黄文文。蜥蜴男利用了换头术，拍下黄文文的脸，用网站自带的换脸选项修改了直播视频。"我盯着屏幕说。

李时点点头："和我的想法一致，我在给黄文文做尸检时没有发现她怀孕。如果说怀孕可以伪装，鼻骨骨折则不可能，她的鼻子没有受伤痕迹。"

"他们的在线直播可以伪造吗？"刘队问。

"网络特效可以改变很多东西，比如换头、切换场景，没什么是一个专业 APP 解决不了的。"郑爷说。

我在想，他们是怎么处理尸体的？那个被冻死的女人会不会是我们一直在寻找的"5·13"案失踪者许秋月？她在失踪时已经怀孕一个月了。

黄文文是"5·13"案的关键人物，可是现在她被老虎咬死了，我们的线索也中断了。

技术科修复黄文文的手机之后，排查了所有联系人，并没有发现可疑人员。

她的手机里也没有蜥蜴男的联络方式，看来凶手比我们想象中更谨慎。

我又打开卷宗，重新回顾了"5·13"案的细节。

5 月 13 日凌晨，接警台接到一对老夫妻的报警，说他们的女儿下班之后一直没有回家。

我们的常识会以为成人失踪要超过四十八小时才可以报案，其实只要有充足的证据证明人员已经失踪就可以立案，警方也会马上受理。

失踪的姑娘叫许秋月，长相漂亮，性格温柔，独自经营一家服饰店，卖女性服装和配饰。

案发当天她一直在服饰馆工作，直到深夜都没有回家，她的电话也一直打不通。

许秋月是个非常懂事体贴的女孩子，和父母同住，从来没有出现过晚上不回家的情况。

家人已经去服饰馆找过，发现店门没有上锁，卷帘门也没有拉上，里面的灯还亮着，但是人不见了。

种种迹象表明她只是离开一会儿，很快会回来。

许家父母一直在店里等到晚上十二点，也没见到女儿回来，所以马上报了警。

我们了解了一下许秋月的情况：她家庭条件很好，父母早年经营一家食品厂，食品厂在本市还有一定知名度。

警方考虑到可能是绑架案，但如果是绑架案应该收到勒索电话，到报警前为止也没人联系许秋月的父母。

许秋月的父母怀疑自己的女儿很可能发生了意外。许秋月是开车出门的，但在店面附近并没有找到她的车。

我们马上调取了交通监控，指挥中心显示，几起交通事故和许秋月无关，受伤送医者都是男性。

最后警方在许秋月店铺附近的一个地下停车场找到了她的车。监控显示，她在早晨存好车之后，再没出现过。

我们一队负责调取许秋月店铺附近的监控，许秋月的身影很快被找到了。

监控显示，晚上 8 点 35 分，许秋月从店铺出来，过了马路，快速走进附近一家酒店。这家酒店距离许秋月的服饰馆只有一百多米。

调取酒店监控后，我们看到酒店大厅里有一个和许秋月身高差不多的长发女孩子在门口等她。

她一进转门，长发女孩子就向她招手，似乎很热情。进入酒店后，在长发女子的带领下，两人乘电梯进入 1113 号房间，随后再没有拍到许秋月从房间里走出来的影像。

长发女子有几次进出房间的记录，第一次外出是在附近超市买了很多食物和饮料。我们已经和附近超市的老板确认过，并在超市监控中得到相关证实。

最后一次，长发女子拖了一个巨大的旅行箱回来，进入房间之后，没有再外出。当天23点零3分，一个男人和接许秋月的长发女子拖着行李箱从1113房间离开，没有办理退房手续。

从背影看，男人个子很高，穿黑色衣服、戴黑色帽子和口罩，肩膀很宽，穿一双始祖鸟运动鞋。

这个案子看起来简单明了，许秋月被人骗进房间，然后被装进行李箱运走。

我们只要找到视频中的一男一女即可破案。

酒店的入住登记是实名制，我们很快找到了登记信息。登记的男子叫吴延，十八岁，无业。

我的第一感觉是，视频中的男子身形看起来是壮年男子，和吴延的年纪不太吻合。

警方通过身份证上的住址没有找到嫌疑人，该地区已经动迁，不知居民搬到什么地方去了。

我们开始大规模排查，终于在一家地下黑网吧找到了吴延。他刚在一场组团大战中被"击毙"，此刻头发凌乱，趴在桌上的泡面桶中间。一张苍白憔悴的脸，让吴延看起来像个大烟鬼。

从体态和身高判断，他和视频里的男人不是同一个人。

我们把吴延带回局里，据吴延交代，因为上网没有钱，他把自己的身份证卖了两百元，而在那个黑网吧上网不需要身份证。

吴延很怕我们，回答问题时有些口吃。

我问他："你家里都有什么人？"

吴延说："我……我父母离婚了，我和奶奶住……住在一起。"

"你们怎么生活？"

"我奶奶收废品。"

"你是怎么把身份证卖掉的？"

"我……我记不清了。好像是要买身份证的人用微信给我发了个红包，我按照他提供的地址把身份证寄过去了。"

"买家的地址还记得吗？"

"不记得了。那个人的微信我也给删了。"

"用的哪家快递，什么时间寄的？"

他挠着乱蓬蓬的头发，回忆了半天："记不得了。"

吴延眼圈发黑，精神萎靡，一看就是网瘾族。这种精神状态，不记得也属于正常。

"这是我的电话，如果你想到什么线索，一定要打电话联系我。"

吴延接过我的号码，点了点头。

郑爷对酒店房间的勘查也已经结束。

1113是普通标间，面积不大，郑爷在被子上发现了一处血迹。经过检测科检验，这处血迹不属于许秋月，我们认为很可能是凶手留下的。

我们用提取的血液样本在DNA数据库中进行了几轮比对，很快发现了血迹是一个叫王十里的男人留下的。

四

王十里，男，三十三岁，单身，独居，目前住在老城区的出租房，由于没有固定经济来源，经常会做一些小偷小摸的事。

从数据库里的信息看，王十里身形高大威猛，双肩很宽，他的体貌特征和酒店监控里的男人十分吻合。

我们把王十里叫来做了讯问，他一边东张西望，一边不停搓手。

我们向他说明案情之后，他一再说："警官，我是被冤枉的，床单上的血迹的确是我的，但那是我住酒店，削苹果皮的时候不小心被水果刀割伤手留下的。"

我们问他："为什么不回出租屋，要跑去住酒店？"

他挤了半天左眼，说："我没钱交房租，没地方睡觉，只能找家酒店凑合一晚上。"

王十里的供词自相矛盾，没钱交房租，却有钱住酒店？从他目前的经济情况来看，每月打零工的工资不到两千元，1113 房间一晚的费用是三百六十六元，对他来说算是大数目了。

"如果你不交代，嫌疑更大。"

王十里嗫了半天嘴，终于告诉我：最近我认识了一个按摩小妹。本来想把小妹带到出租屋，可是人家不干，我只能预订了标间。在去宾馆的路上我还买了一袋子苹果，想把小妹哄高兴，在宾馆里削苹果的时候，不小心把自己的手割伤了。

"我真的没有杀人，也不认识你说的什么秋月。"

我问他："5 月 13 日晚上，你在干什么？"

王十里挠挠头："在客再来牌屋打麻将。"

我又问他："赌博的钱是从哪里来的？"

"打工赚来的，我可没有做违法的事。"

"没有做"就是做了，这是一种强调式规避。当一个人回答问题时，如果第一句能说明白，通常就不会再补充第二句。如果他补充了第二句，并且在第二句中使用了强调或者否定词，例如"没有""不可能""绝对不会"，他想表达的含义其实是与第二句话相反的，这是逃避嫌疑的一种自保反应。

在后续调查中，我们发现在许秋月失踪的时间段，王十里果然和一群朋友在麻将馆打麻将。麻将馆里有监控，他并没有作案时间。

警方找到他的牌友进行核实。据牌友说，当天晚上王十里输了不少钱，却特别大方地请了夜宵，出手比平常阔绰。

王十里的嫌疑虽然被排除了，但是他的钱可能来路不正。

我们查了一下王十里"发达"时间段的报警记录，发现西城区有两起持刀抢劫案。

找到受害人一核实，王十里被当场指认。原来他抢了两个女人的手机，还包括六百多元现金和一只金镯。赃物也很快被我们找到了。

我们回到案件起点，开始分析目前掌握的线索。

刘队说："谋杀案有三大定律，财杀、仇杀和情杀。许秋月的社会关系比较简单，仇杀的可能性小，会不会是情杀？"

我曾经询问过许秋月的父母，他们说女儿一直单身，性格内向，没有交往的对象。

许秋月虽然外表看起来年轻漂亮，像二十多岁的姑娘，实际上已经三十三岁。从她父母的态度来看，我不太相信他们不了解女儿的感情状况——许秋月的母亲在说女儿是单身时，下意识地回避了我的目光，而许秋月的父亲则将手放进了裤子口袋。

我决定去许秋月父母家再了解一下情况。

许秋月家住在花园连排别墅区，环境很好。我向许家父母提出想看看许秋月的房间，两位老人互看了一眼，脸上露出些许为难的表情。我向他们解释，这样是为了能尽快找到线索以帮助破案，他们才同意。

许秋月的房间在二楼，采光很好，外面有一个宽阔的露天晒台，晒台的晾衣竿上挂着一条男式内裤。许秋月睡的是双人床，床头柜上摆着两个杯子。

我拉开许秋月的衣橱，在里面发现了几件男士衣物。卫生间里有一套男士洗漱用具。

许母跟在我身后，看我的表情有些尴尬。

回到客厅，她终于告诉我，许秋月和一个叫丁大庆的男人已经同居好几年了，之前之所以不方便告诉我们，是因为考虑到女儿的名声。

丁大庆是有妇之夫，许秋月的身份是情人，可是许家父母在知道这件事后还是默许了。

许秋月的母亲和父亲异口同声地向我解释说，丁大庆这个人特别好，对许秋月非常体贴，对他们也照顾有加，他的已婚身份也是无奈的。

许母说，许秋月在几年前去贵州旅游时，发生过一次车祸，她被卡在驾驶室里不能动弹。开车经过的丁大庆马上打了急救电话，还帮许秋月垫付了治疗费，所以丁大庆算是许秋月的救命恩人。

许秋月在向丁大庆要联系方式时，才发现两个人在同一座城市。在之后的接触中，两人慢慢发展成情侣关系。从许家父母的态度看，他们早已经把丁大庆当成准女婿，并且对这个女婿非常认可。

在随后的周边调查中，丁大庆身边的亲友、同事都异口同声地表示许秋月和丁大庆的关系极为亲密，丁大庆不可能是杀害许秋月的凶手。至于丁大庆和原配的事，知情者说，他们的感情早已破裂，两人分居多年，只是为了照顾孩子情绪才没有离婚。

丁大庆准备等孩子高考之后办理离婚手续，再和许秋月正式结婚。

我们对丁大庆的社会关系进行了排查。

丁大庆，三十八岁，外地人，在本市没有亲属。他经营一家医药用品公司，效益不错。

丁大庆在女友失踪后，表现得非常焦虑、担忧。他不仅把公司交给副总打理，还联络过几个平常和许秋月关系比较亲密的朋友，询问许秋月的下落。而且，丁大庆在此期间对许秋月的父母也非常照顾，我们没有发现他的异常表现。

警方考虑到丁大庆的身高较矮，身材也瘦小，和酒店监控视频中出现的嫌疑人相差甚远，但不排除买凶杀人的可能。

我们在调查他的财务状况时，发现他在案发后有过大笔的资金变动。他曾给一个外地账户多次汇款，每次汇款的金额都在五万以上。

一周之后，我们查清了账户资金的变动原因，是丁大庆借给朋友在生意上应急。这位朋友还给丁大庆打了电子借条，所以情杀的可能性也暂时被排除了。

五

此时，许秋月失踪已经三个多月，这次整理卷宗时，我把注意力集中到了吴延身上。他说他是在网上把身份证卖出去的，因为网吧的电脑经常出现问题，重装系统成了家常便饭，因此我们没有找到交易记录。

吴延还说买家通过微信付款，钱一到手，他便删除了对方。把身份证寄过去需要一个地址，吴延说自己忘记了。我问他是本地还是外地、哪家快递公司，他说是南方的一座城市，又说记不清具体地址，至于是哪家快递公司也含糊不清，甚至连邮递身份证的时间段都忘记了。

寄快递需要身份信息，我们用吴延的资料查遍本市所有快递公司，都没有查到他邮寄快递的信息。

我们推断吴延一定是隐瞒了一些东西，而他隐瞒的东西很可能成为破案的关键。

我在城建委员会的帮助下拿到了吴延的新住址，来到吴延家。

我看到吴奶奶一个人在整理捡到的纸板。

我问奶奶："吴延在家吗？"

奶奶说："吴延啊，每天睡在网吧里，几乎不回家，回家就是要钱，你去网吧找吧！"

接着叹了口气，像是自言自语地说，"这也不能怪孩子，要不是爹妈都不要他，没人教育，也不会变成现在这样子。"

我又问："奶奶，吴延有没有关系要好的朋友？"

奶奶一边用绳子捆纸箱一边说："朋友倒是不多。"

我把在监控视频中打印出来的照片拿给奶奶看，其中包括两名嫌疑人离开的背影，另外一张是许秋月的照片和接许秋月上楼的女生。奶奶眯着眼睛，指着在宾馆门口接许秋月的女孩子说："这孩子有点像黄文文。"

"黄文文是谁？"

"黄文文以前住在我家隔壁，和吴延是初中同学，后来父母离婚，都搬到外地去了，也是没人管，怪可怜的。她在我家吃过几次饭。"

"您最近见过黄文文吗？"

"好长时间没见到了。"

看来吴延真的没有说实话，我再次把吴延带进讯问室。吴延低着头，脸上的肌肉跳了跳。

"吴延，你是不是把身份证借给黄文文了？"

吴延咬着下嘴唇不说话。

"'5·13'案是重案，如果黄文文和坏人在一起，她也很危险。"

吴延沉默了一会儿，终于开口了："黄文文说借我的身份证用一下，我不知道她拿去做什么。没钱的时候，黄文文经常给我钱，所以……"

吴延的声音越来越低。

我拿出监控拍的许秋月走进宾馆的那张照片，指着接许秋月的长发女子问："这个是不是黄文文？"

吴延点点头。

我又拿出两个嫌疑人的背影照片，指着黑衣男人问："你认识和黄文文在一起的这个男人吗？"

吴延摇摇头："不认识，黄文文只提起过，有个师父带她赚钱。"

"知道黄文文住在哪里吗？"

"不知道。"

吴延用手掌抓住手腕，表现出轻微紧张的情绪，手在鼻子下面摸了一下。他在隐藏什么。这是典型的"匹诺曹症状"，人在说谎时面部血液流量会减少，但鼻子的血液流量会增加。突然增加的血液流量容易让人感觉不舒服或者发痒，会让人用手去抓。

"说实话！"我严厉地说。

"一个多月前，我在庆阳路附近遇到过她。她不让我说出去，还给了我五百块钱。"

我们马上调取了庆阳路附近所有小区的监控，终于在大陆公寓发现了黄文文的身影。通过物业，我们很快找到了黄文文的住处：房间里非常凌乱，到处是衣物和快餐外包装。

我们把黄文文的住处搜索了很多次，可什么线索也没有发现。

更让我们郁闷的是好不容易找到黄文文这条线索，可她又掉进老虎池被咬死了，我们的线索彻底断了。

在黄文文死后，我们准备对她的房间做最后一次清理。

刘队看了看墙上的男团海报，扯开领口说："我闺女也粉这个，她才比我闺女大一岁。"

"您不是说别带感情办案吗？"

刚说完这句话，我突然发现海报的左下角折了一个边。

轻轻翻开，上面用口红写着一个联系电话。

经过查询，我们发现，电话机主是本市一个富二代，叫褚镭，三十岁。褚镭的家庭条件很好，父母做海产生意，衣食无忧。他已经结婚生子，怎么看都和杀人凶手不沾边。

我准备先从外围入手。

我找到褚镭的发小，他告诉我们，作为有钱人家的独生子女，褚镭从小想要什么有什么，父母从来都是毫不犹豫地满足他。

他性格比较古怪，在进入学校之后，和同学老师都相处不来，经常打架斗殴。学校老师多次找家长，希望家长能严加管教，但是家长都以忙为理由拒绝了。

他还说，去褚镭家玩的时候，听到褚镭的父亲暗示儿子，只要在外面不受欺负，惹了什么祸，他都会拿钱摆平。褚镭上大学时，他们两个人还成了室友。

褚镭曾经因为住在上铺的同学打扰他休息，往同学的饮用水里下过安眠药。因为这事，褚镭差点被学校开除，最终还是他爸和对方私了了。

在我看来，在父母的娇生惯养下，褚镭的性格越来越嚣张跋扈，也越来越病态。他把自己当成了世界的中心，因此很容易极端化，并且心理脆弱。这种人可能因为某人的一句话就彻底失去控制，不想方设法报复，心情就很难平复，自己都说服不了自己。

我们传唤了褚镭。见到褚镭的第一面，我的感觉是他的眼神很特别，眼睛里充满了不屑、傲慢，目空一切。

我注意到他的肩膀特别宽，脚上穿着一双始祖鸟鞋，这种奢侈品牌的限量版不是谁都能买到或者说买得起的。

褚镭否认认识黄文文。

我直接向队里申请测谎和讯问相结合，申请很快就被批了下来。最近几年，随着测谎技术的普及和发展，测谎在案件侦破中所起的作用越来越明显，涉及范围也越来越广泛。测谎可以介入刑法所涉及的各类案件，只要是与案情相关的内容，比如嫌疑人否认自己参与案件、不供述有关情节、供词前后矛盾、给出虚假口供，或者不交代作案工具、赃物、被害人尸体的藏匿位置等，都可以使用测谎。

褚镭让我产生了兴趣，他的身上有一种不可一世的霸气。

在他身上，我还嗅到了"另类案件"的味道。

有时候，测谎师需要和嫌疑人共享灵魂，才能找到对方的"杀人灵感"和"犯罪动机"。

有一类特异凶手为了让自己的犯罪动机"合理化"，甚至"合法化"，作案前会在大脑里形成一张"犯罪图谱"。这个图谱是他们自己想象和勾画出来的，因此这类犯罪也被称为"心安理得型犯罪"。测谎师要尽量向他们的图谱靠近，甚至同频，才能找出他们的犯罪动机。

六

当我向他介绍测谎仪的科学性、准确性时，他听得非常认真，并且自愿在测谎协议书上签字，主动接受测谎。

"你们快点，我不想浪费时间。"很明显，褚镭想占据主导。

"我们要开始正式测谎了，准备好了吗？"

褚镭点点头。

"你的名字叫褚镭？"

"是。"

"今年三十岁？"

"是。"

"夫妻感情好吗？"我们了解到褚镭已婚，但夫妻已经分居四个月。

当问到这个问题时，褚镭的两脚由外开转为内合，这表明他对相关问题有所顾忌。

　　"还可以。"

呼吸传感器输出的蓝色曲线有波动。

　　"认识黄文文吗？"

　　"不认识。"

褚镭的双膝不自主地内扣，看来是有所隐瞒。

　　"我们已经在你的手机里找到了黄文文的微信，你们联络频繁。"

　　"那能说明什么？有很多女孩子找我，我记不清了。"

　　"黄文文死了，你能推测一下她的死亡方式吗？跳楼、割腕、服药？"

　　"你太无聊了，和我有什么关系？"

褚镭低头，看地面。当人想隐藏一些想法时，就会减少头部的曝光，目的是"缩小"自己，防止被发现。

我面前的图谱上显示：在我提到跳楼时，褚镭的反应明显大于基线问题的反应，尤其是皮电反应图谱高峰迭起，有冲击极限的趋势。将说谎时的生理反应值与基线问题（例如姓名、年龄之类有固定答案的问题）比较，说谎对应率达到了75%以上。跳楼和跳虎池这种类似关联让他产生了意识回应。意识回应是指人在进行视觉回忆过程形成的身体反应，比如皱眉、缩头、攥拳，言辞或目光回避，这些生理反应是不受自主控制的。

　　"你能不能不用这些乱七八糟的问题来烦我？"褚镭很易怒。

　　"传唤你之后，我们发现你还有另外一个住处，是一栋近郊别墅。警方在搜查别墅地下室时，发现里面设有一个直播间，我们还找到了这个。"

我把蜥蜴头套放在他面前。

　　"我和她合作录视频，犯法吗？"褚镭变相承认了认识黄文文。

"不犯法，我们只是想知道视频里被冻死的女人去哪儿了？"

"你说的我统统不知道，我的律师快到了，你们和他谈吧。"褚镭转过头。

"你思路清晰，语调平和，异常反应很小，心理素质过硬，只是出了太多的汗。"

褚镭狠狠瞪了我一眼，没有说话。看起来他讨厌别人定义他。

我有条不紊地说："根据综合计算评分系统的结论，你对本案知情，我会在测谎意见书上认定你'有说谎反应'。根据我们目前掌握的证据，无论你是否承认，都可以给你定罪。"

终于，褚镭吼道："烦死了，拿一台破仪器吓唬谁？你到底想知道什么？"

"我想知道许秋月在哪儿。"

褚镭舔了舔嘴唇："我可以告诉你，但是你必须答应我一个条件。"

"什么条件？"

"把我的《罪典》还给我。"

我考虑了一下，点点头。当时我并不清楚他所提到的《罪典》是什么，听起来似乎像一本书。直到我们再次复勘了褚镭在市中心的住宅，才弄清楚《罪典》的真面目。

七

褚镭对犯罪事实供认不讳，还指认了抛尸地点。

打捞人员很快把旅行箱打捞上岸，但让我们万万没想到的是，箱子里的尸体不是许秋月的。

尸体很快被带回来做了检验。经过李时鉴定，这具尸体的腐烂程度在半年以上，虽然不是许秋月，但抛尸手法和地点非常相似，都是装在行李箱里，都是仙鹤湖东段。

我们怀疑褚镭和黄文文曾经作案多起。

再次审问褚镭时，他满不在乎地用嘴吐出一口气："你们找到的那个叫孙静，是黄文文的朋友。"

褚镭供述，他和黄文文是在直播间认识的。褚镭经常给她刷礼物，教她吸引粉丝的办法。两个人渐渐熟悉起来，黄文文开始叫褚镭"师父"，还约他出来一起玩。

第一次线下见面，黄文文为了安全起见带上了好朋友孙静。褚镭出手阔绰，请她们去太阳岛度假村玩。结果趁黄文文去洗手间的工夫，褚镭把孙静掐死了。

褚镭若无其事的表达让我很震惊。我问他杀死孙静的原因，他回答说："那个女孩子吸烟、喝酒，还文身，我为了保护自己的徒弟黄文文不受这种人熏染，所以把她人道地毁灭了。"

他这个杀人理由太邪门了，以致我哑口无言。

更奇怪的是黄文文。

当她看到自己朋友的尸体，不但没有害怕，反而帮忙把朋友的尸体装进行李箱，扔到了仙鹤湖。过后，她还兴奋地对褚镭说，感觉很刺激。

我们在查找孙静家人的过程中，发现她的父母根本不清楚自己女儿的下落。直到我们找上门，死者家属才意识到已经半年多没见过自己的孩子了。

孙静的母亲哭着说，因为女儿叛逆不听话，常年不回家，不和家里人联系成了常态，所以习惯了，便没有觉得异常。

警方经过在湖里的再一次打捞，终于找到了另外一个旅行箱，这一次是许秋月的尸体。

根据褚镭的供述，他杀害许秋月的动机比杀害孙静的更邪门。

两个人的矛盾发生在两年前。褚镭父母给他找了一份国企的工作，只是他不喜欢按时打卡上班，于是把许秋月的店面租下来，开了饭店。可是他根本没有经商的头脑，每天弄一群狐朋狗友到店里吃喝玩乐，很快便经营不下去了。此时租约将要到期，许秋月要结束租赁关系。

许秋月的店铺位置很好，褚镭做过精装修，虽然他不想续租，却想要把装修费要回来。

他要求许秋月把店面从他手上租出去，想从中赚取五万块转租费。身为房东的许秋月没有答应，还质问他："我是房东，你赚什么转租费？"

两个人陷入了拉锯战。

其实褚镭不差这五万块钱，但他觉得自己是个人物："我认为对的事，你必须听我的，所有人都要听我的，否则我就生气。"

这就是褚镭的理论。关键是他还听说许秋月的男朋友没离婚，觉得这个女人一定不是好东西。

租约到期之后，许秋月把店面收了回来。

一年后，所有人都以为这个事过去了。结果有一次，褚镭路过这家店时，突然想起了他和许秋月的矛盾。

褚镭说："我内心愤怒的火种被再次点燃，无法控制自己，必须发泄出来。"

他让黄文文以租店的名义把许秋月骗到酒店，用迷药迷晕，装进箱子带进直播间，用特效换上黄文文的脸，最后将许秋月放入冰柜冻死。

警察去搜查时，他又让黄文文出来做替身。许秋月的尸体被他藏在地下室的地板下面。

后来，他和黄文文把许秋月的尸体装进旅行箱，也扔进了仙鹤湖。

"5·13"案破获后，警方再次搜查了褚镭的家。我从镶嵌在墙上的保险柜里找到了褚镭要的《罪典》。

其实那就是一份仇恨名单。他在名单上列举了一长串人名，后面写着仇恨理由、报仇时间和报仇方式。已经了结的仇恨被打上了红勾。

这些名单中，有人看了他一眼，因眼神不对，他在后面标注了"亵渎"；有人和他拌过嘴，他在后面标注了"冒犯"；有人踩了他的脚，他在后面标注为"伤害"……

这些人都成了他的暗杀目标。在他的心里，这些人都有罪，非杀不可。杀之前他还计划好虐待方式，他要仇人们跪在他面前，承认自己犯的罪，进行审判后再杀掉。

名单里他用红笔划掉了三个人的名字：孙静、许秋月和黄文文。

褚镭的变态心理让我们一度怀疑他是精神病人。

医生经过鉴定后，给出的结论是他在杀人时很理智，思绪正常，不属于精神疾病患者。

他害死了三个女孩，其中两名未成年。因为家庭关系疏离，家人没有报过失踪。如果不是案件峰回路转，她们如何消失将成为永远的秘密。

而在杀害许秋月的过程中，那些在直播中助威，甚至教授处理尸体方法的粉丝属于在网络上传播有害信息，同样构成了犯罪，公安机关将依法追究其刑事责任；对于直播平台违反治安管理和互联网管理规定的行为，相关部门也依法进行了查处。

看着一脸无所谓的褚镭，我说："还有一个疑问，你为什么要杀死黄文文？"

"为了节目效果呀，老虎吃人是多吸引人的噱头！打赏多多！"

褚镭挺起后背，身体后倾，双手摊开——一种逆向掩饰。

说谎的人由于紧张，怕被人发现，身体会本能呈现收缩状态，这是一种自我保护机制。但有些嫌疑人为了掩盖真实想法，在紧张时反而会采取逆向开放的姿势来误导对方，他们会通过挺起后背、摊开双手、正视对方、提高声音等行为来证明自己的诚实。但是外部表现可以掩饰，生理反应却不能。我面前的心电图谱波动很大，峰值比较高，和他身体表现出来的状态是矛盾的，毫无疑问，他在说谎。

"前面都已经交代了，不用在这个问题上说谎吧？"我再次问他，"为什么要把黄文文拉上来，再推下去？"

褚镭歪嘴一笑："视频只录到她掉进虎池，我在安全绳上做了手脚，本来希望她自己爬上来的时候安全绳断开，可以造成意外的假象，没想到安全绳没有断。黄文文爬上来的时候，因为害怕，悬在半空又喊又叫。我怕被人发现，只能先把她拉上来，解开安全绳之后，再把她推下去。"

"为什么黄文文的表情看起来像一场意外？"

"那是我给她策划的剧本，我给她安排的设定是意外掉入虎池，这会吸引更多的粉丝。"

我拿起桌面上的《罪典》，晃了晃："杀死她的真正理由到底是什么？黄文文的'罪'你还没有写出来。"

褚镭的眼神里突然透出一种狂热的亢奋，又渐渐暗淡下去："她总是缠着我，说崇拜我，要做我女朋友，说我是她在这个世界上最爱的人。她还背着我给我媳妇打电话，害得我们夫妻分居，她犯了淫罪。"

褚镭面无表情，一张一合的嘴像在讲述别人的事情。

不过，他很快会被判处死刑，也许这才是通往他的"《罪典》世界"的唯一方式。

褚镭的案子虽然已经结案三个月了，但我的内心依然无法平静。他的认知、情绪、意志和普通人不同，他在自己的大脑中构建出来的意识世界不受正常社会道德和法律的约束。他用违背人性的方式建造出一堵保护自己的墙，让自己永远生活在墙后的阴影里。更可怕的是，他还要把别人拖进阴影当中，将伤害别人当成一种救赎，试图让所有人臣服于他打造出来的想象中的世界。